羅生門・鼻・芋粥

角川文庫
14718

羅生門・鼻・芋粥 目次

老年

橋場《はしば》*の玉川軒《ぎょくせんけん》という茶式料理屋で、一中節《いっちゅうぶし》*の順講《じゅんこう》*があった。

朝からどんより曇《くも》っていたが、午《ひる》ごろにはとうとう雪になって、あかりがつく時分にはもう、庭の松に張ってある雪よけの縄《なわ》がたるむほどつもっていた。けれども、硝子戸《ガラスど》と障子《しょうじ》とで、二重にしめきった部屋の中は、火鉢《ひばち》のほてりで、のぼせるくらいあたたかい。人の悪い中洲《なかず》*の大将などは、鉄無地《てつむじ》*の羽織《はおり》に、茶のきんとうしの御召揃《おめしぞろ》*いか何かですましている六金《ろっきん》さんをつかまえて、「どうです、一枚脱《ぬ》いじゃあ。黒油《くろあぶら》*が流れますぜ」と、からかったものである。六金さんのほかにも、柳橋《やなぎばし》のが三人、代地《だいち》*の待合《まちあい》の女将《おかみ》が一人来ていたが、皆《みな》四十を越《こ》した人たちばかりで、それに小川の旦那《だんな》や中洲の大将などの御新造《ごしんぞ》や御隠居《ごいんきょ》が六人ばかり、男客は、宇治紫暁《うじしぎょう》という、腰《こし》の曲《まが》った一中《いっちゅう》の師匠《ししょう》と、素人《しろうと》の旦那衆が七八人、その中の三人は、三座《さんざ》*の芝居《しばい》や山王様《さんのうさま》*の御上覧祭《ごじょうらんまつり》を知っている連中なので、この人たちの間では深川《ふかがわ》の鳥羽《とば》屋《や》の寮《りょう》であった義太夫《ぎだゆう》のお浚《さら》いの話しや山城河岸《やましろがし》*の津藤《つとう》*が催《もよお》した千社札《せんじゃふだ》の会*の話しがだいぶ賑《にぎや》かに出たようであった。

座敷《ざしき》は離《はな》れの十五畳《じょう》で、このうちでは、一番広い間らしい。籠行灯《かごあんどん》の中にともした電灯が所々に丸い影《かげ》を神代杉《じんだいすぎ》*の天井《てんじょう》にうつしている。うす暗い床《とこ》の間《ま》には、寒梅《かんばい》と水仙《すいせん》とが古銅の瓶《かめ》にしおらしく投げ入れてあった。軸は太祇《たいぎ》*の筆であろう。黄色い芭蕉布《ばしょうふ》で煤《すす》けた紙の上下をたち切った中に、細い字で「赤き実とみてよる鳥や冬椿《ふゆつばき》」とかいてある。小さな青磁《せいじ》の香炉《こうろ》が煙《けむり》も立てずにひっそりと、紫檀《したん》の台にのっているのも冬めかしい。

その前へ毛氈《もうせん》を二枚敷《し》いて、床《ゆか》をかけるかわりにした。鮮《あざや》かな緋《ひ》の色が、三味線《しゃみせん》の皮にも、ひく人の手にも、七宝《しっぽう》に花菱《はなびし》の紋《もん》が抉《えぐ》ってある、華奢《きゃしゃ》な桐《きり》の見台《けんだい》にも、あたたかく反射しているのである。その床の間の両側へみな、向《むか》いあって、すわっていた。上座は師匠の紫暁で、次が中洲《なかず》の大将、それから小川の旦那《だんな》と順を追って右が殿方《とのがた》、左が婦人方とわかれている。その右の列の末座にすわっているのがこのうちの隠居《いんきょ》であった。

隠居は房《ふさ》さんといって、一昨年、本卦返《ほんけがえ》り*をした老人である。十五の年から茶屋酒の味をおぼえて、二十五の前厄《まえやく》には、金瓶大黒《きんぺいだいこく》*の若太夫《わかたゆう》と心中沙汰《しんじゅうざた》になったこともあるというが、それから間もなく親ゆずりの玄米《げんまい》問屋の身上《しんしょう》をすってしまい、器《き》用貧乏《ようびんぼう》と、持ったが病《やまい》の酒癖《さけぐせ》とで、歌沢《うたざわ》*の師匠《ししょう》もやれば俳諧《はいかい》の点者《てんじゃ》もやるという具合に、それからそれへと微禄《びろく》して一しきりは三度のものにも事をかく始末だったが、それでも幸いに、わずかな縁《えん》つづきから今ではこの料理屋に引きとられて、楽隠居《らくいんきょ》の身の上になっている。中洲の大将の話では、子供心にも忘れないのは、そのころ盛《さか》りだった房さんが、神田祭《かんだまつり》の晩肌守《はだまも》りに「野路《のじ》の村雨《むらさめ》」のゆかたで喉《のど》をきかせた時だったというが、このごろはめっきり老いこんで、すきな歌沢もめったに謡《うた》わなくなったし、一頃凝《ひところこ》った鶯《うぐいす》もいつの間にか飼《か》わなくなった。かわりめごとに覗《のぞ》き覗きした芝居《しばい》も、成田屋《なりたや》*や五代目*がなくなってからは、行く張合《はりあい》がなくなったのであろう。今も、黄いろい秩父《ちちぶ》の対《つい》の着物に茶博多《ちゃはかた》の帯で、末座にすわって聞いているのを見ると、どうしても、一生を放蕩《ほうとう》と遊芸《ゆうげい》とに費《ついや》した人とは思われない。中洲の大将や小川の旦那が、「房さん、板新道《いたじんみち》*の——何とか言った……そうそう八重次《やえじ》お菊《きく》。久しぶりであの話でも伺《うかが》おうじゃありませんか」などと、話しかけても、「いや、もう、当節《とうせつ》はから意気地《いくじ》がなくなりまして」と、禿頭《はげあたま》をなでながら、小さな体《からだ》を一層小さくするばかりである。

それでも妙《みょう》なもので、二段三段ときいてゆくうちに、「黒髪《くろかみ》のみだれていまのものおもい」だの、「夜《よ》さこいという字を金糸《きんし》でぬわせ、裾《すそ》に清十郎《せいじゅうろう》とねたところ」だのという、なまめいた文句を、二《に》の上《あが》った、かげへかげへとまわってゆく三味線の音《ね》につれて、語ってゆく、さびた声が久しく眠《ねむ》っていたこの老人の心を、少しずつ目ざませて行ったのであろう。始めは背をまげて聞いていたのが、いつの間《ま》にか腰《こし》を真直《まっす》ぐに体をのばして、六金《ろっきん》さんが「浅間の上《じょう》」を語り出した時分には、「うらみも恋《こい》も、のこり寝《ね》の、もしや心のかわりゃせん」というあたりから、目をつぶったまま、絃《いと》の音《ね》にのるように小さく肩《かた》をゆすって、わき眼《め》にも昔の夢《ゆめ》を今に見かえしているように思われた。しぶいさびの中に、長唄《ながうた》や清元《きよもと》にきくことのできないつやをかくした一中《いっちゅう》の唄と絃《げん》とは、幾《いく》年となくこの世にすみふるして、すいもあまいも、かみ分けた心の底にも、時ならない情《なさけ》の波を立てさせずにはおかないのであろう。

「浅間の上」がきれて「花子《はなご》」のかけあいがすむと、房《ふさ》さんは「どうぞ、ごゆるり」と挨拶《あいさつ》をして、座をはずした。丁度、その時、お会席《かいせき》でお膳《ぜん》が出たので、しばらくはいろいろな話で賑《にぎや》かだったが、中洲《なかず》の大将は、房さんの年をとったのに、よくよく驚《おどろ》いたと見えて、

「ああも変《かわ》るものかね、辻《つじ》番の老爺《おやじ》のようになっちゃあ、房さんもおしまいだ」

「いつか、あなたがおっしゃったのはあの方《かた》？」と六金さんがきくと、

「師匠《ししょう》も知ってるから、きいてごらんなさい。芸事《げいごと》にゃあ、器用なたちでね。歌沢《うたざわ》もやれば一中もやる。そうかと思うと、新内《しんない》*の流しに出たこともあるという男なんで。もとはあれでも師匠と同じ宇治《うじ》の家元《いえもと》へ、稽古《けいこ》に行ったもんでさあ」

「駒形《こまかた》の、何とかいう一中の師匠——紫蝶《しちよう》ですか——あの女とできたのもあのころですぜ」と小川の旦那も口を出した。

房さんの噂《うわさ》はそれからそれへと暫《しばら》くの間つづいたが、やがて柳橋《やなぎばし》の老妓《ろうぎ》の「道成寺《どうじょうじ》」がはじまると共に、座敷《ざしき》はまたもとのように静かになった。これがすむと直ぐ、小川の旦那の「景清《かげきよ》」になるので、旦那は一寸《ちょっと》席をはずして、はばかりに立った。実はそのついでに、生玉子《なまたまご》でも吸おうという腹だったのだが、廊下《ろうか》へ出ると中洲の大将がやはりそっとぬけて来て、

「小川さん、ないしょで一杯《ぱい》やろうじゃあ、ありませんか。あなたの次は私《わたし》の『鉢《はち》の木《き》』だからね。しらふじゃあ、第一腹がすわりませんや」

「私も生玉子か、冷酒《ひや》で一杯ひっかけようと思っていたところで、ご同様に酒の気《け》がないと意気地《いくじ》がありませんからな」

そこで一緒《いっしょ》に小用《こよう》を足して、廊下づたいに母屋《おもや》の方《ほう》へまわって来ると、どこかで、ひそひそ話し声がする。長い廊下の一方は硝子障子《ガラスしょうじ》で、庭の刀柏《なぎ》や高野槙《こうやまき》につもった雪がうす青く暮れた間から、暗い大川の流れをへだてて、対岸のともしびが黄いろく点々と数えられる。川の空をちりちりと銀の鋏《はさみ》をつかうように、二声ほど千鳥が鳴いたあとは、三味線《しゃみせん》の声さえ聞《きこ》えず戸外《そと》も内外《うち》もしんとなった。きこえるのは、藪柑子《やぶこうじ》の紅《あか》い実をうずめる雪の音、雪の上にふる雪の音、八《や》つ手《で》の葉をすべる雪の

音が、ミシン針《ばり》のひびくようにかすかな囁《ささや》きをかわすばかり、話し声はその中をしのびやかにつづくのである。

「猫《ねこ》の水のむ音でなし＊」と小川の旦那《だんな》が呟《つぶや》いた。足をとめてきいていると声は、どうやら右手の障子《しょうじ》の中からするらしい。それは、とぎれがちながら、こう聞《きこ》えるのである。

「何をすねてるんだってことよ。そう泣いてばかりいちゃあ、仕様《しよう》ねえわさ。なに、お前さんは紀の国屋の奴《やっこ》さんとわけがある……冗談《じょうだん》言っちゃいけねえ。奴《やっ》のようなばばあをどうするものかな。さましておいて、たんとおあがんなはいだと。さあそうきくから悪いわな。自体《じたい》、お前というものがあるのに、ほかへ女をこしらえてすむ訳《わけ》のものじゃあねえ。そもそもの馴初《なれそ》めがさ。歌沢《うたざわ》の浚《さら》いで己《おれ》が『わがもの』を語った。あの時お前が……」

「房的《ふきてき》だぜ＊」

「年をとったって、隅《すみ》へはおけませんや」小川の旦那もこう言いながら、細目にあいている障子の内を、及《およ》び腰《ごし》にそっと覗《のぞ》きこんだ。二人とも、空想には白粉《おしろい》のにおいがうかんでいたのである。

部屋の中には、電灯が影《かげ》も落《おと》さないばかりに、ぼんやりともっている。三尺の平床《ひらどこ》には、大徳寺物《だいとくじもの》の軸《じく》がさびしくかかって、支那水仙《しなずいせん》であろう、青い芽をつつましくふいた、白交趾《はくコオチン》の水盤《すいばん》がその下に置いてある。床《とこ》を前に置炬燵《おきごたつ》にあたっているのが房さんで、此方《こっち》からは、黒天鵞絨《ビロウド》の襟《えり》のかかっている八丈《はちじょう》の小掻巻《こがいまき》をひっかけた後《うしろ》姿が見えるばかりである。

女の姿はどこにもない。紺《こん》と白茶《しらちゃ》と格子《こうし》になった炬燵蒲団《ぶとん》の上には、端唄本《はうたぼん》が二三冊《さつ》ひろげられて頸《くび》に鈴《すず》をさげた小さな白猫がその側《そば》に香箱《こうばこ》をつくっている。猫が身うごきするたびに、頸の鈴がきこえるか、きこえぬかわからぬほどかすかな音をたてる。房さんは禿頭《はげあたま》を柔《やわら》かな猫の毛に触《ふ》れるばかりに近づけて、ひとり、なまめいた語《ことば》を誰《だれ》に言うともなく繰《く》り返しているのである。

「その時にお前が来てよ。ああまで語った己が憎《にく》いと言った。芸事《げいごと》と……」

中洲《なかず》の大将と小川の旦那とは黙《だま》って、顔を見合《みあわ》せた。そして、長い廊下《ろうか》をしのび足で、また座敷《ざしき》へ引きかえした。

雪はやむけしきもない。……

（大正三年四月十四日）

ひょっとこ

吾妻橋《あづまばし》*の欄干《らんかん》によって、人が大ぜい立っている。時々巡査《じゅんさ》が来て小言《こごと》を言うが、すぐまた元のように人山ができてしまう。皆《みな》、この橋の下を通る花見の船を見に、立っているのである。

船は川下《かわしも》から、一二艘《そう》ずつ、引き潮《しお》の川を上って来る。大抵《ていてい》は伝馬《てんま》に帆木綿《ほもめん》の天井《てんじょう》を張って、そのまわりに紅白のだんだらの幕をさげている。そして、舳《みよし》には、旗を立てたり古風な幟《のぼり》を立てたりしている。中にいる人間は、皆酔《よ》っているらしい。幕の間から、お揃《そろ》いの手拭《てぬぐい》を、吉原《よしわら》かぶりにしたり、米屋かぶりにしたりした人たちが「一本、二本」と拳《けん》をうっているのが見える。首をふりながら、苦しそうに何か唄《うた》っているのが見える。それが橋の上にいる人間から見ると、滑稽《こっけい》としか思われない。お囃子《はやし》をのせたり楽隊をのせたりした船が、橋の下を通ると、橋の上では「わあっ」という哂《わら》い声が起《おこ》る。中には「莫迦《ばか》」と言う声も聞《きこ》える。

橋の上から見ると、川は亜鉛坂《とたんいた》のように、白く日を反射して、時々、通りすぎる川蒸汽《かわじょうき》がその上に眩《まぶ》しい横波の鍍金《めっき》をかけている。そうして、その滑《なめら》かな水面を、陽気な太鼓《たいこ》の音、笛の音《ね》、三味線《しゃみせん》の音が虱《しらみ》のようにむず痒《がゆ》く刺《さ》している。札幌《さっぽろ》ビールの煉瓦壁《れんがかべ》のつきる所から、土手の上をずっと向《むこ》うまで、煤《すす》けた、うす白《じろ》いものが、重そうにつづいているのは、丁度、今が盛《さか》りの桜《さくら》である。言問《こととい》の桟橋《さんばし》*には、和船やボートがたくさんついているらしい。それがここから見ると、丁度大学の艇庫《ていこ》に日を遮《さえぎ》られて、ただごみごみした黒い一色になって動いている。

すると、そこへ橋をくぐって、また船が一艘出て来た。やはりさっきから何艘も通ったような、お花見の伝馬である。紅白の幕に同じ紅白の吹流《ふき》しを立てて、赤く桜を染めぬいたお揃《そろ》いの手拭で、鉢巻《はちま》きをした船頭《せんどう》が二三人櫓《ろ》と棹《さお》とで、代《かわ》る代《がわ》る漕《こ》いでいる。それでも船足《ふなあし》は余り早くない。幕のかげから見える頭数《あたまかず》は五十人もいるかと思われる。橋をくぐる前までは、二梃三味線《にちょうじゃみせん》*で、「梅にも春」か何かを弾《ひ》いていたが、それがすむと、急に、ちゃんぎりを入れた馬鹿囃子《ばかばやし》*が始まった。橋の上の見物がまた「わあっ」と哂い声を上げる。中には人ごみに押された子供の泣き声も聞える。「あらごらんよ、踊《おど》っているからさ」と言う甲走《かんばし》った女の声も聞える――船の上では、ひょっとこの面をかぶった背の低い男が、吹流しの下で、馬鹿踊りを踊っているのである。

ひょっとこは、秩父銘仙《ちちぶめいせん》の両肌《もろはだ》をぬいで、友禅《ゆうぜん》の胴《どう》へむき身絞《みしぼ》りの袖《そで》をつけた、派手な襦袢《じゅばん》を出している。黒八《くろはち》の襟《えり》がだらしなくはだけて、紺献上《こんけんじょう》の帯がほどけたなり、だらりと後《うしろ》へぶら下がっているのを見ても、よほど、酔《よ》っているらしい。踊《おど》りはもちろん、出たらめである。ただ、いい加減に、お神楽《かぐら》堂の上の莫迦《ばか》のような身ぶりだとか、手つきだとかを、繰返《くりかえ》しているのにすぎない。それも酒で体《からだ》が利《き》かないと見えて、時々はただ、中心を失って舷《ふなばた》から落ちるのを防ぐために、手足を動かしているとしか、思われないことがある。

それがまた、一層おかしいので、橋の上では、わいわい言って、騒《さわ》いでいる。そうして、皆《みな》、哂《わら》いながら、さまざまな批評を交換《こうかん》している。「どうだい、あの腰《こし》つきは」「いい気なもんだぜ、どこの馬の骨だろう」「おかしいねえ、あらよろけたよ」「一《いっ》そ素面《すめん》で踊りゃいいのにさ」――ざっとこんな調子である。

その内に、酔いが利いて来きたのか、ひょっとこの足取《あしどり》がだんだん怪《あや》しくなって来た。丁度、不規則な Metronome のように、お花見の手拭《てぬぐい》で頬《ほお》かぶりをした頭が、何度も船の外へのめりそうになるのである。船頭《せんどう》も心配だと見えて、二度ばかり後《うしろ》から何か声をかけたが、それさえまるで耳にははいらなかったらしい。

すると、今し方《がた》通った川蒸汽《かわじょうき》の横波が、斜《ななめ》に川面《かわも》をすべって来て、大きく伝馬《てんま》の底を揺《ゆす》り上げた。その拍子《ひょうし》にひょっとこの小柄《こがら》な体は、どんとそのあおりを食ったように、ひょろひょろ前の方へ三足ばかりよろけて行ったが、それがやっと踏《ふ》み止ったと思うと、今度はいきなり廻転《かいてん》を止められた独楽《こま》のように、ぐるりと一つ大きなった円をかきながら、あっという間に、メリヤスの股引《ももひき》をはいた足を空《くう》へあげて、仰《あお》向《む》けに伝馬の中へ転げ落ちた。

橋の上の見物は、またどっと声をあげて哂った。

船の中ではそのはずみに、三味線《しゃみせん》の棹《さお》でも折られたらしい。幕の間から見ると、面白《おもしろ》そうに酔って騒いでいた連中が、慌《あわ》てて立ったり坐《すわ》ったりしている。今まではやしていた馬鹿囃子《ばかばやし》も、息のつまったように、ぴったり止《や》んでしまった。そうして、ただ、がやがや言う人の声ばかりする。何しろ思いもよらない混雑が起《おこ》ったのにちがいない。それから少時《しばらく》すると、赤い顔をした男が、幕の中から首を出して、さも狼狽《ろうばい》したように手を動かしながら、早口で何か船頭に言いつけた。すると、伝馬はどうしたのか、急に取舵《とりかじ》をとって、舳《みよし》を桜《きくら》とは反対な山の宿《しゅく》*の河岸《かし》に向けはじめた。

橋の上の見物が、ひょっとこの頓死《とんし》した噂《うわさ》を聞いたのはそれから十分の後《のち》である。もう少し詳《くわ》しいことは、翌日《よくじつ》の新聞の十把《じっぱ》一束《いっそく》という欄《らん》にのせてある。それによると、ひょっとこの名は山村平吉、病名は脳溢血《のういっけつ》ということであった。

×　　　　×　　　　×

山村平吉はおやじの代から、日本橋の若松町《わかまっちょう》にいる絵具屋《えのぐや》である。死んだのは四十五で、後《あと》には痩《や》せた、雀斑《そばかす》のあるお上《か》みさんと、兵隊に行っている息子《むすこ》とが残っている。暮《くら》しは裕《ゆた》かだというほどではないが、雇人《やといにん》の二三人も使って、どうにか人並《ひとなみ》にはやっているらしい。人の噂《うわさ》では、日清《にっしん》戦争ごろに、秋田あたりの岩緑青《いわろくしょう》を買占《かいし》めにかかったのが、当《あた》ったので、それまでは老舗《しにせ》というだけで、お得意の数も指を折るほどしかなかったのだという。

平吉は、円顔《まるがお》の、頭の少し禿《は》げた、眼尻《めじり》に小皺《こじわ》のよっている、どこかひょうきんなところのある男で、誰《だれ》にでも腰《こし》が低い。道楽《どうらく》は飲む一方《いっぽう》で、酒の上はどちらかというと、まずいい方《ほう》である。ただ、酔《よ》うと、必ず、馬鹿《ばか》踊《おど》りをする癖《くせ》があるが、これは当人に言わせると、昔《むかし》、浜町《はまちょう》の豊田《とよだ》の女将《おかみ》が、巫女舞《みこまい》を習った時分に稽古《けいこ》をしたので、そのころは、新橋でも芳町《よしちょう》でも、お神楽《かぐら》が大流行だったということである。しかし、踊りはもちろん、当人が味噌《みそ》を上げるほどのものではない。悪く言えば、出たらめで、善《よ》く言えば喜撰《きせん》でも踊られるより、嫌味《いやみ》がないというだけである。もっともこれは、当人も心得ていると見えて、しらふの時には、お神楽のおの字も口へ出したことはない。「山村さん、何かお出しなさいな」などと、すすめられても、冗談《じょうだん》に紛《まぎ》らせて逃《に》げてしまう。それでいて、少しお神酒《みき》がまわると、すぐに手拭《てぬぐい》をかぶって、口で笛《ふえ》と太鼓《たいこ》の調子を一つにとりながら、腰を据《す》えて、肩《かた》を揺《ゆす》って、塩吹面舞《ひょっとこまい》というのをやりたがる。そうして、一度踊り出したら、いつまでも図《ず》にのって、踊っている。はたで三味線《しゃみせん》を弾《ひ》いていようが、謡《うた》をうたっていようが、そんなことにはかまわない。

ところが、その酒が祟《たた》って、卒中《そっちゅう》のように倒《たお》れたなり、気の遠くなってしまったことが、二度ばかりある。一度は町内の洗湯《せんとう》で、上《あが》り湯を使いながら、セメントの流しの上へ倒れた。その時は腰を打っただけで、十分とたたない内に気がついたが、二度目に自家《うち》の蔵《くら》の中で仆《たお》れた時には、医者を呼んで、やっと正気《しょうき》にかえしてもらうまで、かれこれ三十分ばかりも手間どった。平吉はそのたびに、医者から酒を禁じられるが、殊勝《しゅしょう》らしく、赤い顔をしずにいるのはほんのその当座《とうざ》だけで、いつでも「一合くらいは」からだんだん枡数《ますかず》がふえて、半月とたたないうちに、いつの間にかまた元の杢阿弥《もくあみ》になってしまう。それでも、当人は平気なもので「やはり飲まずにいますと、かえって体にいけませんようで」などと勝手なことを言ってすましている。

×　　×　　×

しかし平吉が酒をのむのは、当人の言うように生理的に必要があるばかりではない。心理的にも、飲まずにはいられないのである。なぜかというと、酒さえのめば気が大きくなって、何となく誰の前でも遠慮《えんりょ》がいらないような心持ちになる。踊りたければ踊る。眠たければ眠る。誰もそれを咎《とが》める者はない。平吉には、何よりもこれがありがたいのである。なぜこれがありがたいか。それは自分にもわからない。平吉はただ酔《よ》うと、自分が全く、別人になるということを知っている。もちろん、馬鹿踊《ばかおど》りを踊ったあとで、しらふになってから、「昨夜《ゆうべ》はご盛《さか》んでしたな」と言われると、すっかりてれてしまって、「どうも酔っぱらうとだらしはありませんでね。何をどうしたんだか、今朝《けさ》になってみると、まるで夢《ゆめ》のような始末で」と月並《つきなみ》な嘘《うそ》を言っているが、実は踊ったのも、眠《ね》てしまったのも、いまだにちゃんと覚えている。そうして、その記憶《きおく》に残っている自分と今日の自分と比較《ひかく》すると、どうしても同じ人間だとは思われない。それなら、どっちの平吉がほんとうの平吉かというと、これも彼には、判然《はんぜん》とわからない。酔っているのは一時で、しらふでいるのは始終《しじゅう》である。そうすると、しらふでいる時の平吉の方《ほう》が、ほんとうの平吉のように思われるが、彼自身では妙《みょう》にどっちとも言い兼《か》ねる。なぜかというと、平吉が後《あと》で考えて、莫迦莫迦《ばかばか》しいと思うことは、大抵《たいてい》酔った時にしたことばかりである。馬鹿踊りはまだいい。花を引く。女を買う。どうかすると、ここに書けもされないようなことをする。そういうことをする自分が、正気《しょうき》の自分だとは思われない。

Janus*という神様には、首が二つある。どっちがほんとうの首だか知っている者は誰もいない。平吉もその通りである。

ふだんの平吉と酔っている時の平吉とはちがうと言った。そのふだんの平吉ほど、嘘をつく人間は少《すくな》いかもしれない。これは平吉が自分で時々、そう思うのである。しかし、こう言ったからといって、何も平吉が損得《そんとく》の勘定《かんじょう》ずくで嘘をついているという訳《わけ》では毛頭《もうとう》ない。第一彼は、ほとんど、嘘をついているということを意識せずに、嘘をついている。もっとも嘘をついてしまうとすぐ、自分でもそうと気がつくが、現についている時には、全然結果の予想などをする余裕《よゆう》は、ないのである。

平吉は自分ながら、なぜそう嘘が出るのだかわからない。が人と話していると自然に言おうとも思わない嘘が出てしまう、しかし、格別それが苦になる訳でもない。悪いことをしたという気がする訳でもない。そこで平吉は、毎日平気で嘘をついている。

×　×　×

平吉の口から出た話によると、彼は十一の年に南伝馬町《みなみでんまちょう》*の紙屋へ奉公《ほうこう》に行った。するとそこの旦那《だんな》は大の法華気違《ほっけきちが》いで、三度の飯《めし》もお題目《だいもく》を唱《とな》えないうちは、箸《はし》をとらないといった調子である。ところが、平吉がお目見得《めみえ》をしてから二月ばかりするとそこのお上《か》みさんがふとした出来心から店の若い者と一しょになって着のみ着のままでかけ落ちをしてしまった。そこで、一家安穏《あんのん》のためにした信心《しんじん》が一向《いっこう》役にたたないと思ったせいか、法華気違いだった旦那が急に、門徒《もんと》へ宗旨替《しゅうしが》えをして、帝釈《たいしゃく》様のお掛地《かけじ》を川へ流すやら、七面様《しちめん》*の御影《みえい》を釜《かま》の下へ入れて焼くやら、大騒《さわ》ぎをしたことがあるそうである。

それからまた、そこに二十《はたち》までいる間に店の勘定《かんじょう》をごまかして、遊びに行ったことがたびたびあるが、そのころ、馴染《なじ》みになった女に、心中《しんじゅう》をしてくれと言われて弱った覚えもある。とうとう一寸逃《いっすんのが》れを言って、その場は納まったが、後《あと》で聞くとやはりその女は、それから三日ばかりして、錺屋《かざりや》の職人と心中をしていた。深間《ふかま》になっていた男がほかの女に見かえたので、面当《つらあ》てに誰《だれ》とでも死にたがっていたのである。

それから二十の年におやじがなくなったので、紙屋を暇《ひま》をとって自家《うち》へ帰って来た。半月ばかりするとある日、おやじの代から使っていた番頭が、若旦那《わかだんな》に手紙を一本書いていただきたいと言う。五十を越《こ》した実直《じっちょく》な男で、その時右の手の指を痛めて、筆を持つことができなかったのである。「万事《ばんじ》都合よく運んだからそのうちにゆく」と書いてくれと言うので、その通り書いてやった。宛名《あてな》が女なので、「隅《すみ》へは置けないぜ」とか何とか言って冷評《ひやか》したら、「これは手前の姉でございます」と答えた。すると三日ばかりたつ内に、その番頭がお得意先を廻《まわ》りにゆくと言って家を出たなり、いつまでたっても帰らない。帳面を検《しら》べてみると、大穴があいている。手紙はやはり、馴染みの女のところへやったのである。書かせられた平吉ほど莫迦《ばか》をみたものはない。……

これが皆《みな》、嘘《うそ》である。平吉の一生（人の知っている）から、これらの嘘を除いたら、あとには何も残らないのに相違《そうい》ない。

×　　×　　×

平吉が町内のお花見の船の中で、お囃子《はやし》の連中にひょっとこの面《めん》を借りて、舷《ふなばた》へ上ったのも、やはりいつもの一杯機嫌《いっぱいきげん》でやったのである。

それから踊《おど》っている内に、船の中へころげ落ちて、死んだことは、前に書いてある。船の中の連中は、皆、驚《おどろ》いた。一番、驚いたのは、あたまの上へ落ちられた清《きよ》元《もと》のお師匠《ししょう》さんである。平吉の体はお師匠さんのあたまの上から、海苔巻《のりまき》や、うで玉子の出ている胴《どう》の間《ま》の赤毛布《あかゲット》の上へ転げ落ちた。「冗談《じょうだん》じゃあねえや。怪我《けが》でもしたらどうするんだ」これはまだ、平吉が巫山戯《ふざけ》ていると思った町内の頭《かしら》が、中《ちゅう》っ腹《ぱら》で言ったのである。けれども、平吉は動くけしきがない。

すると頭の隣《となり》にいた髪結床《かみゆいどこ》の親方が、流石《さすが》におかしいと思ったか、平吉の肩《かた》へ手をかけて、「旦那、旦那…もし…旦那…旦那」と呼んでみたが、やはり何とも返事がない。手のさきを握《にぎ》ってみると冷たくなっている。親方は頭と二人で平吉を抱《だ》き起《おこ》した。一同の顔は不安らしく、平吉の上にさしのべられた。「旦那《だんな》……旦那……もし……旦那……旦那……」髪結床《かみゆいどこ》の親方の声が上ずって来た。

するとその時、呼吸とも声ともわからないほど、かすかな声が、面《めん》の下から親方の耳へ伝って来た。「面を……面をとってくれ……面を」頭《かしら》と親方とはふるえる手で、手拭《てぬぐい》と面を外《はず》した。

しかし面の下にあった平吉の顔はもう、ふだんの平吉の顔ではなくなっていた。小鼻《こばな》が落ちて、唇《くちびる》の色が変《かわ》って、白くなった額《ひたい》には、油汗《あぶらあせ》が流れている。一眼《ひとめ》見たのでは、誰《だれ》でもこれが、あの愛嬌《あいきょう》のある、ひょうきんな、話のうまい、平吉だと思うものはない。ただ変らないのは、つんと口をとがらしながら、とぼけた顔を胴《どう》の間《ま》の赤毛布《あかゲット》の上に仰向《あおむ》けて、静かに平吉の顔を見上げている、さっきのひょっとこの面ばかりである。

（大正三年十二月）

仙《せん》人《にん》

上

いつごろの話だか、わからない。北支那《きたしな》の市《まち》から市を渡《わた》って歩く野天《のてん》の見世物師《みせものし》に、李小二《りしょうじ》という男があった。鼠《ねずみ》に芝居《しばい》をさせるのを商売にしている男である。鼠を入れて置く嚢《ふくろ》が一つ、衣裳《いしょう》や仮面《めん》をしまって置く笥《はこ》が一つ、それから、舞台《ぶたい》の役をする小さな屋台《やたい》のような物が一つ——そのほかには、何も持っていない。

天気がいいと、四つ辻《つじ》の人通りの多い所に立って、まず、その屋台のような物を肩《かた》へのせる、それから、鼓板《こばん》を叩《たた》いて、人よせに、謡《うた》を唱《うた》う。物見高《ものみだか》い街中《まちなか》のことだから、大人《おとな》でも子供でも、それを聞いて、足を止めない者はほとんどない。さて、まわりに人の墻《かき》ができると、李は嚢の中から鼠を一匹《ぴき》出して、それに衣裳を着せたり、仮面をかぶらせたりして、屋台の鬼門道《きもんどう》*から、場へ上《のぼ》らせてやる。鼠は慣れているとみえて、ちょこちょこ、舞台の上を歩きながら、絹《きぬ》糸のように光沢《つや》のある尻尾《しっぽ》を、二三度ものものしく動かして、ちょいと後足《あとあし》だけで立ってみせる。更紗《さらさ》の衣裳の下から見える前足の蹠《あしのうら》がうす赤い。——この鼠《ねずみ》が、これから雑劇《ざつげき》*のいわゆる楔子《せっし》*を演じようという役者なのである。

　すると、見物の方《ほう》では、子供だと、始めから手を拍《う》って、面白《おもしろ》がるが、大人《おとな》は、容易に感心したような顔を見せない。むしろ、冷然として、煙管《きせる》を啣《くわ》えたり、鼻毛をぬいたりしながら、莫迦《ばか》にしたような眼《め》で、舞台《ぶたい》の上に周旋《しゅうせん》する鼠の役者を眺《なが》めている。けれども、曲が進むのに従って、錦切《きんぎ》れの衣裳《いしょう》をつけた正旦《せいたん》*の鼠や、黒い仮面《めん》をかぶった浄《じょう》*の鼠が、続々、鬼門道《きもんどう》から這《は》い出して来るようになると、そうして、それが、飛んだり跳《は》ねたりしながら、李《り》の唱《うた》う曲やその間へはいる白《はく》*につれて、いろいろ所作《しょさ》をするようになると、見物も流石《さすが》に冷淡《れいたん》を装《よそお》っていられなくなるとみえて、追い追いまわりの人だかりの中から嗓子《そうし》大《だい》*などという声が、かかり始める。すると、李小二《しょうじ》も、いよいよ、あぶらがのって、忙《せわ》しく鼓板《こばん》を叩《たた》きながら、巧《たく》みに一座の鼠を使いわける。そうして「沈黒江明妃青塚恨《こくこうにしずむみんぴせいちょうのうらみ》、耐幽夢孤雁漢宮秋《ゆうむにたうこがんかんきゅうのあき》」とか何とか、題目正名《だいもくせいめい》を唱うころになると、屋台《やたい》の前へ出してある盆《ぼん》の中に、いつの間にか、銅銭《どうせん》の山ができる。……

　が、こういう商売をして、口を糊《のり》してゆくのは、決して容易なものではない。第一、十日と天気が悪いと口が干《ひ》上《あが》ってしまう。夏は、麦が熟《じゅく》す時分から、例の雨期《うき》へはいるので、小さな衣裳や仮面にも、知らないうちに黴《かび》がはえる。冬もまた、風が吹《ふ》くやら、雪がふるやらするので、とかく、商売がすたりやすい。そういう時には、ほかに仕方もないから、うす暗い客舎《はたご》の片すみで、鼠を相手に退屈《たいくつ》をまぎらせながら、いつもなら慌《あわただ》しい日の暮《く》れを、待ちかねるようにして、暮《くら》してしまう。鼠の数《すう》は、皆《みな》で、五匹《ひき》で、それに李の父の名と母の名と妻の名と、それから行方《ゆくえ》の知れない二人の子の名とがつけてある。それが、嚢《ふくろ》の口から順々に這い出して火の気《け》のない部屋の中を、寒そうにおずおず歩いたり、履《くつ》の先から膝《ひざ》の上へ、あぶない軽《かる》業《わざ》をして這い上りながら、南豆玉《なんきんだま》のような黒い眼で、じっと、主人の顔を見つめたりすると、世故《せこ》のつらさに馴《な》れている李小二でも、流石に時々は涙《なみだ》が出る。が、それは、文字通り時々で、どちらかといえば、明日《あす》の暮しを考える屈託《くったく》と、そういう屈託を抑圧《よくあつ》しようとする、あてどのない不愉快《ふゆかい》な感情とに心を奪《うば》われて、いじらしい鼠の姿《すがた》も眼にはいらないことが多い。

その上、このごろは、年の加減と、体《からだ》の具合が悪いのとで、余計、商売に身が入らない。節廻《ふしまわ》しの長い所を唱うと、息が切れる。喉《のど》も昔《むかし》のようには、冴《さ》えなくなった。この分では、いつ、どんなことが起《おこ》らないとも限らない。――こういう不安は、丁度、北支那《きたしな》の冬のように、このみじめな見世物師《みせものし》の心から、一切《いっさい》の日光と空気とを遮断《しゃだん》して、しまいには、人並《ひとなみ》に生きてゆこうという気さえ、未練未釈《みしやく》なく枯《か》らしてしまう。なぜ生きてゆくのは苦しいか、なぜ、苦しくとも、生きて行かなければならないか。もちろん、李《り》は一度もそういう問題を考えてみたことがない。が、その苦しみを、不当だとは、思っている。そうして、その苦しみを与《あた》えるものを――それが何だか、李にはわからないが――無意識ながら憎《にく》んでいる。ことによると、李が何にでも持っている、漠然《ばくぜん》とした反抗《はんこう》的な心もちは、この無意識の憎しみが、原因になっているのかも知れない。

しかし、そうはいうものの、李も、すべての東洋人のように、運命の前には、比《ひ》較《かく》的屈従《くつじゅう》を意としていない。風雪《ふうせつ》の一日を、客舎《はたご》の一室で、暮らす時に、彼は、よく空腹をかかえながら、五匹《ひき》の鼠《ねずみ》に向《むか》って、こんなことを言った。「辛抱《しんぼう》しろよ。己《おれ》だって、腹がへるのや、寒いのを辛抱しているのだからな。どうせ生きているからには、苦しいのはあたりまえだと思え。それも、鼠よりは、いくら人間の方《ほう》が、苦しいか知れないぞ……」

中

雪曇《ぐも》りの空が、いつの間にか、霙《みぞれ》まじりの雨をふらせて、狭《せま》い往来《おうらい》を文字通り、脛《はぎ》を没《ぼっ》する泥濘《でいねい》に満《み》そうとしている、ある寒い日の午後のことであった。李小二《しょうじ》は丁度、商売から帰るところで、例の通り、鼠を入れた嚢《ふくろ》を肩《かた》にかけながら、傘《かさ》を忘れた悲しさに、ずぶぬれになって、市《まち》はずれの、人通りのない路《みち》を歩いて来る――

と、路傍《みちばた》に、小さな廟《びょう》が見えた。折から、降りが、前よりもひどくなって、肩をすぼめて歩いていると、鼻の先からは、滴《しずく》が垂れる。襟《えり》からは、水がはいる。途方《とほう》に暮れていた際だから、李は、廟を見ると、慌《あわ》てて、その軒下《のきした》へかけこんだ。まず、顔の滴をはらう。それから、袖《そで》をしぼる。やっと、人心地《ひとごこち》がついたところで頭の上の扁額《へんがく》を見ると、それには、山神廟《さんじんびょう》という三字があった。

入口の石段を、二三級上ると、扉《とびら》が開いているので、中が見える。中は思ったよりも、まだ狭い。正面には、一尊《いっそん》の金甲山神《きんこうさんじん》が、蜘蛛《くも》の巣《す》にとざされながら、ぼんやり日の暮れを待っている。その右には、判官《はんがん》が一体、これは、誰《だれ》に悪戯《いたずら》をされたのだか、首がない。左には、小鬼《こおに》が一体、緑面朱髪《しゅはつ》で、狰獰《そうどう》な顔をしているが、これも生憎《あいにく》、鼻が虧《か》けている。その前の、埃《ほこり》のつもった床《ゆか》に、積み重ねてあるのは、紙銭《しせん》*であろう。これは、うす暗い中に、金紙《きんがみ》や銀紙《ぎんがみ》が、覚束《おぼつか》なく光っているので、知れたのである。

李は、これだけ、見定めたところで、視線を、廟の中から外へ、転じようとした。すると丁度その途端《とたん》に、紙銭の積んである中から、人間が一人出て来た。実際は、前からそこに蹲《うずくま》っていたのが、その時、始めて、うす暗いのに慣れた李の眼《め》に、見えて来たのであろう。が、彼には、まるで、それが、紙銭の中から、忽然《こつぜん》として、姿《すがた》を現したように思われた。そこで、彼は、聊《いささ》か、ぎょっとしながら、恐《おそ》る恐る、見るような、見ないような顔をして、そっとその人間を窺《うかが》って見た。

垢《あか》じみた道服《どうふく》を着て、鳥が巣《す》をくいそうな頭をした、見苦しい老人である。（はは あ、乞丐《こじき》をして歩く道士《どうし》だな――李《り》はこう思った）瘠《や》せた膝《ひざ》を、両腕《うで》で抱《だ》くようにして、その膝の上へ、髯《ひげ》の長い頤《あご》をのせている。眼《め》は開いているが、どこを見ているのかわからない。やはり、この雨に遇《あ》ったということは、道服の肩《かた》がぐっしょり濡《ぬ》れているので、知れた。

李は、この老人を見た時に、何とか語《ことば》をかけなければ、ならないような気がした。一つには、濡鼠《ぬれねずみ》になった老人の姿が、幾分《いくぶん》の同情を動かしたからで、また一つには、世故《せこ》がこういう場合に、こっちから口を切る習慣を、いつかつけてしまったからである。あるいは、また、そのほかに、始めの無気味《ぶきみ》な心もちを忘れようとする努力が、少しは加わっていたかも知れない。そこで李が言った。

「どうも、困ったお天気ですな」

「さようさ」老人は、膝の上から、頤を離《はな》して、始めて、李の方を見た。鳥の嘴《くちばし》のように曲《まが》った、鍵鼻《かぎばな》を、二三度大仰《おおぎょう》にうごめかしながら、眉《まゆ》の間を狭《せま》くして、見たのである。

「私のような商売をしている人間には、雨くらい、人泣かせのものはありません」

「ははあ、何ご商売かな」

「鼠を使って、芝居《しばい》をさせるのです」

「それはまたお珍《めずら》しい」

こんな具合で、二人の間には、少しずつ、会話が、交換《こうかん》されるようになった。そのうちに、老人も紙銭《しせん》の中から出て来て、李と一しょに、入口の石段の上に腰《こし》を下《おろ》したから、今では顔貌《かおかたち》も、はっきり見える。形容の枯槁《ここう》していることは、さっき見た時の比ではない。李はそれでも、いい話相手を見つけたつもりで、嚢《ふくろ》や笥《はこ》を石段の上に置いたまま、対等な語づかいで、いろいろな話をした。

道士は、無口な方《ほう》だと見えて、捗々《はかばか》しくは返事もしない。「なるほどな」とか「さようさ」とか言うたびに、歯のない口が、空気を噛《か》むような、運動をする。根のところで、きたない黄いろになっている髯も、それにつれて上下《うえした》へ動く、――それがいかにも、みすぼらしい。

李は、この老道士に比べれば、あらゆる点で、自分の方が、生活上の優者だと考えた。そういう自覚が、愉快《ゆかい》でないことは、もちろんない。が、李は、それと同時に、優者であるということが、何となくこの老人に対して済まないような心もちがした。彼は、談柄《だんぺい》を、生活難に落《おと》して、自分の暮《くら》しの苦しさを、わざわざ誇張《こちょう》して、話したのは、完《まった》く、この済まないような心もちに、煩《わずら》わされた結果である。

「完く、それは泣きたくなるくらいなものですよ。食わずに、一日すごしたことだって、たびたびあります。この間も、しみじみこう思いました。『己《おれ》は鼠《ねずみ》に芝居《しばい》をさせて、飯《めし》を食っていると思っている。が、ことによるとほんとうは、鼠が己にこんな商売をさせて、食っているのかも知れない』実際、そんなものですよ」

李《り》は憮然《ぶぜん》として、こんなことさえ言った。が、道士《どうし》の無口なことは、前と一向《いっこう》、変りがない。それが、李の神経には、前よりも一層、はなはだしくなったように思われた。（先生、己の言ったことを、妙《みょう》にひがんで取ったのだろう。余計なことは言わずに、黙《だま》っていればよかった）――李は、心の中でこう自分を叱《しか》った。そうして、そっと横目を使って、老人の容子《ようす》を見た。道士は、顔を李と反対の方に向けて、雨にたたかれている廟《びょう》外の枯柳《こりゅう》をながめながら、片手で、しきりに髪《かみ》を掻《か》いている。顔は見えないが、どうやら李の心もちを見透《す》かして、相手にならずにいるらしい。そう思うと、多少不快な気がしたが、自分の同情の徹《てっ》しないという不満の方が、それよりも大きいので、今度は話題を、今年の秋の蝗災《こうさい》へ持って行った。この地方の蒙《こうむ》った惨害《さんがい》の話から農家一般《いっぱん》の困窮《こんきゅう》で、老人の窮状をジャスティファイしてやりたいと思ったのである。

すると、その話の途中《とちゅう》で、老道士は、李の方へ、顔を向けた。皺《しわ》の重なり合った中に、おかしさをこらえているような、筋肉の緊張《きんちょう》がある。

「あなたは私に同情して下さるらしいが」こう言って、老人は堪《こら》えきれなくなったように、声をあげて笑った。烏《からす》が鳴くような、鋭い、しわがれた声で笑ったのである。「私は、金には不自由をしない人間でね、お望みなら、あなたのお暮《くら》しくらいはお助け申しても、よろしい」

李は、話の腰《こし》を折られたまま、呆然《ぼうぜん》として、ただ、道士の顔を見つめていた。（こいつは、気違《きちが》いだ）――やっとこういう反省が起《おこ》って来たのは、暫《しばら》くの間瞪目《とうもく》して、黙《だま》っていた後のことである。が、その反省は、すぐにまた老道士の次の話によって、打壊《うちこわ》された。

「千鎰《せんいつ》＊や二千鎰でよろしければ、今でもさし上げよう。実は、私は、ただの人間ではない」老人は、それから、手短に、自分の経歴《けいれき》を話した。元は、何とかいう市《まち》の屠者《としゃ》だったが、たまたま、呂祖《りよそ》＊に遇《あ》って、道を学んだというのである。それがすむと、道士は、徐《しず》かに立って、廟の中へはいった。そうして、片手で李をさしまねきながら、片手で、床《ゆか》の上の紙銭《しせん》をかき集めた。

李は五感を失った人のように、茫然《ぼうぜん》として、廟の中へ這《は》いこんだ。両手を鼠の糞《ふん》と埃《ほこり》との多い床《ゆか》の上について、平伏《へいふく》するような形をしながら、首だけ上げて、下から道士の顔を眺《なが》めているのである。

道士は、曲《まが》った腰を、苦しそうに、伸《の》ばして、かき集めた紙銭を両手で床からすくい上げた。それから、それを掌《てのひら》でもみ合《あわ》せながら、忙《せわ》しく足下《あしもと》へ撒《ま》きちらし始めた。鏘々然《そうそうぜん》として、床《ゆか》に落ちる黄白《こうはく》*の音が、俄《にわ》かに、廟《びょう》外の寒雨《かんう》の声を圧して、起《おこ》った。——撒《ま》かれた紙銭《しせん》は、手を離《はな》れるとともに、たちまち、無数の金銭《きんせん》や銀銭《ぎんせん》に、変《かわ》ったのである。……

李小二《りしょうじ》は、この雨銭《うせん》の中に、いつまでも、床に這《は》ったまま、ぼんやり老道士《どうし》の顔を見上げていた。

下

李小二は、陶朱《とうしゅ》の富*を得た。たまたま、その仙人《せんにん》に遭《あ》ったということを疑う者があれば、彼は、その時、老人に書いてもらった、四句の語を出して示すのである。この話を、久しい以前に、何かの本で見た作者は、遺憾《いかん》ながら、それを、文字通りに記憶《きおく》していない。そこで、大意《たいい》を支那《しな》のものを翻訳《ほんやく》したらしい日本文で書いて、この話の完《おわ》りに附《ふ》しておこうと思う。ただし、これは、李小二が、なぜ、仙にして、乞丐《きっかい》をして歩くかということを訊《たず》ねた、答なのだそうである。

「人生苦あり、以《もっ》て楽《たのし》むべし。人間死するあり、以て生くるを知る。死苦共に脱《だっ》し得て甚《はなは》だ、無聊《ぶりょう》なり。仙人は若《し》かず、凡人《ぼんじん》の死苦あるに」

恐《おそ》らく、仙人は、人間の生活がなつかしくなって、わざわざ、苦しいことを、探してあるいていたのであろう。

（大正四年七月二十三日）

羅生門《らしようもん》

ある日の暮《く》れ方《がた》のことである。一人の下人《げにん》*が、羅生門*の下で雨《あま》やみを待っていた。

広い門の下には、この男のほかに誰《だれ》もいない。ただ、所々丹塗《にぬり》の剝《は》げた、大きな円柱《まるばしら》に、蟋蟀《きりぎりす》*が一匹《ぴき》とまっている。羅生門が、朱雀大路《すざくおおじ》にある以上は、この男のほかにも、雨やみをする市女笠《いちめがさ》*や揉烏帽子《もみえぼし》*が、もう二三人はありそうなものである。それが、この男のほかには誰もいない。

なぜかというと、この二三年、京都には、地震《じしん》とか辻風《つじかぜ》とか火事とか饑饉《ききん》とかいう災《わざわ》いがつづいて起《おこ》った。そこで洛中《らくちゆう》のさびれ方は一通りではない。旧記《きゆうき》*によると、仏像や仏具を打砕《うちくだ》いて、その丹がついたり、金銀の箔《はく》がついたりした木を、路《みち》ばたにつみ重ねて、薪《たきぎ》の料《しろ》に売っていたということである。洛中がその始末であるから、羅生門の修理《しゆうり》などは、元より誰も捨てて顧《かえり》みる者がなかった。するとその荒《あ》れ果てたのをよいことにして、狐狸《こり》が棲《す》む。盗人《ぬすびと》が棲む。とうとうしまいには、引き取り手のない死人を、この門へ持って来て、棄《す》てて行くという習慣さえできた。そこで、日の目が見えなくなると、誰でも気味《きみ》を悪《わ》るがって、この門の近所へは足ぶみをしないことになってしまったのである。

その代《かわ》りまた鴉《からす》がどこからか、たくさん集《あつま》って来た。昼間見ると、その鴉が何羽となく輪を描《か》いて、高い鴟尾《しび》のまわりを啼《な》きながら、飛びまわっている。ことに門の上の空が、夕焼けであかくなる時には、それが胡麻《ごま》をまいたようにはっきり見えた。鴉は、もちろん、門の上にある死人の肉を、啄《ついば》みに来るのである。――もっとも今日は、刻限《こくげん》が遅《おそ》いせいか、一羽も見えない。ただ、所々、崩《くず》れかかった、そうしてその崩れ目に長い草のはえた石段の上に、鴉の糞《ふん》が、点々と白くこびりついているのが見える。下人は七段ある石段の一番上の段に、洗いざらした紺《こん》の襖《あお》*の尻《しり》を据《す》えて、右の頬《ほお》にできた、大きな面皰《にきび》を気にしながら、ぼんやり、雨のふるのを眺《なが》めていた。

作者はさっき、「下人が雨やみを待っていた」と書いた。しかし、下人は雨がやんでも、格別どうしようという当てはない。ふだんなら、もちろん、主人の家へ帰るべきはずである。ところがその主人からは、四、五日前に暇《ひま》を出された。前にも書いたように、当時京都の町は一通りならず衰微《すいび》していた。今この下人が、永年《ながねん》、使われていた主人から、暇を出されたのも、実はこの衰微の小さな余波《よは》にほかならない。だから「下人が雨やみを待っていた」というよりも「雨にふりこめられた下人が、行き所がなくて、途方《とほう》にくれていた」と言う方が、適当《てきとう》である。その上、今日の空模様《もよう》も少《すくな》からず、この平安朝《へいあんちょう》の下人《げにん》の Sentimentalisme* に影響《えいきょう》した。申《さる》の刻下《こくさが》り*からふり出した雨は、いまだに上《あが》るけしきがない。そこで、下人は、何を措《お》いても差当《さしあた》り明日《あす》の暮《くら》しをどうにかしようとして——言わばどうにもならないことを、どうにかしようとして、とりとめもない考えをたどりながら、さっきから朱雀《すざく》大路《おおじ》にふる雨の音を、聞くともなく聞いていたのである。

雨は、羅生門《らしょうもん》をつつんで、遠くから、ざあっという音をあつめて来る。夕闇《ゆうやみ》は次第《しだい》に空を低くして、見上げると、門の屋根が、斜につき出した甍《いらか》の先に、重たくうす暗い雲を支《ささ》えている。

どうにもならないことを、どうにかするためには、手段を選んでいる遑《いとま》はない。選んでいれば、築土《ついじ》の下か、道ばたの土の上で、饑死《うえじに》をするばかりである。そうして、この門の上へ持って来て、犬のように棄《す》てられてしまうばかりである。選ばないとすれば——下人の考えは、何度も同じ道を低徊《ていかい》した揚句《あげく》に、やっとこの局所へ逢着《ほうちゃく》した。しかしこの「すれば」は、いつまでたっても、結局「すれば」であった。下人は、手段を選ばないということを肯定《こうてい》しながらも、この「すれば」のかたをつけるために、当然、その後《のち》に来《きた》るべき「盗人《ぬすびと》になるよりほかに仕方がない」ということを、積極的に肯定するだけの、勇気が出ずにいたのである。

下人は、大きな嚏《くさめ》*をして、それから、大儀《たいぎ》そうに立上《たちあが》った。夕冷えのする京都は、もう火桶《ひおけ》が欲しいほどの寒さである。風は門の柱と柱との間を、夕闇とともに遠慮《えんりょ》なく、吹《ふ》きぬける。丹塗《にぬり》の柱にとまっていた蟋蟀《きりぎりす》も、もうどこかへ行ってしまった。

下人は、頸《くび》をちぢめながら、山吹《やまぶき》の汗衫《かざみ》*に重ねた、紺《こん》の襖《あお》の肩《かた》を高くして門のまわりを見まわした。雨風の患《うれえ》のない、人目にかかる惧《おそ》れのない、一晩楽にねられそうな所があれば、そこでともかくも、夜を明かそうと思ったからである。すると、幸い門の上の楼《ろう》へ上る、幅《はば》の広い、これも丹を塗《ぬ》った梯子《はしご》が眼《め》についた。上なら、人がいたにしても、どうせ死人ばかりである。下人はそこで、腰《こし》にさげた聖柄《ひじりづか》*の太刀《たち》が鞘走《さやばし》らないように気をつけながら、藁草履《わらぞうり》をはいた足を、その梯子の一番下の段へふみかけた。

それから、何分かの後である。羅生門の楼の上へ出る、幅の広い梯子の中段に、一人の男が、猫《ねこ》のように身をちぢめて、息を殺しながら、上の容子《ようす》を窺《うかが》っていた。楼の上からさす火の光が、かすかに、その男の右の頰《ほお》をぬらしている。短い鬚《ひげ》の中に、赤く膿《うみ》を持った面皰《にきび》のある頰である。下人は、始めから、この上にいる者は、死人ばかりだと高を括《くく》っていた。それが、梯子を二三段上って見ると、上では誰《だれ》か火をとぼして、しかもその火をそこここと動かしているらしい。これは、その濁《にご》った、黄いろい光が、隅々《すみずみ》に蜘蛛《くも》の巣をかけた天井裏《てんじょううら》に、揺《ゆ》れながら映《うつ》ったので、すぐにそれと知れたのである。この雨の夜に、この羅生門の上で、火をともしているからは、どうせ唯《ただ》の者ではない。

下人《げにん》は、守宮《やもり》のように足音をぬすんで、やっと急な梯子《はしご》を、一番上の段まで這《は》うようにして上りつめた。そうして体をできるだけ、平らにしながら、頸《くび》をできるだけ、前へ出して、恐《おそ》る恐る、楼《ろう》の内を覗《のぞ》いてみた。

見ると、楼の内には、噂《うわさ》に聞いた通り、幾《いく》つかの死骸《しがい》が、無造作に棄《す》ててあるが、火の光の及《およ》ぶ範囲《はんい》が、思ったより狭《せま》いので、数は幾つともわからない。ただ、おぼろげながら、知れるのは、その中に裸《はだか》の死骸と、着物を着た死骸とがあるということである。もちろん、中には女も男もまじっているらしい。そうして、その死骸は皆《みな》、それが、かつて、生きていた人間だという事実さえ疑われるほど、土を捏《こ》ねて造った人形のように、口を開《あ》いたり手を延ばしたりして、ごろごろ床《ゆか》の上にころがっていた。しかも、肩《かた》とか胸とかの高くなっている部分に、ぼんやりした火の光をうけて、低くなっている部分の影《かげ》を一層暗くしながら、永久に唖《おし》のごとく黙《だま》っていた。

下人は、それらの死骸の腐爛《ふらん》した臭気《しゅうき》に思わず、鼻を掩《おお》った。しかし、その手は、次の瞬間《しゅんかん》には、もう鼻を掩うことを忘れていた。ある強い感情が、ほとんどことごとくこの男の嗅覚《きゅうかく》を奪《うば》ってしまったからである。

下人の眼《め》は、その時、はじめてその死骸の中に蹲《うずくま》っている人間を見た。檜皮色《ひわだいろ》*の着物を着た、背の低い、痩《や》せた、白髪頭《しらがあたま》の、猿《さる》のような老婆《ろうば》である。その老婆は、右の手に火をともした松の木片《きぎれ》を持って、その死骸の一つの顔を覗きこむように眺《なが》めていた。髪《かみ》の毛の長いところを見ると、多分女の死骸であろう。

下人は、六分の恐怖《きょうふ》と四分の好奇心《こうきしん》とに動かされて、暫時《ざんじ》は呼吸《いき》をするのさえ忘れていた。旧記《きゅうき》の記者の語を借りれば、「頭身《とうしん》の毛も太る」*ように感じたのである。すると老婆は、松の木片を、床板《ゆかいた》の間に挿《さ》して、それから、今まで眺めていた死骸の首に両手をかけると、丁度、猿の親が猿の子の虱《しらみ》をとるように、その長い髪の毛を一本ずつ抜《ぬ》きはじめた。髪は手に従って抜けるらしい。

その髪の毛が、一本ずつ抜けるのに従って、下人の心からは、恐怖が少しずつ消えて行った。そうして、それと同時に、この老婆に対するはげしい憎悪《ぞうお》が、少しずつ動いて来た。――いや、この老婆に対するといっては、語弊《ごへい》があるかも知れない。むしろ、あらゆる悪に対する反感が、一分ごとに強さを増して来たのである。この時、誰《だれ》かがこの下人に、さっき門の下でこの男が考えていた、饑死《うえじに》をするか盗人《ぬすびと》になるかという問題を、改めて持出《もちだ》したら、恐らく下人は、何の未練もなく、饑死を選んだことであろう。それほど、この男の悪を憎《にく》む心は、老婆の床に挿した松の木片のように、勢いよく燃《も》え上《あが》り出していたのである。

下人には、もちろん、なぜ老婆が死人の髪の毛を抜くかわからなかった。従って、合理的には、それを善悪のいずれに片づけてよいか知らなかった。しかし下人《げにん》にとっては、この雨の夜に、この羅生門《らしょうもん》の上で、死人の髪《かみ》の毛を抜《ぬ》くということが、それだけですでに許すべからざる悪であった。もちろん、下人は、さっきまで自分が、盗人《ぬすびと》になる気でいたことなぞは、とうに忘れていたのである。

そこで、下人は、両足に力を入れて、いきなり、梯子《はしご》から上へ飛び上《あが》った。そして聖柄《ひじりづか》の太刀《たち》に手をかけながら、大股《おおまた》に老婆《ろうば》の前へ歩みよった。老婆が驚《おどろ》いたのはいうまでもない。

老婆は、一目《ひとめ》下人を見ると、まるで弩《いしゆみ》*にでも弾《はじ》かれたように、飛び上った。

「おのれ、どこへ行く」

下人は、老婆が死骸《しがい》につまずきながら、慌《あわ》てふためいて逃《に》げようとする行手《ゆくて》を塞《ふさ》いで、こう罵《ののし》った。老婆は、それでも下人をつきのけて行こうとする。下人はまた、それを行かすまいとして、押しもどす。二人は死骸の中で、暫《しばら》く、無言《むごん》のまま、つかみ合った。しかし勝敗は、はじめからわかっている。下人はとうとう、老婆の腕《うで》をつかんで、無理にそこへ扭《ね》じ倒《たお》した。丁度、鶏《にわとり》の脚《あし》のような、骨と皮ばかりの腕である。

「何をしていた。言え。言わぬと、これだぞよ」

下人は、老婆をつき放すと、いきなり、太刀の鞘《さや》を払《はら》って、白い鋼《はがね》の色をその眼《め》の前へつきつけた。けれども、老婆は黙《だま》っている。両手をわなわなふるわせて、肩《かた》で息を切りながら、眼を、眼球《めだま》が眶《まぶた》の外へ出そうになるほど、見開いて、唖《おし》のように執拗《しゅうね》く黙っている。これを見ると、下人は始めて明白《めいはく》にこの老婆の生死が、全然、自分の意志に支配されているということを意識した。そうしてこの意識は、今までけわしく燃《も》えていた憎悪《ぞうお》の心を、いつの間にか冷ましてしまった。後《あと》に残ったのは、ただ、ある仕事をして、それが円満に成就《じょうじゅ》した時の、安らかな得意と満足とがあるばかりである。そこで、下人は、老婆を見下しながら、少し声を柔《やわ》らげてこう言った。

「己《おれ》は検非違使《けびいし》*の庁《ちょう》の役人などではない。今し方《がた》この門の下を通りかかった旅の者だ。だからお前に縄《なわ》をかけて、どうしようというようなことはない。ただ、今時分この門の上で、何をしていたのだか、それを己に話しさえすればいいのだ」

すると、老婆は、見開いていた眼を、一層大きくして、じっとその下人の顔を見守った。眶の赤くなった、肉食鳥のような、鋭《するど》い眼で見たのである。それから、皺《しわ》で、ほとんど、鼻と一つになった唇《くちびる》を、何か物でも嚙《か》んでいるように動かした。細い喉《のど》で、尖《とが》った喉仏《のどぼとけ》の動いているのが見える。その時、その喉から、鴉《からす》の啼《な》くような声が、喘《あえ》ぎ喘ぎ、下人の耳へ伝わって来た。

「この髪を抜いてな、この髪を抜いてな、鬘《かずら》にしょうと思うたのじゃ」

　下人《げにん》は、老婆《ろうば》の答《こたえ》が存外《ぞんがい》、平凡《へいぼん》なのに失望した。そうして失望すると同時に、また前の憎悪《ぞうお》が、冷やかな侮蔑《ぶべつ》と一しょに、心の中へはいって来た。すると、その気色《けしき》が、先方へも通じたのであろう。老婆は、片手に、まだ死骸《しがい》の頭から奪《うば》った長い抜《ぬ》け毛を持ったなり、蟇《ひき》のつぶやくような声で、口ごもりながら、こんなことを言った。

「なるほどな、死人《しびと》の髪《かみ》の毛を抜くということは、何ぼう悪いことかも知れぬ。じゃが、ここにいる死人どもは、皆《みな》、そのくらいなことを、されてもいい人間ばかりだぞよ。現在、わしが今、髪を抜いた女などはな、蛇《へび》を四寸ばかりずつに切って干したのを、干魚《ほしうお》だと言うて、太刀帯《たてわき》＊の陣《じん》＊へ売りに往《い》んだわ。疫病《えやみ》にかかって死なんだら、今でも売りに往んでいたことであろ。それもよ、この女の売る干魚は、味がよいと言うて、太刀帯どもが、欠かさず菜料《さい》に買っていたそうな。わしは、この女のしたことが悪いとは思うていぬ。せねば、餓死《うえじに》をするのじゃて、仕方がなくしたことであろ。されば、今また、わしのしていたことも悪いこととは思わぬぞよ。これとてもやはりせねば、餓死をするじゃて、仕方がなくすることじゃわいの。じゃて、その仕方がないことを、よく知っていたこの女は、大方《おおかた》わしのすることも大目に見てくれるであろ」

　老婆は、大体こんな意味のことを言った。

下人は、太刀《たち》を鞘《さや》におさめて、その太刀の柄《つか》を左の手でおさえながら、冷然として、この話を聞いていた。もちろん、右の手では、赤く頰《ほお》に膿《うみ》を持った大きな面皰《にきび》を気にしながら、聞いているのである。しかし、これを聞いているうちに、下人の心には、ある勇気が生まれて来た。それは、さっき門の下で、この男には欠けていた勇気である。そうして、またさっきこの門の上へ上って、この老婆を捕《とら》えた時の勇気とは、全然、反対な方向に動こうとする勇気である。下人は、餓死をするか盗人《びと》になるかに、迷《まよ》わなかったばかりではない。その時のこの男の心もちからいえば、餓死などということは、ほとんど、考えることさえできないほど、意識の外に追い出されていた。

「きっと、そうか」

老婆の話が完《おわ》ると、下人は嘲《あざけ》るような声で念を押した。そうして、一足前へ出ると、不意に右の手を面皰から離《はな》して、老婆の襟上《えりがみ》をつかみながら、嚙《か》みつくようにこう言った。

「では、己《おれ》が引剝《ひはぎ》をしようと恨《うら》むまいな。己もそうしなければ、餓死をする体なのだ」

下人は、すばやく、老婆の着物を剝《は》ぎとった。それから、足にしがみつこうとする老婆を、手荒《あら》く死骸の上へ蹴倒《けたお》した。梯子《はしご》の口までは、わずかに五歩を数えるばかりである。下人《げにん》は、剝《は》ぎとった檜皮色《ひわだいろ》の着物をわきにかかえて、またたく間に急な梯子《はしご》を夜の底へかけ下りた。

暫《しばら》く、死んだように倒《たお》れていた老婆《ろうば》が、死骸《しがい》の中から、その裸《はだか》の体を起《おこ》したのは、それから間もなくのことである。老婆はつぶやくような、うめくような声を立てながら、まだ燃《も》えている火の光をたよりに、梯子の口まで、這《は》って行った。そうして、そこから、短い白髪《しらが》を倒《さかさま》にして、門の下を覗《のぞ》きこんだ。外には、ただ、黒洞々《こくとうとう》たる*夜があるばかりである。

下人の行方《ゆくえ》は、誰《だれ》も知らない。

（大正四年九月）

鼻

禅智内供《ぜんちないぐ》*の鼻といえば、池《いけ》の尾《お》*で知らない者はない。長さは五六寸あって上唇《うわくちびる》の上から顋《あご》の下まで下《さが》っている。形は元も先も同じように太い。いわば細長い腸詰《ちょうづ》めのような物が、ぶらりと顔のまん中からぶら下っているのである。

五十歳《さい》を越《こ》えた内供は、沙弥《しゃみ》の昔《むかし》から内道場供奉《ないどうじょうぐぶ》の職に陞《のぼ》った今日《こんにち》まで、内心では始終この鼻を苦に病《や》んで来た。もちろん表面では、今でもさほど気にならないような顔をしてすましている。これは専念《せんねん》に当来《とうらい》の浄土《じょうど》を渇仰《かつごう》すべき僧侶《そうりょ》の身で、鼻の心配をするのが悪いと思ったからばかりではない。それよりむしろ、自分で鼻を気にしているということを、人に知られるのが嫌《いや》だったからである。内供は日常の談話《だんわ》の中に、鼻という語が出てくるのを何よりも惧《おそ》れていた。

内供が鼻を持てあました理由は二つある。——一つは実際的に、鼻の長いのが不便だったからである。第一飯《めし》を食う時にも独りでは食えない。独りで食えば、鼻の先が鋺《かなまり》*の中の飯へとどいてしまう。そこで内供は弟子《でし》の一人を膳《ぜん》の向《むこ》うへ坐《すわ》らせて、飯を食う間《あいだ》じゅう、広さ一寸長さ二尺ばかりの板で、鼻を持上《もちあ》げていてもらうことにした。しかしこうして飯を食うということは、持上《もちあ》げている弟子《でし》にとっても、持上げられている内供《ないぐ》にとっても、決して容易なことではない。一度この弟子の代《かわ》りをした中童子《ちゅうどうじ》が、嚏《くさめ》をした拍子《ひょうし》に手がふるえて、鼻を粥《かゆ》の中へ落《おと》した話は、当時京都まで喧伝《けんでん》された。――けれどもこれは内供にとって、決して鼻を苦に病《や》んだ重《おも》な理由ではない。内供は実にこの鼻によって傷《きず》つけられる自尊心《じそんしん》のために苦しんだのである。

池《いけ》の尾《お》の町の者は、こういう鼻をしている禅智《ぜんち》内供のために、内供の俗《ぞく》でないことを仕合《しあわ》せだと言った。あの鼻では誰《だれ》も妻になる女があるまいと思ったからである。中にはまた、あの鼻だから出家《しゅつけ》したのだろうと批評する者さえあった。しかし内供は、自分が僧《そう》であるために、幾分《いくぶん》でもこの鼻に煩《わずら》わされることが少《すく》なくなったと思っていない。内供の自尊心は、妻帯《さいたい》というような結果的な事実に左右されるためには、あまりにデリケイトにできていたのである。そこで内供は、積極的にも消極的にも、この自尊心の毀損《きそん》を恢復《かいふく》しようと試みた。

第一に内供の考えたのは、この長い鼻を実際以上に短く見せる方法である。これは人のいない時に、鏡《かがみ》へ向《むか》って、いろいろな角度から顔を映《うつ》しながら、熱心に工夫《くふう》を凝《こ》らしてみた。どうかすると、顔の位置を換《か》えるだけでは、安心ができなくなって、頬杖《ほおづえ》をついたり頤《あご》の先へ指をあてがったりして、根気よく鏡を覗《のぞ》いてみることもあった。しかし自分でも満足するほど、鼻が短く見えたことは、これまでにただの一度もない。時によると、苦心すればするほど、かえって長く見えるような気さえした。内供は、こういう時には、鏡を筥《はこ》へしまいながら、今さらのようにため息をついて、不承不承《ふしょうぶしょう》にまた元の経机《きょうづくえ》へ、観音経《かんのんぎょう》をよみに帰るのである。

それからまた内供は、絶えず人の鼻を気にしていた。池の尾の寺は、僧供講説《そうぐこうせつ》などのしばしば行われる寺である。寺の内には、僧坊《そうぼう》が隙《すき》なく建て続いて、湯屋《ゆや》では寺の僧が日ごとに湯を沸《わ》かしている。従ってここへ出入《しゅつにゅう》する僧俗《そうぞく》の類《たぐい》もはなはだ多い。内供はこういう人々の顔を根気よく物色《ぶっしょく》した。一人でも自分のような鼻のある人間を見つけて、安心がしたかったからである。だから内供の眼《め》には、紺《こん》の水干《すいかん》も白の帷子《かたびら》もはいらない。まして柑子《こうじ》色《いろ》の帽子《ぼうし》や、椎鈍《しいにび》の法衣《ころも》なぞは、見慣れているだけに、あれどもなきがごとくである。内供は人を見ずに、ただ、鼻を見た。——しかし鍵鼻《かぎばな》はあっても、内供のような鼻は一つも見当《みあた》らない。その見当らないことがたび重なるに従って、内供の心は次第《しだい》にまた不快になった。内供が人と話しながら、思わずぶらりと下《さが》っている鼻の先をつまんでみて、年甲斐《としがい》もなく顔を赤めたのは、全くこの不快に動かされての所為《しょい》である。

最後に、内供は、内典外典《ないてんげてん》*の中に、自分と同じような鼻のある人物を見出《みいだ》して、せめても幾分の心やりにしようとさえ思ったことがある。けれども、目連《もくれん》*や、舎利《しゃり》弗《ほっ》*の鼻が長かったとは、どの経文《きょうもん》にも書いてない。もちろん竜樹《りゅうじゅ》や馬鳴《めみょう》*も、人並の鼻を備えた菩薩《ぼさつ》である。内供《ないぐ》は、震旦《しんたん》*の話のついでに蜀漢《しょくかん》の劉玄徳《りゅうげんとく》の耳が長かったということを聞いた時に、それが鼻だったら、どのくらい自分は心細くなるだろうと思った。

　内供がこういう消極的な苦心をしながらも、一方ではまた、積極的に鼻の短くなる方法を試みたことは、わざわざここに言うまでもない。内供はこの方面でもほとんどできるだけのことをした。烏瓜《からすうり》を煎《せん》じて飲んでみたこともある。鼠《ねずみ》の尿《いばり》を鼻へなすってみたこともある。しかし何をどうしても、鼻は依然《いぜん》として、五六寸の長さをぶらりと唇《くちびる》の上にぶら下げているではないか。

　ところがある年の秋、内供の用を兼《か》ねて、京へ上った弟子《でし》の僧《そう》が、知己《しるべ》の医者から長い鼻を短くする法を教わって来た。その医者というのは、もと震旦から渡《わた》って来た男で、当時は長楽寺《ちょうらくじ》*の供僧《ぐそう》になっていたのである。

　内供は、いつものように、鼻などは気にかけないという風をして、わざとその法もすぐにやってみようとは言わずにいた。そうして一方では、気軽な口調《くちょう》で、食事のたびごとに、弟子の手数《てすう》をかけるのが、心苦しいというようなことを言った。内心ではもちろん弟子の僧が、自分を説《と》き伏《ふ》せて、この法を試みさせるのを待っていたのである。弟子の僧にも、内供のこの策略《さくりゃく》がわからないはずはない。しかしそれに対する反感よりは、内供のそういう策略をとる心もちの方が、より強くこの弟子の僧の同情を動かしたのであろう。弟子の僧は、内供の予期通り、口を極《きわ》めて、この法を試みることを勧《すす》め出した。そうして、内供自身もまた、その予期通り、結局この熱心な勧告《かんこく》に聴従《ちょうじゅう》することになった。

その法というのは、ただ、湯で鼻を茹《ゆ》でて、その鼻を人に踏《ふ》ませるという、極めて簡単《かんたん》なものであった。

湯は寺の湯屋《ゆや》で、毎日沸《わ》かしている。そこで弟子の僧は、指も入れられないような熱い湯を、すぐに提《ひさげ》に入れて、湯屋から汲《く》んで来た。しかしじかにこの提へ鼻を入れるとなると、湯気に吹《ふ》かれて顔を火傷《やけど》する惧《おそれ》がある。そこで折敷《おしき》*へ穴をあけて、それを提の蓋《ふた》にして、その穴から鼻を湯の中へ入れることにした。鼻だけはこの熱い湯の中へ浸《ひた》しても、少しも熱くないのである。しばらくすると弟子の僧が言った。

——もう茹《ゆだ》った時分《じぶん》でござろう。

内供は苦笑《くしょう》した。これだけ聞いたのでは、誰《だれ》も鼻の話とは気がつかないだろうと思ったからである。鼻は熱湯《ねっとう》に蒸《む》されて、蚤《のみ》の食ったようにむず痒《がゆ》い。

弟子の僧は、内供が折敷の穴から鼻をぬくと、そのまだ湯気の立っている鼻を、両足に力を入れながら、踏みはじめた。内供は横になって、鼻を床板《ゆかいた》の上へのばしながら、弟子の僧の足が上下《うえした》に動くのを眼《め》の前に見ているのである。弟子の僧は、時々気の毒そうな顔をして、内供《ないぐ》の禿《は》げ頭を見下《みおろ》しながら、こんなことを言った。

——痛《いと》うはござらぬかな。医師は責めて踏《ふ》めと申したで。じゃが、痛うはござらぬかな。

内供は首を振《ふ》って、痛《いた》くないという意味を示そうとした。ところが鼻を踏まれているので思うように首が動かない。そこで、上眼《うわめ》を使って、弟子《でし》の僧《そう》の足に皹《あかぎれ》のきれているのを眺《なが》めながら、腹を立てたような声で、

——痛うはないて。

と答えた。実際鼻はむず痒《がゆ》い所を踏まれるので、痛いよりもかえって気もちのいいくらいだったのである。

しばらく踏んでいると、やがて、粟粒《あわつぶ》のようなものが、鼻へできはじめた。言わば毛をむしった小鳥をそっくり丸炙《まるやき》にしたような形である。弟子の僧はこれを見ると、足を止めて独り言のようにこう言った。

——これを鑷子《けぬき》でぬけと申すことでござった。

内供は、不足らしく頰《ほお》をふくらせて、黙《だま》って弟子の僧のするなりに任《まか》せておいた。もちろん弟子の僧の親切がわからない訳《わけ》ではない。それは分《わか》っても、自分の鼻をまるで物品《ぶっぴん》のように取扱《とりあつか》うのが、不愉快《ふゆかい》に思われたからである。内供は、信用しない医者の手術をうける患者《かんじゃ》のような顔をして、不承不承《ふしょうぶしょう》に弟子の僧が、鼻の毛穴から

鑷子で脂《あぶら》をとるのを眺めていた。脂は、鳥の羽の茎《くき》のような形をして、四分《ぶ》ばかりの長さにぬけるのである。

やがてこれが一通りすむと、弟子の僧は、ほっと一息ついたような顔をして、

――もう一度、これを茹《ゆ》でればようござる。

と言った。

内供はやはり、八の字をよせたまま不服らしい顔をして、弟子の僧の言うなりになっていた。

さて二度目に茹でた鼻を出してみると、なるほど、いつになく短くなっている。これではあたりまえの鍵鼻《かぎばな》と大した変《かわ》りはない。内供はその短くなった鼻を撫《な》でながら、弟子の僧の出してくれる鏡を、極《きま》りが悪《わ》るそうにおずおず覗《のぞ》いてみた。

鼻は――あの顋《あご》の下まで下《さが》っていた鼻は、ほとんどうそのように萎縮《いしゅく》して、今はわずかに上唇《うわくちびる》の上で意気地《いくじ》なく残喘《ざんぜん》を保っている。所々まだらに赤くなっているのは、恐《おそ》らく踏まれた時の痕《あと》であろう。こうなれば、もう誰《だれ》も哂《わら》うものはないにちがいない。――鏡の中にある内供の顔は、鏡の外にある内供の顔を見て、満足そうに眼をしばたたいた。

しかし、その日はまだ一日、鼻がまた長くなりはしないかという不安があった。そこで内供は誦経《ずきょう》する時にも、食事をする時にも、暇《ひま》さえあれば手を出して、そっ

と鼻の先にさわってみた。が、鼻は行儀《ぎょうぎ》よく唇《くちびる》の上に納まっているだけで、格別それより下へぶら下って来る景色もない。それから一晩寝《ね》てあくる日早く眼《め》がさめると内供《ないぐ》はまず、第一に、自分の鼻を撫《な》でてみた。鼻は依然《いぜん》として短い。内供はそこで、幾年《いくとし》にもなく、法華経《ほけきょう》書写の功を積んだ時のような、のびのびした気分になった。

ところが二三日たつうちに、内供は意外な事実を発見した。それは折から、用事があって、池の尾《いけのお》の寺を訪《おとず》れた侍《さむらい》が、前よりも一層おかしそうな顔をして、話もろくろくせずに、じろじろ内供の鼻ばかり眺《なが》めていたことである。それのみならず、かつて、内供の鼻を粥《かゆ》の中へ落《おと》したことのある中童子《ちゅうどうじ》なぞは、講堂の外で内供と行きちがった時に、始めは、下を向いておかしさをこらえていたが、とうとうこらえ兼《か》ねたとみえて、一度にふっと吹《ふ》き出してしまった。用を言いつかった下法師《しもほうし》たちが、面と向《むか》っている間だけは、慎《つつし》んで聞いていても、内供が後《うしろ》さえ向けば、すぐにくすくす笑い出したのは、一度や二度のことではない。

内供は始め、これを自分の顔がわりがしたせいだと解釈《かいしゃく》した。しかしどうもこの解釈だけでは十分に説明がつかないようである。——もちろん、中童子や下法師が哂《わら》う原因は、そこにあるのにちがいない。けれども同じ哂うにしても、鼻の長かった昔《むかし》とは、哂うのにどことなく容子《ようす》がちがう。見慣れた長い鼻より、見慣れない短い鼻の方が滑稽《こっけい》に見えるといえば、それまでである。が、そこにはまだ何かあるらしい。

——前にはあのようにつけつけとは哂わなんだて。

内供は、誦《ず》しかけた経文《きょうもん》をやめて、禿《は》げ頭を傾《かたむ》けながら、時々こう呟《つぶや》くことがあった。愛すべき内供は、そういう時になると、必ずぼんやり、傍《かたわ》らにかけた普賢《ふげん》の画像を眺めながら、鼻の長かった四五日前のことを憶《おも》い出して、「今はむげにいやしくなりさがれる人の、さかえたる昔をしのぶがごとく」ふさぎこんでしまうのである。——内供には、遺憾《いかん》ながらこの問に答《こたえ》を与《あた》える明が欠けていた。

——人間の心には互《たが》いに矛盾《むじゅん》した二つの感情がある。もちろん、誰《だれ》でも他人の不幸に同情しない者はない。ところがその人がその不幸を、どうにかして切りぬけることができると、今度はこっちで何となく物足りないような心もちがする。少し誇《こ》張《よう》して言えば、もう一度その人を、同じ不幸に陥《おとしい》れてみたいような気にさえなる。そうしていつの間にか、消極的ではあるが、ある敵意《てきい》をその人に対して抱《いだ》くようなことになる。——内供が、理由を知らないながらも、何となく不快に思ったのは、池の尾の僧俗《そうぞく》の態度に、この傍観者《ぼうかんしゃ》の利己《りこ》主義をそれとなく感づいたからにほかならない。

そこで内供は日ごとに機嫌《きげん》が悪くなった。二言目《ふたことめ》には、誰でも意地悪く叱《しか》りつける。しまいには鼻の療治《りょうじ》をしたあの弟子《でし》の僧《そう》でさえ、「内供《ないぐ》は法慳貪《ほうけんどん》*の罪《つみ》を受けられるぞ」と陰口《かげぐち》をきくほどになった。ことに内供を怒《おこ》らせたのは、例の悪戯《いたずら》な中童《ちゅうどう》子《じ》である。ある日、けたたましく犬の吠《ほ》える声がするので、内供が何気なく外へ出てみると、中童子は、二尺ばかりの木の片《きれ》をふりまわして、毛の長い、痩《や》せた尨犬《むくいぬ》を逐《お》いまわしている。それもただ、逐いまわしているのではない。「鼻を打たれまい。それ、鼻を打たれまい」と囃《はや》しながら、逐いまわしているのである。内供は、中童子の手からその木の片をひったくって、したたかその顔を打った。木の片は以前の鼻持《はなも》上《た》げの木だったのである。

内供はなまじいに、鼻の短くなったのが、かえって恨《うら》めしくなった。

するとある夜のことである。日が暮れてから急に風が出たとみえて、塔《とう》の風鐸《ふうたく》*の鳴る音が、うるさいほど枕《まくら》に通《かよ》って来た。その上、寒さもめっきり加わったので、老年の内供は寝《ね》つこうとしても寝つかれない。そこで床《とこ》の中でまじまじしていると、ふと鼻がいつになく、むず痒《がゆ》いのに気がついた。手をあててみると少し水気《すいき》が来たようにむくんでいる。どうやらそこだけ、熱さえもあるらしい。

——無理に短《みじこ》うしたで、病《やまい》が起《おこ》ったのかも知れぬ。

内供は、仏前に香花《こうげ》を供えるような恭《うやうや》しい手つきで鼻を抑《おさ》えながら、こう呟《つぶや》いた。

翌朝《よくあさ》、内供がいつものように早く眼《め》をさましてみると、寺内の銀杏《いちょう》や橡《とち》が一晩のうちに葉を落《おと》したので、庭は黄金《きん》を敷《し》いたように明るい。塔の屋根には霜《しも》が下りているせいであろう。まだうすい朝日に、九輪《くりん》がまばゆく光っている。禅智《ぜんち》内供は、蔀《しとみ》を上げた縁《えん》に立って、深く息をすいこんだ。

ほとんど、忘れようとしていたある感覚が、ふたたび内供に帰って来たのはこの時である。

内供は慌《あわ》てて鼻へ手をやった。手にさわるものは、昨夜《ゆうべ》の短い鼻ではない。上唇《うわくちびる》の上から顋《あご》の下まで、五六寸あまりもぶら下っている、昔《むかし》の長い鼻である。内供は鼻が一夜のうちに、また元の通り長くなったのを知った。そうしてそれと同時に、鼻が短くなった時と同じような、はればれした心もちが、どこからともなく帰って来るのを感じた。

――こうなれば、もう誰《だれ》も哂《わら》うものはないにちがいない。

内供は心の中でこう自分に囁《ささや》いた。長い鼻をあけ方《がた》の秋風にぶらつかせながら。

（大正五年一月）

孤独地獄《こどくじごく》

この話を自分は母から聞いた。母はそれを自分の大叔父《おおおじ》から聞いたと言っている。話の真偽《しんぎ》は知らない。ただ大叔父自身の性行《せいこう》から推《お》して、こういうことも随分《ずいぶん》ありそうだと思うだけである。

大叔父はいわゆる大通《だいつう》*の一人で、幕末《ばくまつ》の芸人や文人《ぶんじん》の間に知己《ちき》の数が多かった。河竹黙阿弥《かわたけもくあみ》、柳下亭種員《りゆうかていたねかず》*、善哉庵永機《ぜんざいあんえいき》*、同冬映《とうえい》*、九代目団十郎、宇治紫文《うじしぶん》*、都千中《みやこせんちゆう》*、乾坤坊良斎《けんこんぼうりようさい》*などの人々である。中でも黙阿弥は、「江戸桜清水清玄《えどざくらきよみずせいげん》」で紀国屋文左衛門《きのくにやぶんざえもん》を書くのに、この大叔父を粉本《ふんぽん》にした。物故《ぶつこ》してから、もうかれこれ五十年になるが、生前《せいぜん》一時は今紀文《いまきぶん》とあだ綽号《あだな》なされたことがあるから、今でも名だけは聞いている人があるかも知れない。——姓《せい》は細木《さいき》、名は藤次郎《とうじろう》、俳名《はいみよう》は香以《こうい》、俗称《ぞくしよう》は山城河岸《やましろがし》の津藤《つとう》と言った男である。

その津藤がある時吉原《よしわら》の玉屋で、一人の僧侶《そうりよ》と近づきになった。本郷界隈《ほんごうかいわい》のある禅寺《ぜんでら》の住職《じゆうしよく》で、名は禅超《ぜんちよう》と言ったそうである。それがやはり嫖客《ひようかく》となって、玉屋の錦木《にしきぎ》という華魁《おいらん》に馴染《なじ》んでいた。もちろん、肉食妻帯《にくじきさいたい》が僧侶に禁ぜられていた時分のことであるから、表向きはどこまでも出家《しゅっけ》ではない。黄八丈《きはちじょう》の着物に黒羽二重《はぶたえ》の紋付《もんつき》という拵《こしら》えで人には医者だと号している。――それと偶然《ぐうぜん》近づきになった。

偶然というのは燈籠時分《とうろうじぶん》＊のある夜、玉屋の二階で、津藤が厠《かわや》へ行った帰りしなに何気《なにげ》なく廊下《ろうか》を通ると、欄干《らんかん》にもたれながら、月を見ている男があった。坊主頭《ぼうずあたま》の、どちらかといえば背の低い、痩《や》せぎすな男である。津藤は、月あかりで、これを出《で》入《いり》の太鼓医者《たいこ》竹内《ちくない》＊だと思った。そこで、通りすぎながら、手をのばして、ちょいとその耳を引張《ひっぱ》った。驚《おどろ》いてふり向くところを、笑ってやろうと思ったからである。

ところがふり向いた顔を見ると、かえって此方《こっち》が驚いた。坊主頭ということを除いたら、竹内と似ているところなどは一つもない。――相手は額《ひたい》の広い割に、眉《まゆ》と眉との間が険《けわ》しく狭《せば》っている。眼《め》の大きく見えるのは、肉の落ちているからであろう。左の頬《ほお》にある大きな黒子《ほくろ》は、その時でもはっきり見えた。その上顴骨《けんこつ》が高い。――これだけの顔かたちが、とぎれとぎれに、慌《あわただ》しく津藤の眼にはいった。

「何かご用かな」その坊主は腹を立てたような声でこう言った。いくらか酒気《しゅき》も帯《お》びているらしい。

前に書くのを忘れたが、その時津藤には芸者が一人に幇間《ほうかん》が一人ついていた。この手合《てあい》は津藤にあやまらせて、それを黙《だま》って見ているわけには行かない。そこで幇間が、津藤に代《かわ》って、その客に疎忽《そこつ》の詫《わび》をした。そうしてその間に、津藤は芸者をつれて、匆々《そうそう》自分の座敷《ざしき》へ帰って来た。いくら大通《だいつう》でも間《ま》が悪かったものと見える。坊主《ぼうず》の方では、幇間《ほうかん》から間違《まち》いの仔細《しさい》をきくと、すぐに機嫌《きげん》を直して大笑いをしたそうである。その坊主が禅超《ぜんちょう》だったことは言うまでもない。

その後《あと》で、津藤《つとう》が菓子《かし》の台を持たせて、向《むこ》うへ詫《わ》びにやる。向うでも気の毒がって、わざわざ礼に来る。それから二人の交情が結ばれた。もっとも結ばれたといっても、玉屋の二階で遇《あ》うだけで、互《たが》いに往来《ゆきき》はしなかったらしい。津藤は酒を一滴《てき》も飲まないが、禅超はむしろ、大酒家《たいしゅか》である。それからどちらかというと、禅超の方が持物《もちもの》に贅《ぜい》をつくしている。最後に女色《じょしょく》に沈湎《ちんめん》するのも、やはり禅超の方がはなはだしい。津藤自身が、これをどちらが出家《しゅっけ》だか解《わか》らないと批評した。——大兵肥満《だいひょうひまん》で、容貌《ようぼう》の醜《みにく》かった津藤は、五分《ごぶ》月代《さかやき》に銀鎖《ぎんぐさり》の懸守《かけまもり》という姿《すがた》で、平素は好んでめくら縞《じま》の着物に白木《しろき》の三尺をしめていたという男である。

ある日津藤が禅超に遇うと、禅超は錦木《にしきぎ》のしかけを羽織《はお》って、三味線《しゃみせん》をひいていた。日頃《ひごろ》から血色《けっしょく》の悪い男であるが、今日《きょう》はことによくない。眼《め》も充血《じゅうけつ》している。弾力《だんりょく》のない皮膚《ひふ》が時々口許《くちもと》で痙攣《けいれん》する。津藤はすぐに何か心配があるのではないかと思った。自分のようなものでも相談相手になれるなら是非《ぜひ》させていただきたい——そういう口吻《こうふん》を洩《も》らしてみたが、別にこれといって打明《うちあ》けることもないらしい。ただ、いつもよりも口数が少《すく》なくなって、ややもすると談柄《だんぺい》を失しがちである。そこで津藤は、これを嫖客《ひょうかく》のかかりやすい倦怠《アンニュイ》だと解釈《かいしゃく》した。酒色《しゅしょく》を恣《ほしいまま》にしている人間がかかった倦怠《アンニュイ》は、酒色で癒《なお》るはずがない。こういうはめから、二人はいつになくしんみりした話をした。すると禅超は急に何か思い出したような容子《ようす》で、こんなことを言ったそうである。

仏説によると、地獄《じごく》にもさまざまあるが、およそまず、根本《こんぽん》地獄*、近辺《きんぺん》地獄*、孤《こ》独《どく》地獄の三つに分《わか》つことができるらしい。それも南瞻部洲《なんせんぶしゅう》下《のしも》過五百《ごひゃく》踰《ゆ》繕那《ぜんなおすぎて》乃《すなわち》有地獄《じごくあり》という句があるから、大抵《たいてい》は昔《むかし》から地下にあるものとなっていたのであろう。ただ、その中で孤独地獄だけは、山間曠野《さんかんこうや》樹下《じゅか》空中、どこへでも忽然《こつぜん》として現れる。言わば目前《もくぜん》の境界《きょうがい》が、すぐそのまま、地獄の苦艱《くげん》を現前するのである。自分は二三年前から、この地獄へ堕《お》ちた。一切《いっさい》のことが少しも永続した興味を与《あた》えない。だからいつでも一つの境界から一つの境界を追って生きている。もちろんそれでも地獄は逃《のが》れられない。そうかといって境界を変えずにいればなお、苦しい思いをする。そこでやはり転々としてその日その日の苦しみを忘れるような生活をしてゆく。しかし、それもしまいには苦しくなるとすれば、死んでしまうよりもほかはない。昔は苦しみながらも、死ぬのが嫌《いや》だった。今では……

最後の句は、津藤の耳にはいらなかった。禅超がまた三味線の調子を合《あわ》せながら、低い声で言ったからである。――それ以来、禅超は玉屋へ来なくなった。誰《だれ》も、この放蕩三昧《ほうとうざんまい》の禅僧《ぜんそう》がそれからどうなったか、知っている者はない。ただその日 禅超《ぜんちょう》は、錦木《にしきぎ》の許《もと》へ金剛経《こんごうきょう》の疏抄《そしょう》*を一冊《さつ》忘れて行った。津藤が後年零落《こうねんれいらく》して、下総《しもうさ》の寒《さむ》川《かわ》*へ閑居《かんきょ》した時に常に机上《きじょう》にあった書籍《しょせき》の一つはこの疏抄である。津藤《つとう》はその表紙の裏へ「菫野《すみれの》や露《つゆ》に気のつく年四十」と、自作の句を書き加えた。その本は今では残っていない。句ももう覚えている人は一人もなかろう。安政《あんせい》四年ごろの話である。母は地獄《じごく》という語の興味で、この話を覚えていたものらしい。

一日の大部分を書斎《しょさい》で暮らしている自分は、生活の上から言って、自分の大叔父《おおおじ》やこの禅僧とは、全然没交渉《ぼっこうしょう》な世界に住んでいる人間である。また興味の上から言っても、自分は徳川時代の戯作《げさく》や浮世絵《うきよえ》に、特殊《とくしゅ》な興味を持っている者ではない。しかも自分の中にあるある心もちは、動《やや》もすれば孤独《こどく》地獄という語を介《かい》して、自分の同情を彼らの生活に注ごうとする。が、自分はそれを否《いな》もうとは思わない。なぜといえば、ある意味で自分もまた、孤独地獄に苦しめられている一人だからである。

（大正五年二月）

父

自分が中学の四年生*だった時の話である。

その年の秋、日光から足尾《あしお》へかけて、三泊《ぱく》の修学旅行があった。「午前六時三十分上野停車場前集合、同五十分発車……」こういう箇条《かじょう》が、学校から渡《わた》す謄写版《とうしゃばん》の刷物《すりもの》に書いてある。

当日になると自分は、ろくに朝飯《あさめし》も食わずに家をとび出した。電車でゆけば停車場まで二十分とはかからない。――そう思いながらも、何となく心がせく。停留場の赤い柱の前に立って、電車を待っているうちも、気が気でない。

生憎《あいにく》、空は曇《くも》っている。方々の工場で鳴らす汽笛の音《ね》が、鼠色《ねずみいろ》の水蒸気《すいじょうき》をふるわせたら、それが皆霧雨《みなきりさめ》になって、降って来はしないかとも思われる。その退屈《たいくつ》な空の下で、高架《こうか》鉄道を汽車が通る。被服廠《ひふくしょう》*へ通う荷馬車が通る。店の戸が一つずつ開《あ》く。自分のいる停留場にも、もう二三人、人が立った。それが皆、眠《ね》の足りなそうな顔を、陰気《いんき》らしく片づけている。寒い。――そこへ割引《わりびき》の電車*が来た。

こみ合っている中を、やっと吊皮《つりかわ》にぶらさがると、誰《だれ》か後《うしろ》から、自分の肩《かた》をたたく者がある。自分は慌《あわ》ててふり向いた。

「お早《はよ》う」

見ると、能勢五十雄《のせいそお》＊であった。やはり、自分のように、紺《こん》のヘルの制服を着て、外套《がいとう》を巻いて左の肩《かた》からかけて、麻《あさ》のゲエトルをはいて、腰《こし》に弁当の包みやら水筒《すいとう》やらをぶらさげている。

能勢は、自分と同じ小学校を出て、同じ中学校＊へはいった男である。これといって、得意な学科もなかったが、その代《かわ》りに、これといって、不得意なものもない。その癖《くせ》、ちょいとしたことには、器用な性質《たち》で、流行唄《はやりうた》というようなものは、一度聞くと、すぐに節を覚えてしまう。そうして、修学旅行で宿屋へでも泊《とま》る晩なぞには、それを得意になって披露《ひろう》する。詩吟《しぎん》、薩摩琵琶《さつまびわ》、落語、講談、声色《こわいろ》、手品《てじな》、何でもできた。その上また、身ぶりとか、顔つきとかで、人を笑わせるのに独特な妙《みょう》を得ている。従って級《クラス》の気うけも、教員間の評判も悪くはない。もっとも自分とは、互《たが》いに往来《ゆきき》はしていながら、さして親しいという間柄《あいだがら》でもなかった。

「早いね、君も」

「僕《ぼく》はいつも早いさ」能勢はこう言いながら、ちょいと小鼻をうごめかした。

「でもこの間は遅刻《ちこく》したぜ」

「この間？」

「国語の時間にさ」

「ああ、馬場《ばば》に叱《しか》られた時か。あいつは弘法《こうぼう》にも筆のあやまりさ」能勢は、教員の名まえをよびすてにする癖があった。

「あの先生には、僕も叱られた」

「遅刻で？」

「いいえ、本を忘れて」

「仁丹《じんたん》は、いやにやかましいからな」「仁丹」というのは、能勢が馬場教諭《きょうゆ》につけた渾名《あだな》である。——こんな話をしているうちに、停車場前へ来た。

乗った時と同じように、こみあっている中をやっと電車から下りて停車場へはいると、時刻が早いので、まだ級の連中は二三人しか集《あつま》っていない。互いに「お早う」の挨拶《あいさつ》を交換《こうかん》する。先を争って、待合室《まちあい》の木のベンチに、腰をかける。それから、いつものように、勢いよくしゃべり出した。皆《みな》「僕」と言う代りに、「己《おれ》」と言うのを得意にする年輩《ねんぱい》である。その自ら「己」と称《しょう》する連中の口から、旅行の予想、生徒同志の品隲《ひんしつ》、教員の悪評などが盛《さか》んに出た。

「泉はちゃくいぜ、*あいつは教員用のチョイス*を持っているもんだから、一度も下読みなんぞしたことはないんだとさ」

「平野はもっとちゃくいぜ。あいつは試験の時というと、歴史の年代をみな爪《つめ》へ書いて行くんだって」

「そう言えば先生だってちゃくいからな」

「ちゃくいとも。本間なんぞは receive の i と e と、どっちが先へ来るんだか、それさえろくに知らないく癖《くせ》に、教師用でいい加減にごま化しごま化し、教えているじゃあないか」

　どこまでも、ちゃくいで持ちきるばかりで一つも、ろくな噂《うわさ》は出ない。すると、そのうちに能勢《のせ》が、自分の隣《となり》のベンチに腰《こし》をかけて、新聞を読んでいた、職人らしい男の靴《くつ》を、パッキンレイだと批評した。これは当時、マッキンレイという新形の靴が流行《はや》ったのに、この男の靴は、一体に光沢《つや》を失って、その上先の方《ほう》がぱっくり口を開《あ》いていたからである。

「パッキンレイはよかった」こう言って、皆一時《みないちどき》に、失笑《しっしょう》した。

　それから、自分たちは、いい気になって、この待合《まちあい》室に出入《しゅつにゅう》するいろいろな人間を物色《ぶっしょく》しはじめた。そうして一々、それに、東京の中学生でなければ言えないような、生意気な悪口を加え出した。そういうことにかけて、ひけをとるような、おとなしい生徒は、自分たちの中に一人もいない。中でも能勢の形容《けいよう》が、一番辛辣《しんらつ》で、かつ一番諧謔《かいぎゃく》に富んでいた。

「能勢、能勢、あの上《かみ》さんを見ろよ」

「あいつは河豚《ふぐ》が孕《はら》んだような顔をしているぜ」

「こっちの赤帽《あかぼう》も、何かに似ているぜ。ねえ能勢」

「あいつはカロロ五世*さ」

しまいには、能勢が一人で、悪口を言う役目をひきうけるようなことになった。

すると、その時、自分たちの一人は、時間表の前に立って、細《こま》かい数字をしらべている妙《みよう》な男を発見した。その男は羊羹《ようかん》色の背広を着て、体操に使う球竿《きゆうかん》*のような細い脚《あし》を、鼠《ねずみ》の粗《あら》い縞《しま》のズボンに通している。縁《ふち》の広い昔風《むかしふう》の黒い中折れの下から、半白の毛がはみ出しているところを見ると、もうかなりな年配らしい。その癖頸《くび》のまわりには、白と黒と格子縞《こうしじま》の派手なハンケチをまきつけて、鞭《むち》かと思うような、寒竹《かんちく》の長い杖《つえ》をちょいと脇《わき》の下へはさんでいる。服装といい、態度といい、すべてが、パンチの挿絵《さしえ》*を切抜《きりぬ》いて、そのままそれを、この停車場の人ごみの中へ、立たせたとしか思われない。――自分たちの一人は、また新しく悪口の材料ができたのをよろこぶように、肩《かた》でおかしそうに笑いながら、能勢の手をひっぱって、

「おい、あいつはどうだい」とこう言った。

そこで、自分たちは、皆その妙な男を見た。男は少し反《そ》り身になりながら、チョッキのポケットから、紫《むらさき》の打紐《うちひも》のついた大きなニッケルの懐中《かいちゆう》時計を出して、丹念《たんねん》にそれと時間表の数字とを見くらべている。横顔だけ見て、自分はすぐに、それが

能勢《のせ》の父親だということを知った。

しかし、そこにいた自分たちの連中には、一人もそれを知っている者がない。だから皆《みな》、能勢の口から、この滑稽《こっけい》な人物を、適当《てきとう》に形容する語《ことば》を聞こうとして、聞いた後の笑いを用意しながら、面白《おもしろ》そうに能勢の顔をながめていた。中学の四年生には、その時の能勢の心もちを推測する明《めい》がない。自分は危《あや》うく「あれは能勢の父《ファザア》だぜ」と言おうとした。

するとその時、

「あいつかい。あいつはロンドン乞食《こじき》さ」

こう言う能勢の声がした。皆が一時にふき出したのは言うまでもない。中にはわざわざ反《そ》り身になって、懐中《かいちゅう》時計を出しながら、能勢の父親の姿《スタイル》を真似《まね》て見る者さえある。自分は、思わず下を向いた。その時の能勢の顔を見るだけの勇気が、自分には欠けていたからである。

「そいつは適評だな」

「見ろ。見ろ。あの帽子《ぼうし》を」

「日かげ町《ちょう》*か」

「日かげ町にだってあるものか」

「じゃあ博物館だ」

皆がまた、面白そうに笑った。
曇天《どんてん》の停車場は、日の暮《くれ》のようにうす暗い。自分は、そのうす暗い中で、そっとそのロンドン乞食の方をすかして見た。
すると、いつの間にか、うす日がさし始めたと見えて、幅の狭《せま》い光の帯が高い天《てん》井《じょう》の明り取りから、茫《ぼう》と斜にさしている。能勢の父親は、丁度その光の帯の中にいた。――周囲では、すべての物が動いている。眼《め》のとどく所でも、とどかない所でも動いている。そうしてまたその運動が、声とも音ともつかないものになって、この大きな建物の中を霧のように蔽《おお》っている。しかし能勢の父親だけは動かない。この現代と縁《えん》のない洋服を着た、この現代と縁のない老人は、めまぐるしく動く人間の洪水《こうずい》の中に、これもやはり現代を超越《ちょうえつ》した、黒の中折《なかおれ》をあみだにかぶって、紫《むらさき》の打紐《うちひも》のついた懐中時計を右の掌《たなごころ》の上にのせながら、依然《いぜん》としてポンプのごとく時間表の前に佇立《ちょりつ》しているのである……

あとで、それとなく聞くと、そのころ大学の薬局に通っていた能勢の父親は、能勢が自分たちと一しょに修学旅行に行くところを、出勤の途《みち》すがら見ようと思って、自分の子には知らせずに、わざわざ停車場へ来たのだそうである。

能勢五十雄《いそお》は、中学を卒業すると間もなく、肺結核《はいけっかく》に罹《かか》って、物故《ぶっこ》した。その追《つい》悼式《とうしき》を、中学の図書室で挙げた時、制帽《せいぼう》をかぶった能勢《のせ》の写真の前で悼辞《とうじ》を読んだのは、自分である。「君、父母に孝に」——自分はその悼辞の中に、こういう句を入れた。

（大正五年三月）

野呂松《のろま》人形*

野呂松人形を使うから、見に来ないかという招待《しょうたい》が突然《とつぜん》来た。招待してくれたのは、知らない人である。が、文面で、その人が、僕《ぼく》の友人の知人だということがわかった。「K氏も御出《おいで》のことと存《ぞん》じ候《そうら》えば」とか何とか、書いてある。Kが、僕の友人であることは言うまでもない。――僕は、ともかくも、招待に応ずることにした。

　野呂松人形というものが、どんなものかということは、その日になって、Kの説明を聞くまでは、僕もよく知らなかった。その後、世事談《せじだん》*を見ると、のろまは「江《え》戸《ど》和泉太夫《いずみだいふ》、芝居《しばい》に野呂松勘兵衛《のろまつかんべえ》と言ふもの、頭ひらたく色青黒きいやしげなる人形を使ふ。これをのろま人形と言ふ。野呂松の略語《りゃくご》なり」とある。昔《むかし》は蔵前《くらまえ》の札差《ふださし》とか諸大名《しょだいみょう》の御金御用《おかねごよう》とかあるいはまた長袖《ながそで》*とかが、楽しみに使ったものだそうだが、今では、これを使う人も数えるほどしかないらしい。

　当日、僕は車で、その催《もよお》しがある日暮里《にっぽり》のある人の別荘《べっそう》へ行った。二月の末のある曇《くも》った日の夕方である。日の暮《く》れには、まだ間《ま》があるので、光とも影《かげ》ともつかない明るさが、往来《おうらい》に漂《ただよ》っている。木の芽を誘《さそ》うには早すぎるが、空気は、湿気《しつけ》を含《ふく》んで、どことなく暖かい。二三か所で問うて、漸《ようや》く、見つけた家は、人通りの少《すくな》い横町《よこちょう》にあった。が、想像したほど、閑静《かんせい》な住居《すまい》でもないらしい。昔《むかし》通りのくぐり門をはいって、幅《はば》の狭《せま》い御影石《みかげいし》の石だたみを、玄関《げんかん》の前へ来ると、ここには、式台《しきだい》の柱に、銅鑼《どら》が一つ下《さが》っている。そばに、手ごろな朱塗《しゅぬり》の棒《ぼう》まで添《そ》えてあるから、これで叩《たた》くのかなと思っていると、まだ、それを手にしないうちに、玄関《げんかん》の障子《しょうじ》のかげにいた人が、「どうぞこちらへ」と声をかけた。

受附《うけつけ》のような所で、罫紙《けいし》の帳面に名前を書いて、奥へ通ると、玄関の次の八畳《じょう》と六畳と、二間一《いっ》しょにした、うす暗い座敷《ざしき》には、もう大分《だいぶん》、客の数が見えていた。僕は、人中《ひとなか》へ出る時は、大抵《たいてい》、洋服を着てゆく。袴《はかま》だと、拘泥《こうでい》しなければならない、繁雑《はんざつ》な日本の etiquette も、ズボンだと、しばしば、大目に見られやすい。僕のような、礼節《れいせつ》になれない人間には、至極《しごく》便利である。その日も、こういう訳《わけ》で、僕は、大学の制服を着て行った。が、ここへ来ている連中の中には、一人も洋服を着ているものがない。驚《おどろ》いたことには、僕の知っている英吉利人《イギリスじん》さえ、紋附《もんつき》にセルの袴で、扇《おうぎ》を前に控《ひか》えている。Kのごとき町家の子弟《してい》が結城紬《ゆうきつむぎ》の二枚襲《がさね》か何かで、納まっていたのは言うまでもない。僕は、この二人の友人に挨拶《あいさつ》をして、座につく時に、聊《いささ》か、étranger の感があった。

「これだけ、お客があっては、——さんも大よろこびだろう」Kが僕に言った。——さんというのは、僕に招待状《しょうたいじょう》をくれた人の名である。

「あの人も、やはり人形を使うのかい」

「うん、一番か二番は、習っているそうだ」

「今日も使うかしら」

「いや、使わないだろう。今日は、これでもこの道のお歴々《れきれき》が使うのだから」

Kは、それから、いろいろ、野呂松《のろま》人形の話をした。何でも、番組の数は、皆《みな》で七十何番とかあって、それに使う人形が二十幾《いく》つとかあるということである。自分は、時々、六畳の座敷《ざしき》の正面《しょうめん》にできている舞台《ぶたい》の方を眺《なが》めながら、ぼんやりKの説明を聞いていた。

舞台というのは、高さ三尺ばかり、幅《はば》二間《けん》ばかりの金箔《きんぱく》を押した歩衝《ついたて》である。Kの説によると、これを「手摺《てす》り」と称《しょう》するので、いつでも取壊《とりこわ》せるようにできているという。その左右へは、新しい三色緞子《さんしょくどんす》の几帳《きちょう》が下っている。後《うしろ》は、金屏風《きんびょうぶ》をたてまわしたものらしい。うす暗い中に、その歩衝と屏風との金が一重《ひとえ》、燻《いぶ》しをかけたように、重々しく夕闇《ゆうやみ》を破っている。——僕は、この簡素《かんそ》な舞台を見て非常にいい心もちがした。

「人形には、男と女とあってね、男には、青頭《あおあたま》とか、文字兵衛《もじべえ》とか、十内《じゅうない》とか、老《ろう》僧《そう》とかいうのがある」Kは弁《べん》じて倦《う》まない。

「女にもいろいろありますか」と英吉利人《イギリスじん》が言った。

「女には、朝日とか、照日《てるひ》とかね、それからおきね、悪婆《あくば》なんぞというのもあるそうだ。もっとも中で有名なのは、青頭《あおあたま》でね。これは、元祖《がんそ》から、今の宗家《そうけ》へ伝来したのだというが……」

生憎《あいにく》、その内《うち》に、僕は小用《こよう》に行きたくなった。

——厠《かわや》から帰ってみると、もう電灯《でんとう》がついている。そうして、いつの間にか「手摺《てす》り」の後《うしろ》には、黒い紗《しゃ》の覆面《ふくめん》をした人が一人、人形を持って立っている。いよいよ、狂言《きょうげん》が始まったのであろう。僕は、会釈《えしゃく》をしながら、ほかの客の間を通って、前に坐《すわ》っていた所へ来て坐った。Kと日本服を着た英吉利人との間である。

舞台《ぶたい》の人形は、藍色《あいいろ》の素袍《すおう》に、立烏帽子《たてえぼし》をかけた大名《だいみょう》である。「それがし、いまだ、誇《ほこ》る宝がござらぬによって、世に稀《まれ》なる宝を都へ求めにやろうと存《ぞん》ずる」人形を使っている人が、こんなことを言った。語《かたり》といい、口調《くちょう》といい、間狂言《あいきょうげん》*を見るのと、大した変《かわ》りはない。

やがて、大名が、「まず、与六《よろく》を呼び出して申しつけよう。やいやい与六あるか」とか何とか言うと、「へえ」と答えながらもう一人、黒い紗で顔を隠《かく》した人が、太郎冠者《かじゃ》のような人形を持って、左の三色緞子《さんしょくどんす》の中から、出て来た。これは、茶色の半上下《はんがみしも》に、無腰《むごし》という着附《きつ》けである。

すると、大名の人形が、左手《ゆんで》を小さ刀の柄《つか》にかけながら、右手《めて》の中啓《ちゆうけい》で、与六をさしまねいで、こういうことを言いつける。――「天下治《おさ》まり、目出度《めでた》い御代《みよ》なれば、かなたこなたにて宝合《あわ》せをせらるるところ、なんじの知る通り、それがし方には、いまだ誇るべき宝がないによって、汝都《なんじ》へ上り、世に稀《まれ》なるところの宝が有らば求めて参れ」与六「へえ」大名「急げ」「へえ」「ええ」「へえ」「ええ」「へえ扨々殿様《さてさてとのさま》には……」――それから与六の長い soliloque* が始まった。

人形の出来は、はなはだ、簡単《かんたん》である。第一、着附けの下に、足というものがない。口が開《あ》いたり、目が動いたりする後世《こうせい》の人形に比べれば、格段な相違《そうい》である。手の指を動かすことはあるが、それも滅多《めった》にやらない。するのは、ただ身ぶりである。体を前後にまげたり、手を左右に動かしたりする――それよりほかには、何もしない。はなはだ、間ののびた、同時に、どこか鷹揚《おうよう》な、品のいいものである。僕は、人形に対して、ふたたび étranger の感を深くした。

アナトオル・フランスの書いたものに、こういう一節がある、――時代と場所の制限を離《はな》れた美は、どこにもない。自分が、ある芸術の作品を悦《よろこ》ぶのは、その作品の生活に対する関係を、自分が発見した時に限るのである。Hissarlik* の素焼《すやき》の陶器《とうき》は自分をして、よりイリアッドを愛せしめる。十三世紀におけるフイレンツェの生活を知らなかったとしたら、自分は神曲《しんきょく》を、今日《こんにち》のごとく鑑賞《かんしょう》することはできなかったのに相違《そうい》ない。自分は言う、あらゆる芸術の作品は、その製作の場所と時代とを知って、始めて、正当に愛し、かつ、理解し得られるのである。……

僕は、金色《こんじき》の背景の前に、悠長《ゆうちょう》な動作を繰返《くりかえ》している、藍《あい》の素袍《すおう》と茶の半上下《はんがみしも》とを見て、図《はか》らず、この一節を思い出した。僕たちの書いている小説も、いつかこの野呂松《のろま》人形のようになる時が来はしないだろうか。僕たちは、時代と場所との制限をうけない美があると信じたがっている。僕たちのためにも、僕たちの尊敬する芸術家のためにも、そう信じて疑いたくないと思っている。しかし、それが、果《はた》してそうありたいばかりでなく、そうあることであろうか。……

野呂松人形は、そうあることを否定するごとく、木彫《きぼり》の白い顔を、金の歩衝《ついたて》の上で、動かしているのである。

狂言《きょうげん》は、それから、すっぱが出て、与六《よろく》を欺《だま》し、与六が帰って、大名《だいみょう》の不興《ふきょう》を蒙《こうむ》る所で完《おわ》った。鳴物《なりもの》は、三味線《しゃみせん》のない芝居《しばい》の囃《はや》しと能の囃しとを、一つにしたようなものである。

僕は、次の狂言を待つ間を、Kとも話さずに、ぼんやり、独り「朝日」をのんですごした。

（大正五年七月十八日）

芋《いも》粥《がゆ》

元慶《がんぎょう》*の末か、仁和《にんな》*の始めにあった話であろう。どちらにしても時代はさして、この話に大事な役を、勤めていない。読者はただ、平安朝《へいあんちょう》という、遠い昔《むかし》が背景《はいけい》になっているということを、知ってさえいてくれれば、よいのである。――そのころ、摂政藤原基経《せっしょうふじわらもとつね》に仕《つか》えている侍《さむらい》の中に、某《なにがし》という五位《ごい》*があった。

これも、某と書かずに、何の誰《だれ》と、ちゃんと姓名《せいめい》を明らかにしたいのであるが、生憎旧記《あいにくきゅうき》*には、それが伝わっていない。恐《おそ》らくは、実際、伝わる資格がないほど、平凡《へいぼん》な男だったのであろう。一体旧記の著者《ちょしゃ》などという者は、平凡な人間や話に、余り興味を持たなかったらしい。この点で、彼らと、日本の自然派の作家とは、大《だい》分《ぶん》ちがう。王朝時代の小説家は、存外《ぞんがい》、閑人《ひまじん》でない。――兎《と》に角、藤原基経に仕えている侍の中に、某という五位があった。これが、この話の主人公である。

五位は、風采《ふうさい》のはなはだ揚《あが》らない男であった。第一背が低い。それから赤鼻で、眼尻《めじり》が下《さが》っている。口髭《くちひげ》はもちろん薄《うす》い。頬《ほお》が、こけているから、頤《あご》が、人並《なみ》はずれて、細く見える。唇《くちびる》は――一々、数え立てていれば、際限《さいげん》はない。我《わ》が五位の外《がい》貌《ぼう》はそれほど、非凡《ひぼん》に、だらしなく、でき上《あが》っていたのである。

この男が、いつ、どうして、基経《もとつね》に仕《つか》えるようになったのか、それは誰《だれ》も知っていない。が、よほど以前から、同じような色の褪《さ》めた水干《すいかん》に、同じような萎々《なえなえ》した烏帽子《えぼし》をかけて、同じような役目を、飽《あ》きずに、毎日、繰返《くりかえ》していることだけは、確かである。その結果であろう、今では、誰が見ても、この男に若い時があったとは思われない。（五位《ごい》は四十を越《こ》していた）その代《かわ》り、生《うま》れた時から、あの通り寒《さ》むそうな赤鼻と、形ばかりの口髭《くちひげ》とを、朱雀大路《すざくおおじ》の衢風《ちまたかぜ》に、吹《ふ》かせていたという気がする。上《かみ》は主人の基経から、下《しも》は牛飼《うしかい》の童児《どうじ》まで、無意識ながら、ことごとくそう信じて疑う者がない。

こういう風采《ふうさい》を具《そな》えた男が、周囲から受ける待遇《たいぐう》は、恐《おそ》らく書くまでもないことであろう。侍所《さぶらいどころ》にいる連中は、五位に対して、ほとんど蠅《はえ》ほどの注意も払《はら》わない。有位無位、併《あわ》せて二十人に近い下役さえ、彼の出入りには、不思議なくらい、冷淡《れいたん》を極《きわ》めている。五位が何か言いつけても、決して彼《かれ》ら同志の雑談《ざつだん》をやめたことはない。彼らにとっては、空気の存在が見えないように、五位の存在も、眼《め》を遮《さえぎ》らないのであろう。下役でさえそうだとすれば、別当《べっとう》とか、侍所の司《つかさ》とかいう上役たちが、頭から彼を相手にしないのは、むしろ自然の数《すう》である。彼らは、五位に対すると、ほとんど、子供らしい無意味な悪意を、冷然とした表情の後《うしろ》に隠《かく》して、何を言うのでも、手真似《てまね》だけで用を足した。人間に、言語があるのは、偶然《ぐうぜん》ではない。従って、彼らも手真似では用を弁《べん》じないことが、時々ある。が、彼らは、それを全然五位の悟性《ごせい》に、欠陥《けっかん》があるからだと、思っているらしい。そこで彼らは用が足りないと、この男の歪《ゆが》んだ揉烏帽子《もみえぼし》の先から、切れかかった藁草履《わらぞうり》の尻《しり》まで、万遍《まんべん》なく見上げたり、見下《みお》ろしたりして、それから、鼻で哂《わら》いながら、急に後《うしろ》を向いてしまう。それでも、五位は、腹《はら》を立てたことがない。彼は、一切《いっさい》の不正を、不正として感じないほど、意気地《いくじ》のない、臆病《おくびょう》な人間だったのである。

ところが、同僚《どうりょう》の侍たちになると、進んで、彼を翻弄《ほんろう》しようとした。年かさの同僚が、彼の振《ふる》わない風采を材料にして、古い洒落《しゃれ》を聞かせようとするごとく、年下の同僚も、またそれを機会にして、いわゆる興言利口《きょうげんりこう》*の練習をしようとしたからである。彼らは、この五位の面前で、その鼻と口髭と、烏帽子と水干とを、品隲《ひんしつ》して飽きることを知らなかった。そればかりではない。彼が五六年前に別れたうけ脣《くち》の女房《にょうぼう》と、その女房と関係があったという酒のみの法師《ほうし》とも、しばしば彼らの話題になった。その上、どうかすると、彼らははなはだ、性質《たち》の悪い悪戯《いたずら》さえする。それを今一々、列記《れっき》することはできない。が、彼の篠枝《ささえ》*の酒を飲《の》んで、後《あと》へ尿《いばり》を入れておいたということを書けば、そのほかはおよそ、想像されることだろうと思う。

しかし、五位はこれらの揶揄《やゆ》に対して、全然無感覚であった。少《すく》なくもわき眼には、無感覚であるらしく思われた。彼は何を言われても、顔の色さえ変えたことがない。黙《だま》って例の薄《うす》い口髭《くちひげ》を撫《な》でながら、するだけのことをしてすましている。ただ、同《どう》僚《りょう》の悪戯《いたずら》が、嵩《こう》じすぎて、髷《まげ》に紙切れをつけたり、太刀《たち》の鞘《さや》に草履《ぞうり》を結びつけたりすると、彼は笑うのか、泣くのか、わからないような笑顔《えがお》をして、「いけぬのう、お身たちは」と言う。その顔を見、その声を聞いた者は、誰《だれ》でも一時あるいじらしさに打たれてしまう。(彼らにいじめられるのは、一人、この赤鼻の五位《ごい》だけではない、彼らの知らない誰かが――多数の誰かが、彼の顔と声とを借りて、彼らの無情を責めている)――そういう気が、朧《おぼろ》げながら、彼らの心に、一瞬《いっしゅん》の間、しみこんで来るからである。ただその時の心もちを、いつまでも持ち続ける者ははなはだ少《すくな》い。その少い中の一人に、ある無位《むい》の侍があった。これは丹波《たんば》の国から来た男で、まだ柔《やわら》かい口髭が、やっと鼻の下に、生えかかったくらいの青年である。もちろん、この男も始めは皆《みな》と一しょに、何の理由もなく、赤鼻の五位を軽蔑《けいべつ》した。ところが、ある日何かの折《おり》に、「いけぬのう、お身たちは」と言う声を聞いてからは、どうしても、それが頭を離《はな》れない。それ以来、この男の眼《め》にだけは、五位が全く別人として、映《うつ》るようになった。栄養の不足した、血色《けっしょく》の悪い、間のぬけた五位の顔にも、世間の迫害《はくがい》にべそを掻《か》いた、「人間」が覗《のぞ》いているからである。この無位の侍には、五位のことを考えるたびに、世の中のすべてが急に本来の下等さを露《わらわ》すように思われた。そうしてそれと同時に霜《しも》げた赤鼻と数えるほどの口髭とが何となく一味の慰《い》安《あん》を自分の心に伝えてくれるように思われた。……

しかし、それは、ただこの男一人に、限ったことである。こういう例外を除けば、五位は、依然《いぜん》として周囲の軽蔑の中に、犬のような生活を続けて行かなければならなかった。第一彼には着物らしい着物が一つもない。青鈍《あおにび》の水干《すいかん》と、同じ色の指貫《さしぬき》とが一つずつあるのが、今ではそれが上白《うわじろ》んで、藍《あい》とも紺《こん》とも、つかないような色に、なっている。水干はそれでも、肩《かた》が少し落ちて、丸組の緒《お》や菊綴《きくとじ》の色が怪《あや》しくなっているだけだが、指貫になると、裾《すそ》のあたりのいたみ方《かた》が一通りでない。その指貫の中から、下の袴《はかま》もはかない、細い足が出ているのを見ると、口の悪い同僚でなくとも、痩公卿《やせくげ》の車を牽《ひ》いている、痩牛《やせうし》の歩みを見るような、みすぼらしい心もちがする。それに佩《は》いている太刀も、頗る《すこぶ》る覚束《おぼつか》ない物で、柄《つか》の金具もいかがわしければ、黒鞘《くろざや》の塗《ぬり》も剝《は》げかかっている。これが例の赤鼻で、だらしなく草履をひきずりながら、ただでさえ猫背《ねこぜ》なのを、一層寒空の下に背ぐくまって、もの欲しそうに、左右を眺《なが》め眺め、きざみ足に歩くのだから、通りがかりの物売りまで莫迦《ばか》にするのも、無理はない。現に、こういうことさえあった。……

ある日、五位が三条坊門《さんじょうぼうもん》を神泉苑《しんせんえん》*の方へ行く所で、*子供が六七人、路《みち》ばたに集《あつま》って、何かしているのを見たことがある。「こまつぶり」でも、廻《まわ》しているのかと思って、後《うしろ》から覗《のぞ》いてみると、どこかから迷《まよ》って来た、尨犬《むくいぬ》の首へ縄《なわ》をつけて、打ったり殴《たた》いたりしているのであった。臆病《おくびょう》な五位《ごい》は、これまで何かに同情を寄せることがあっても、あたりへ気を兼《か》ねて、まだ一度もそれを行為《こうい》に現したことがない。が、この時だけは相手が子供だというので、幾分《いくぶん》か勇気《ゆうき》が出た。そこでできるだけ、笑顔《えがお》をつくりながら、年かさらしい子供の肩《かた》を叩《たた》いて、「もう、勘忍《かんにん》してやりなされ。犬も打たれれば、痛《いた》いでのう」と声をかけた。すると、その子供はふりかえりながら、上眼《うわめ》を使って、蔑《さげす》むように、じろじろ五位の姿《すがた》を見た。言わば侍所《さぶらいどころ》の別当《べっとう》が用の通じない時に、この男を見るような顔をして、見たのである。「いらぬ世話はやかれとうもない」その子供は一足下《さが》りながら、高慢《こうまん》な唇《くちびる》を反らせて、こう言った。「何じゃ、この鼻赤めが」五位はこの語《ことば》が自分の顔を打ったように感じた。が、それは悪態をつかれて、腹が立ったからでは毛頭《もうとう》ない。言わなくともいいことを言って、恥《はじ》をかいた自分が、情《なさけ》なくなったからである。彼は、きまりが悪いのを苦しい笑顔に隠《かく》しながら、黙《だま》って、また、神泉苑《しんせんえん》の方へ歩き出した。後《うしろ》では、子供が六七人、肩を寄せて、「べっかっこう」をしたり、舌《した》を出したりしている。もちろん彼はそんなことを知らない。知っていたにしても、それが、この意気地《いくじ》のない五位にとって、何であろう。……

では、この話の主人公は、ただ、軽蔑《けいべつ》されるためにのみ生《うま》れて来た人間で、別に何の希望も持っていないかというと、そうでもない。五位は五六年前から芋粥《いもがゆ》という物に、異常な執着《しゅうちゃく》を持っている。芋粥とは山の芋を中に切込《きりこ》んで、それを甘葛《あまずら》の汁で煮《に》た、粥のことを言うのである。当時はこれが、無上《むじょう》の佳味《かみ》として、上は万《まん》乗《じょう》の君の食膳《しょくぜん》にさえ、上《のぼ》せられた。従って、吾《わ》が五位のごとき人間の口へは、年に一度、臨時《りんじ》の客*の折《おり》にしか、はいらない。その時でさえ、飲《の》めるのはわずかに喉《のど》を沾《うるお》すに足るほどの少量である。そこで芋粥をあきるほど飲んでみたいということが、久しい前から、彼の唯一《ゆいいつ》の欲望《よくぼう》になっていた。もちろん、彼は、それを誰《だれ》にも話したことがない。いや彼自身さえそれが、彼の一生を貫《つらぬ》いている欲望だとは、明白《めいはく》に意識しなかったことであろう。が事実は彼がそのために、生きていると言っても、差支《さしつか》えないほどであった。——人間は、時として、充《み》たされるか充されないか、わからない欲望のために、一生を捧《ささ》げてしまう。その愚《ぐ》を哂《わら》う者は、畢竟《ひっきょう》、人生に対する路傍《ろぼう》の人に過ぎない。

しかし、五位が夢想《むそう》していた、「芋粥に飽《あ》かん」ことは、存外容易《ようい》に事実となって、現れた。その始終《しじゅう》を書こうというのが、芋粥の話の目的なのである。

ある年の正月二日、基経《もとつね》の第《だい》*に、いわゆる臨時の客があった時のことである。

（臨時《りんじ》の客は二宮《にぐう》の大饗《だいきょう》*と同日に摂政関白家《せっしょうかんぱくけ》が、大臣以下の上達部《かんだちめ》を招いて催《もよお》す饗《きょう》宴《えん》で、大饗と別に変《かわ》りがない）五位《ごい》も、ほかの侍たちにまじって、その残肴《ざんこう》の相伴《しょうばん》をした。当時はまだ、取食《とりば》み*の習慣がなくて、残肴は、その家の侍が一堂に集まって、食うことになっていたからである。もっとも、大饗に等しいといっても昔《むかし》のことだから、品数の多い割りにろくな物はない。餅《もち》、伏菟《ふと》、蒸鮑《むしあわび》、干鳥《ほしどり》、宇治《うじ》の氷魚《ひお》、近江《おうみ》の鮒《ふな》、鯛《たい》の楚割《すわやり》、鮭《さけ》の内子《こごもり》、焼蛸《やきだこ》、大海老《おおえび》、大柑子《おおこうじ》、小柑子《ここうじ》、橘《たちばな》、串柿《くしがき》などの類《たぐい》である。ただ、その中に、例の芋粥《いもがゆ》があった。五位は毎年、この芋粥を楽しみにしている。が、いつも人数が多いので、自分が飲めるのは、いくらもない。それが今年は、特に、少《すくな》かった。そうして気のせいか、いつもより、よほど味がいい。そこで、彼は飲んでしまったあとの椀《わん》をしげしげと眺《なが》めながら、うすい口髭《くちひげ》についている滴《しずく》を掌《てのひら》で拭《ふ》いて誰《だれ》に言うともなく、「いつになったら、これに飽《あ》けることかのう」と、こう言った。

「大夫殿《たゆうどの》は、芋粥に飽かれたことがないそうな」

五位の語《ことば》が完《おわ》らないうちに、誰かが、嘲笑《あざわら》った。錆《さび》のある、鷹揚《おうよう》な、武人《ぶじん》らしい声である。五位は、猫背《ねこぜ》の首を挙げて、臆病《おくびょう》らしく、その人の方を見た。声の主は、そのころ同じ基経《もとつね》の恪勤《かくごん》*になっていた、民部卿時長《みんぶきょうときなが》の子藤原利仁《ふじわらとしひと》である。肩幅《かたはば》の広い、身長《みのたけ》の群を抜《ぬ》いた逞《たくま》しい大男で、これは焼栗《やきぐり》を噛《か》みながら、黒酒《くろき》の杯《さかずき》を重ねていた。もう大分《だいぶん》酔いがまわっているらしい。

「お気の毒なことじゃの」利仁は、五位が顔を挙げたのを見ると、軽蔑《けいべつ》と憐憫《れんびん》とを一つにしたような声で、語を継《つ》いだ。「お望みなら、利仁がお飽かせ申そう」始終《しじゅう》、いじめられている犬は、たまに肉をもらっても容易によりつかない。五位は、例の笑うのか、泣くのか、わからないような笑顔《えがお》をして、利仁の顔と、空の椀とを等分に見比べていた。

「おいやかな」

「……………」

「どうじゃ」

「……………」

五位は、そのうちに、衆人の視線が、自分の上に、集まっているのを感じ出した。答え方一つで、また、一同の嘲弄《ちょうろう》を、受けなければならない。あるいは、どう答えても、結局、莫迦《ばか》にされそうな気さえする。彼は躊躇《ちゅうちょ》した。もし、その時に、相手が、少し面倒臭《めんどうくさ》そうな声で、「おいやなら、たってとは申すまい」と言わなかったら、五位は、いつまでも、椀と利仁とを、見比べていたことであろう。

彼は、それを聞くと、慌《あわただ》しく答えた。

「いや……忝《かたじけの》うござる」

この問答《もんどう》を聞いていた者は、皆《みな》、一時に、失笑《しっしょう》した。

「いや、忝《かたじけの》うござる」――こう言って、五位《ごい》の答《こたえ》を、真似《まね》る者さえある。いわゆる、橙黄橘紅《とうこうきっこう》を盛った窪坏《くぼつき》や高坏《たかつき》の上に多くの揉烏帽子《もみえぼし》や立烏帽子《たてえぼし》が、笑声とともに一《ひと》しきり、波のように動いた。中でも、最も、大きな声で、機嫌《きげん》よく、笑ったのは、利仁《としひと》自身である。

「では、そのうちに、お誘《さそ》い申そう」そう言いながら、彼は、ちょいと顔をしかめた。こみ上げて来る笑いと今飲んだ酒とが、喉《のど》で一つになったからである。「……しかと、よろしいかな」

「忝うござる」

五位は赤くなって、吃《ども》りながら、また、前の答を繰返《くりかえ》した。一同が今度も、笑ったのは、言うまでもない。それが言わせたさに、わざわざ念を押した当の利仁に至《いた》っては、前よりも一層おかしそうに広い肩《かた》をゆすって、哄笑《こうしょう》した。この朔北《さくほく》*の野人は、生活の方法を二つしか心得ていない。一つは酒を飲むことで、他の一つは笑うことである。

しかし幸いに談話の中心は、ほどなく、この二人を離《はな》れてしまった。これはことによると、ほかの連中が、たとい嘲弄《ちょうろう》にしろ、一同の注意をこの赤鼻の五位に集中させるのが、不快だったからかも知れない。とにかく、談柄《だんぺい》はそれからそれへと移って、酒も肴《さかな》も残り少なになった時分には、某《なにがし》という侍学生《さむらいがくしょう》が、行縢《むかばき》*の片皮《かたがわ》へ、両足を入れて馬に乗ろうとした話が、一座の興味を集めていた。が、五位だけは、まるでほかの話が聞《きこ》えないらしい。恐《おそ》らく芋粥《いもがゆ》の二字が、彼のすべての思量を支配しているからであろう。前に雉子《きぎす》の炙《や》いたのがあっても、箸《はし》をつけない。黒酒《くろき》の杯《さかずき》があっても、口を触《ふ》れない。彼は、ただ、両手を膝《ひざ》の上に置いて、見合いをする娘《むすめ》のように霜《しも》に犯《おか》されかかった鬢《びん》の辺《あたり》まで、初《う》心《ぶ》らしく上気しながら、いつまでも空になった黒塗《くろぬり》の椀《わん》を見つめて、多愛《たわい》もなく、微笑《びしょう》しているのである。……

それから、四五日たった日の午前、加茂川《かもがわ》の河原《かわら》に沿って、粟田口《あわたぐち》へ通う街道《かいどう》を、静かに馬を進めてゆく二人の男があった。一人は濃《こ》い縹《はなだ》の狩衣《かりぎぬ》に同じ色の袴《はかま》をして、打出《うちで》の太刀《たち》*を佩《は》いた「鬚《ひげ》黒く鬢ぐきよき」男である。もう一人は、みすぼらしい青《あお》鈍《にび》の水干《すいかん》に、薄綿《うすわた》の衣を二つばかり重ねて着た、四十恰好《かっこう》の侍で、これは、帯のむすび方のだらしのない容子《ようす》といい、赤鼻でしかも穴のあたりが、洟《はな》にぬれている容子といい、身のまわり万端《ばんたん》のみすぼらしいこと夥《おびただ》しい。もっとも、馬は二人とも、前のは月毛《つきげ》、後のは蘆毛《あしげ》の三歳駒《さんさいごま》で、道をゆく物売りや侍も、振向《ふりむ》いて見るほどの駿足《しゅんそく》である。その後からまた二人、馬の歩みに遅《おく》れまいとして随《つ》いて行くのは、調《ちょう》

度掛《どがけ》と舎人《とねり》*とに相違《そうい》ない。——これが、利仁《としひと》と五位《ごい》との一行《いっこう》であることは、わざわざ、ここに断るまでもない話であろう。

冬とはいいながら、物静かに晴れた日で、白けた河原《かわら》の石の間、潺湲《せんかん》たる水の辺《ほとり》に立枯《たちが》れている蓬《よもぎ》の葉を、ゆするほどの風もない。川に臨《のぞ》んだ背《せ》の低い柳《やなぎ》は、葉のない枝に飴《あめ》のごとく滑《なめら》かな日の光りをうけて、梢《こずえ》にいる鶺鴒《せきれい》の尾《お》を動かすのさえ、鮮《あざや》かに、それと、影《かげ》を街道《かいどう》に落《おと》している。東山《ひがしやま》の暗い緑の上に、霜《しも》に焦《こ》げた天鵞絨《ビロウド》のような肩《かた》を、丸々と出しているのは、大方《おおかた》、比叡《ひえい》の山であろう。二人はその中に鞍《くら》の螺鈿《らでん》を、まばゆく日にきらめかせながら鞭《むち》をも加えず悠々《ゆうゆう》と、粟田口《あわたぐち》を指して行くのである。

「どこでござるかな、手前をつれて行って、やろうと仰《おお》せられるのは」五位が馴《な》れない手に手綱《たづな》をかいくりながら、言った。

「すぐ、そこじゃ。お案じになるほど遠くはない」

「すると、粟田口辺でござるかな」

「まず、そう思われたがよろしかろう」

利仁は今朝《けさ》五位を誘《さそ》うのに、東山の近くに湯の湧《わ》いている所があるから、そこへ行こうと言って出て来たのである。赤鼻の五位は、それを真《ま》にうけた。久しく湯にはいらないので、体《からだ》じゅうがこの間からむず痒《がゆ》い。芋粥《いもがゆ》の馳走《ちそう》になった上に、入《にゅう》湯《とう》ができれば、願ってもない仕合《しあわ》せである。こう思って、予《あらかじ》め利仁が牽《ひ》かせて来た、蘆毛《あしげ》の馬に跨《またが》った。ところが、轡《くつわ》を並《なら》べてここまで来てみると、どうも利仁はこの近所へ来るつもりではないらしい。現に、そうこうしているうちに、粟田口は通りすぎた。

「粟田口ではござらぬのう」

「いかにも、もそっと、あなたでな」

利仁は、微笑《びしょう》を含《ふく》みながら、わざと、五位の顔を見ないようにして、静かに馬を歩ませている。両側の人家は、次第《しだい》に稀《まれ》になって、今は、広々とした冬田の上に、餌《えさ》をあさる鴉《からす》が見えるばかり、山の陰《かげ》に消え残って、雪の色も仄《ほの》かに青く煙《けむ》っている。晴れながら、とげとげしい櫨《はじ》の梢が、眼《め》に痛《いた》く空を刺《さ》しているのさえ、何となく肌《はだ》寒い。

「では、山科《やましな》辺ででもござるかな」

「山科は、これじゃ。もそっと、さきでござるよ」

なるほど、そう言ううちに、山科も通りすぎた。それどころではない。何かとするうちに、関山《せきやま》*も後《あと》にして、かれこれ、午《ひる》少しすぎる時分には、とうとう三井寺《みいでら》*の前へ来た。三井寺には、利仁の懇意《こんい》にしている僧《そう》がある。二人はその僧を訪ねて、午餐《ひるげ》の馳走になった。それがすむと、また、馬に乗って、途《みち》を急ぐ。行手《ゆくて》は今まで来た路《みち》に比べると遥《はる》かに人煙《じんえん》が少ない。ことに当時は盗賊《とうぞく》が四方に横行《おうこう》した、物騒《ぶっそう》な時代である。――五位《ごい》は猫背《ねこぜ》を一層低くしながら、利仁《としひと》の顔を見上げるようにして訊《たず》ねた。

「まだ、さきでござるのう」

利仁は微笑《びしょう》した。悪戯《いたずら》をして、それを見つけられそうになった子供が、年長者《ねんちょうしゃ》に向《む》ってするような微笑である。鼻の先へよせた皺《しわ》と、眼尻《めじり》にたたえた筋肉のたるみとが、笑ってしまおうか、しまうまいかとためらっているらしい。そうして、とうとう、こう言った。

「実はな、敦賀《つるが》まで、お連れ申そうと思うたのじゃ」笑いながら、利仁は鞭《むち》を挙げて遠くの空を指さした。その鞭の下には、的皪《てきれき》として、午後の日を受けた近江《おうみ》の湖が光っている。

五位は、狼狽《ろうばい》した。

「敦賀と申すと、あの越前《えちぜん》の敦賀でござるかな。あの越前の――」

利仁が、敦賀の人、藤原有仁《ありひと》の女婿《じょせい》になってから、多くは敦賀に住んでいるということも、日頃《ひごろ》から聞いていないことはない。が、その敦賀まで自分をつれて行く気だろうとは、今の今まで思わなかった。第一、幾多《いくた》の山河《さんか》を隔《へだ》てている越前の国へ、この通り、わずか二人の伴人《ともびと》をつれただけで、どうして無事に行かれよう。ましてこのごろは、往来《ゆきき》の旅人が、盗賊のために殺されたという噂《うわさ》さえ、諸方《しょほう》にある。——五位は嘆願《たんがん》するように、利仁の顔を見た。

「それはまた、滅相《めっそう》な、東山《ひがしやま》じゃと心得れば、山科《やましな》。山科じゃと心得れば、三井寺《みいでら》。あげくが越前の敦賀とは、一体どうしたということでござる。始めから、そう仰《おお》せらりょうなら、下人《げにん》どもなりと、召《め》しつれようものを。——敦賀とは、滅相な」

五位は、ほとんどべそを掻《か》かないばかりになって、呟《つぶや》いた。もし「芋粥《いもがゆ》に飽《あ》かん」ことが、彼《かれ》の勇気を鼓舞《こぶ》しなかったとしたら、彼は恐《おそ》らく、そこから別れて、京都へ独り帰って来たことであろう。

「利仁が一人おるのは、千人ともお思いなされ。路次《ろじ》の心配は、ご無用じゃ」

五位の狼狽するのを見ると、利仁は、少し眉《まゆ》を顰《ひそ》めながら、嘲笑《あざわら》った。そうして調度掛《ちょうどがけ》を呼寄《よびよ》せて、持たせて来た壺胡簶《つぼやなぐい》*を背《せ》に負うと、やはり、その手から、黒漆《こくしつ》の真弓《まゆみ》をうけ取って、それを鞍上《あんじょう》に横たえながら、先に立って、馬を進めた。こうなる以上、意気地《いくじ》のない五位は、利仁の意志に盲従《もうじゅう》するよりほかに仕方がない。それで、彼は心細そうに、荒涼《こうりょう》とした周囲の原野《げんや》を眺《なが》めながら、うろ覚えの観音経《かんのんぎょう》を口のうちに念じ念じ、例の赤鼻を鞍《くら》の前輪にすりつけるようにして、覚束《おぼつか》ない馬の歩みを、相変《あいかわ》らずとぼとぼと進めて行った。

馬蹄《ばてい》の反響《はんきょう》する野は、茫々《ぼうぼう》たる黄茅《こうぼう》に蔽《おお》われて、その所々にある行潦《みずたまり》も、つめたく、青空を映したまま、この冬の午後を、いつかそれなり凍《こお》ってしまうかと疑われる。その涯《はて》には、一帯の山脈が、日に背《そむ》いているせいか、かがやくべき残雪の光もなく、紫《むらさき》がかった暗い色を、長々となすっているが、それさえ蕭条《しょうじょう》たる幾叢《いくむら》の枯薄《かれすすき》に遮《さえぎ》られて、二人の従者の眼《め》には、はいらないことが多い。――すると、利仁《としひと》が、突然《とつぜん》、五位《ごい》の方《ほう》をふりむいて、声をかけた。

「あれに、よい使者《ししゃ》が参った。敦賀《つるが》への言《こと》づけを申そう」

五位は利仁の言う意味が、よくわからないので、怖々《こわごわ》ながら、その弓《ゆみ》で指さす方を、眺《なが》めてみた。元より人の姿《すがた》が見えるような所ではない。ただ、野葡萄《のぶどう》か何かの蔓《つる》が、灌木《かんぼく》の一むらにからみついている中を、一疋《ぴき》の狐《きつね》が、暖かな毛の色を、傾《かたむ》きかけた日に曝《さら》しながら、のそりのそり歩いて行く。――と思ううちに、狐は、慌《あわただ》しく身を跳《おど》らせて、一散に、どこともなく走り出した。利仁が急に、鞭《むち》を鳴らせて、その方へ馬を飛ばし始めたからである。五位も、われを忘《わす》れて、利仁の後《あと》を、逐《お》った。従者ももちろん、遅《おく》れてはいられない。しばらくは、石を蹴《け》る馬蹄《ばてい》の音が、戞々《かつかつ》として、曠野《こうや》の静けさを破っていたが、やがて利仁が、馬を止めたのを見ると、いつ、捕《とら》えたのか、もう狐の後足を摑《つか》んで、倒《さかさま》に、鞍《くら》の側《かたわ》らへ、ぶら下げている。狐が、走れなくなるまで、追いつめたところで、それを馬の下に敷《し》いて、手取りにしたものであろう。五位は、うすい髭《ひげ》にたまる汗を、慌しく拭《ふ》きながら、漸《ようや》く、その傍《そば》へ馬を乗りつけた。

「これ、狐、よう聞けよ」利仁は、狐を高く眼の前へつるし上げながら、わざと物々《ものもの》しい声を出してこう言った。「その方《ほう》、今夜のうちに、敦賀の利仁が館《やかた》へ参って、こう申せ。『利仁は、ただ今俄《にわ》かに客人を具して下ろうとするところじゃ。明日《みようにち》、巳時《みのとき》＊ごろ、高島《たかしま》＊の辺《あたり》まで、男たちを迎《むか》いに遣《つか》わし、それに、鞍置《くらおき》馬二疋、牽《ひ》かせて参れ』よいか忘れるなよ」

言い畢《おわ》るとともに、利仁は、一ふり振《ふ》って狐を、遠くの叢《くさむら》の中へ、抛《ほう》り出した。

「いや、走るわ。走るわ」

やっと、追いついた二人の従者は、逃《に》げてゆく狐の行方《ゆくえ》を眺めながら、手を拍《う》って囃《はや》し立てた。落葉《おちば》のような色をしたその獣《けもの》の背《せ》は、夕日の中を、まっしぐらに、木の根石くれの嫌《きら》いなく、どこまでも、走って行く。それが一行の立っている所から、手にとるようによく見えた。狐を追っているうちに、いつか彼らは、曠野が緩《ゆる》い斜面《しやめん》を作って、水の涸《か》れた川床《かわどこ》と一つになる、その丁度上の所へ、出ていたからである。

「広量《こうりよう》＊の御使《おつかい》でござるのう」

五位は、ナイイヴな尊敬と讃嘆《さんたん》とを洩《も》らしながら、この狐さえ頤使《いし》する野育ちの武人《ぶじん》の顔を、今さらのように、仰《あお》いで見た。自分と利仁との間に、どれほどの懸隔《けんかく》があるか、そんなことは、考える暇《いとま》がない。ただ、利仁《としひと》の意志に、支配される範囲が広いだけに、その意志の中に包容される自分の意志も、それだけ自由が利《き》くようになったことを、心強く感じるだけである。――阿諛《あゆ》は、恐《おそ》らく、こういう時に、幇間《ほうかん》の最も自然に生《うま》れて来るものであろう。読者は、今後、赤鼻の五位《ごい》の態度に、幇間のような何物かを見出《みいだ》しても、それだけで妄《みだり》にこの男の人格を、疑うべきではない。

抛《ほう》り出された狐《きつね》は、なぞえの斜面《しゃめん》を、転げるようにして、駈け下《か》りると、水のない河床《かわどこ》の石の間を、器用に、ぴょいぴょい、飛び越《こ》えて、今度は、向《むこ》うの斜面へ、勢いよく、すじかいに駈け上った。駈け上りながら、ふりかえってみると、自分を手捕《てど》りにした侍《さむらい》の一行《いっこう》は、まだ遠い傾斜《けいしゃ》の上に馬を並《なら》べて立っている。それが皆《みな》、指を揃《そろ》えたほどに、小さく見えた。ことに入日《いりひ》を浴びた、月毛《つきげ》と蘆毛《あしげ》とが、霜《しも》を含《ふく》んだ空気の中に、描いたよりもくっきりと、浮き上《あが》っている。

狐は、頭《かしら》をめぐらすと、また枯薄《かれすすき》の中を、風のように走り出した。

一行は、予定通り翌日《よくじつ》の巳時《みのとき》ばかりに、高島《たかしま》の辺《あたり》へ来た。ここは琵琶湖《びわこ》に臨《のぞ》んだ、ささやかな部落《ぶらく》で、昨日に似ず、どんよりと曇《くも》った空の下に、幾戸《いくこ》の藁屋《わらや》が、疎《まばら》にちらばっているばかり、岸に生《は》えた松の樹《き》の間には、灰色の漣漪《さざなみ》をよせる湖の水面

が、磨《みが》くのを忘れた鏡のように、さむざむと開けている。——ここまで来ると利仁が、五位を顧《かえり》みて言った。

「あれをご覧《ろう》じろ。男どもが、迎《むか》いに参ったげでござる」

見ると、なるほど、二疋《ひき》の鞍置馬《くらおきうま》を牽《ひ》いた、二三十人の男たちが、馬に跨《また》がったのもあり徒歩《かち》のもあり、皆水干《みなすいかん》の袖《そで》を寒風に翻《ひるが》えして、湖の岸、松の間を、一行の方へ急いで来る。やがてこれが、間近くなったと思うと、馬に乗っていた連中は、慌《あわただ》しく鞍を下《お》り、徒歩の連中は、路傍《みちばた》に蹲踞《そんきょ》して、いずれも恭々《うやうや》しく、利仁の来るのを、待ちうけた。

「やはり、あの狐が、使者を勤めたとみえますのう」

「生得《しょうとく》、変化《へんげ》ある獣《けもの》じゃて、あのくらいの用を勤めるのは、何でもござらぬ」

五位と利仁とが、こんな話をしているうちに、一行は、郎等《ろうどう》たちの待っている所へ来た。「大儀《たいぎ》じゃ」と、利仁が声をかける。蹲踞していた連中が、忙《せわ》しく立って、二人の馬の口を取る。急に、すべてが陽気になった。

「夜前《やぜん》、稀有《けう》なことが、ございましてな」

二人が、馬から下《お》りて、敷皮《しきがわ》の上へ、腰《こし》を下《おろ》すか下《おろ》さないうちに、檜皮色《ひわだいろ》の水干を着た、白髪《はくはつ》の郎等が、利仁の前へ来て、こう言った。

「何じゃ」利仁は、郎等たちの持ってきた篠枝《ささえ》や破籠《わりご》*を、五位にも勧《すす》めながら、鷹《おう》揚《よう》に問いかけた。

「さればでございまする。夜前《やぜん》、戌時《いぬのとき》*ばかりに、奥方《おくがた》が俄《にわ》かに、人心地《ひとごこち》をお失いなされましてな。『おのれは、阪本《さかもと》の狐《きつね》じゃ、今日、殿《との》の仰《おお》せられたことを、言伝《ことづ》てしようほどに、近《ちこ》う寄って、よう聞きゃれ』と、こうおっしゃるのでございまする。さて、一同がお前に参りますると、奥方の仰せられまするには、『殿はただ今俄かに客人を具して、下られようとするところじゃ。明日巳時《みょうにちみのとき》ごろ、高島《たかしま》の辺《あたり》まで、男どもを迎《むか》いに遣《つか》わし、それに鞍置《くらま》馬《うま》二疋《ひき》牽《ひ》かせて参れ』と、こう御意《ぎょい》遊ばすのでございまする」

「それは、また、稀有《けう》なことでござるのう」五位《ごい》は利仁《としひと》の顔と、郎等《ろうどう》の顔とを、仔《し》細《さい》らしく見比べながら、両方に満足を与《あた》えるような、相槌《あいづち》を打った。

「それもただ、仰せられるのではございませぬ。さも、恐《おそ》ろしそうに、わなわなとお震《ふる》えになりましてな、『遅《おく》れまいぞ。遅れれば、おのれが、殿のご勘当《かんどう》をうけねばならぬ』と、しっきりなしに、お泣きになるのでございまする」

「して、それから、いかがした」

「それから、多愛《たわい》なく、お休みになりましてな。手前《てまえ》どもの出て参りまする時にも、まだ、お眼覚《めざ》めにはならぬようで、ございました」

「いかがでござるな」郎等の話を聞き完《おわ》ると、利仁は五位を見て、得意らしく言った。「利仁には、獣《けもの》も使われ申すわ」

「何とも驚《おどろ》き入るほかは、ござらぬのう」五位は、赤鼻を掻《か》きながら、ちょいと、頭を下げて、それから、わざとらしく、呆《あき》れたように、口を開いて見せた。口髭《くちひげ》には今、飲《の》んだ酒が、滴《しずく》になって、くっついている。

その日の夜《よ》のことである。五位は、利仁の館《やかた》の一間に、切灯台《きりとうだい》の灯《ひ》を眺《なが》めるともなく、眺めながら、寝《ね》つかれない長の夜をまじまじして、明かしていた。すると、夕方、ここへ着くまでに、利仁や利仁の従者と、談笑《だんしょう》しながら、越《こ》えて来た松山、小川、枯野《かれの》、あるいは、草、木《こ》の葉《は》、石、野火の煙《けむり》のにおい、——そういうものが、一つずつ、五位の心に、浮《う》かんで来た。ことに、雀色時《すずめいろどき》の靄《もや》の中を、やっと、この館へ辿《たど》りついて、長櫃《ながびつ》に起《おこ》してある、炭火の赤い焰《ほのお》を見た時の、ほっとした心もち、——それも、今こうして、寝ていると、遠い昔《むかし》にあったこととしか、思われない。五位は綿《わた》の四五寸もはいった、黄いろい直垂《ひたたれ》の下に、楽々と、足をのばしながら、ぼんやり、われとわが寝姿《ねすがた》を見廻《みまわ》した。

直垂の下に利仁が貸してくれた、練色《ねりいろ》の衣《きぬ》の綿厚《わたあつ》なのを、二枚まで重ねて、着こんでいる。それだけでも、どうかすると、汗が出かねないほど、暖かい。そこへ、夕飯《ゆうめし》の時に一杯《ぱい》やった、酒の酔《よ》いが手伝っている。枕元《まくらもと》の蔀《しとみ》一つ隔《へだ》てた向《むこ》うは、霜《しも》の冴《さ》えた広庭だが、それも、こう陶然《とうぜん》としていれば、少しも苦にならない。万事《ばんじ》が、京都の自分の曹司《ぞうし》*にいた時と比べれば、雲泥《うんでい》の相違《そうい》である。が、それにも係《かか》わらず、我《わ》が五位《ごい》の心には、何となく釣合《つりあ》いのとれない不安があった。第一、時間のたって行くのが、待遠《まちどお》い。しかもそれと同時に、夜の明けるということが、――芋粥《いもがゆ》を食う時になるということが、そう早く、来てはならないような心もちがする。そうしてまた、この矛盾《むじゅん》した二つの感情が、互《たが》いに剋《こく》し合う後《うしろ》には、境遇《きょうぐう》の急激《きゅうげき》な変化から来る、落着《おちつ》かない気分が、今日の天気のように、うすら寒く控《ひか》えている。それが、皆《みな》、邪魔《じゃま》になって、折角《せっかく》の暖かさも、容易に、眠《ねむ》りを誘《さそ》いそうもない。

すると、外の広庭で、誰《だれ》か大きな声を出しているのが、耳にはいった。声がらでは、どうも、今日、途中《とちゅう》まで迎《むか》えに出た、白髪《はくはつ》の郎等《ろうどう》が何か告《ふ》れているらしい。その乾《ひ》からびた声が、霜《しも》に響《ひび》くせいか、凜々《りんりん》として凩《こがらし》のように、一語ずつ五位の骨《ほね》に、応《こた》えるような気さえする。

「この辺《あたり》の下人《げにん》、承《うけたま》われ。殿《との》の御意《ぎょい》遊ばさるるには、明朝、卯時《うのとき》*までに、切口《きりくち》三寸、長さ五尺の山の芋を、老若各《おのおの》、一筋ずつ、持って参るようにとある。忘れまいぞ、卯時までにじゃ」

それが、二三度、繰返《くりかえ》されたかと思うと、やがて、人のけはいが止《や》んで、あたりはたちまち元のように、静かな冬の夜になった。その静かな中に、切灯台《きりとうだい》の油が鳴る。赤い真綿《まわた》のような火が、ゆらゆらする。五位は欠伸《あくび》を一つ、噛《か》みつぶして、また、とりとめのない、思量《しりよう》に耽《ふけ》り出した。――山の芋というからには、もちろん芋粥にする気で、持って来させるのに相違ない。そう思うと、一時、外に注意を集中したおかげで忘《わす》れていた、さっきの不安が、いつの間にか、心に帰って来る。ことに、前よりも、一層強くなったのは、あまり早く芋粥にありつきたくないという心もちで、それが意地悪く、思量の中心を離《はな》れない。どうもこう容易に「芋粥に飽《あ》かん」ことが、事実となって現れては、折角今まで、何年となく、辛抱《しんぼう》して待っていたのが、いかにも、無駄《むだ》な骨折《ほねおり》のように、みえてしまう。できることなら、何か突《とつ》然故障《ぜんこしょう》が起《おこ》って一旦《いったん》、芋粥が飲めなくなってから、また、その故障がなくなって、今度は、やっとこれにありつけるというような、そんな手続きに、万事を運ばせたい。――こんな考えが、「こまつぶり」のように、ぐるぐる一つ所を廻《まわ》っているうちに、いつか、五位は、旅の疲《つか》れで、ぐっすり、熟睡《じゆくすい》してしまった。

翌《あく》る朝、眼《め》がさめると、すぐに、昨夜《ゆうべ》の山の芋の一件が、気になるので、五位は、何よりも先に部屋の蔀《しとみ》をあげてみた。すると、知らないうちに、寝《ね》すごして、もう卯時をすぎていたのであろう。広庭へ敷《し》いた、四五枚の長筵《ながむしろ》の上には、丸太のような物が、およそ、二三千本、斜につき出した、檜皮葺《ひわだぶき》の軒先《のきさき》へつかえるほど、山のように、積んである。見るとそれが、ことごとく、切口《きりくち》三寸、長さ五尺の途方《とほう》もなく大きい、山の芋《いも》であった。

五位《ごい》は、寝起《ねお》きの眼《め》をこすりながら、ほとんど周章《しゅうしょう》に近い驚愕《きょうがく》に襲《おそ》われて、呆然《ぼうぜん》と、周囲を見廻《みまわ》した。広庭の所々には、新しく打ったらしい杭《くい》の上に五斛納釜《ごくのうがま》を五つ六つ、かけ連ねて、白い布の襖《あお》を着た若い下司女《げすおんな》が、何十人となく、そのまわりに動いている。火を焚《た》きつけるもの、灰を掻《か》くもの、あるいは、新しい白木《しらき》の桶《おけ》に、「あまずらみせん」*を汲《く》んで釜の中へ入れるもの、皆芋粥《みないもかゆ》をつくる準備で、眼のまわるほど忙《いそが》しい。釜の下から上る煙《けむり》と、釜の中から湧《わ》く湯気とが、まだ消え残っている明け方《がた》の靄《もや》と一つになって、広庭一面、はっきり物も見定められないほど、灰色のものが罩《こ》めた中で、赤いのは、烈々《れつれつ》と燃《も》え上る釜の下の焰《ほのお》ばかり、眼に見るもの、耳に聞くものことごとく、戦場か火事場へでも行ったような騒《さわ》ぎである。五位は、今さらのように、この巨大《きょだい》な山の芋が、この巨大な五斛納釜の中で、芋粥になることを考えた。そうして、自分が、その芋粥を食うために京都から、わざわざ、越前《えちぜん》の敦賀《つるが》まで旅をして来たことを考えた。考えれば考えるほど、何一つ、情《なさけ》なくならないものはない。我《わ》が五位の同情すべき食慾《しょくよく》は、実に、この時もう、一半を減《げん》却《きゃく》してしまったのである。

それから、一時間の後《のち》、五位は利仁《としひと》や舅《しゅうと》の有仁《ありひと》とともに、朝飯《あさめし》の膳《ぜん》に向《むか》った。前にあるのは、銀《しろがね》の提《ひさげ》の一斗《と》ばかりはいるのに、なみなみと海のごとくたたえた、恐《おそ》るべき芋粥である。五位はさっき、あの軒《のき》まで積上《つみあ》げた山の芋を、何十人かの若い男が、薄刃《うすば》を器用に動かしながら、片端《かたはし》から削《けず》るように、勢いよく切るのを見た。それからそれを、あの下司女たちが、右往左往《うおうさおう》に馳《は》せちがって、一つのこらず、五斛納釜へすくっては入れ、すくっては入れするのを見た。最後に、その山の芋が、一つも長筵《ながむしろ》の上に見えなくなった時に、芋のにおいと、甘葛《あまずら》のにおいとを含《ふく》んだ、幾《いく》道かの湯気の柱が、蓬々然《ほうほうぜん》として、釜の中から、晴れた朝の空へ、舞上《まいあが》って行くのを見た。これを、目《ま》のあたりに見た彼《かれ》が、今、提に入れた芋粥に対した時、まだ、口をつけないうちから、すでに、満腹《まんぷく》を感じたのは、恐らく、無理もない次第《しだい》であろう。――五位は、提を前にして、間《ま》の悪そうに、額《ひたい》の汗を拭《ふ》いた。

「芋粥に飽《あ》かれたことが、ござらぬげな。どうぞ、遠慮《えんりょ》なく召上《めしあが》って下《くだ》され」

舅の有仁は、童児《どうじ》たちに言いつけて、さらに幾つかの銀の提を膳の上に並《なら》べさせた。中にはどれも芋粥が、溢《あふ》れんばかりにはいっている。五位は眼をつぶって、ただでさえ赤い鼻を、一層赤くしながら、提に半分ばかりの芋粥を大きな土器《かわらけ》にすくって、いやいやながら飲み干《ほ》した。

「父も、そう申すじゃて。平《ひら》に、遠慮はご無用《むよう》じゃ」

利仁も側《そば》から、新たな提をすすめて、意地悪く笑いながらこんなことを言う。弱ったのは五位《ごい》である。遠慮《えんりょ》のないところを言えば、始めから芋粥《いもがゆ》は、一椀《わん》も吸いたくない。それを今、我慢《がまん》して、やっと、提《ひさげ》に半分だけ平らげた。これ以上、飲めば、喉《のど》を越《こ》さないうちにもどしてしまう。そうかといって、飲まなければ、利仁《としひと》や有仁《ありひと》の厚意《こうい》を無にするのも、同じである。そこで、彼《かれ》はまた眼《め》をつぶって、残りの半分を三分の一ほど飲み干した。もう後《あと》は一口も吸いようがない。

「何とも、忝《かたじけの》うござった。もう十分頂戴《ちょうだい》致《いた》した。——いやはや、何とも忝うござった」

五位は、しどろもどろになって、こう言った。よほど弱ったとみえて、口髭《くちひげ》にも、鼻の先にも、冬とは思われないほど、汗が玉になって、垂れている。

「これはまた、ご少食なことじゃ。客人は、遠慮をされるとみえたぞ。それそれその方ども、何を致しておる」

童児《どうじ》たちは、有仁の語《ことば》につれて、新たな提の中から、芋粥を、土器《かわらけ》に汲《く》もうとする。五位は、両手を蠅《はえ》でも逐《お》うように動かして、平《ひら》に、辞退《じたい》の意を示した。

「いや、もう、十分でござる。……失礼ながら、十分でござる」

もし、この時、利仁が、突然《とつぜん》、向《むこ》うの家の軒《のき》を指さして、「あれをご覧《ろう》じろ」と言わなかったなら、有仁はなお、五位に、芋粥をすすめて、止《や》まなかったかも知れない。が、幸いにして、利仁の声は、一同の注意を、その軒の方へ持って行った。

檜皮葺《ひわだぶき》の軒には、丁度、朝日がさしている。そうして、そのまばゆい光に、光沢《つや》のいい毛皮を洗わせながら、一疋《ぴき》の獣《けもの》が、おとなしく、坐《すわ》っている。見るとそれは一昨日《おととい》、利仁が枯野《かれの》の路《みち》で手捕《てど》りにした、あの阪本《さかもと》の野狐《のぎつね》であった。

「狐も、芋粥が欲しさに、見参《けんざん》したそうな。男ども、しゃつにも、物を食わせてつかわせ」

利仁の命令は、言下《ごんか》に行われた。軒からとび下りた狐は、ただちに広庭で芋粥の馳走《ちそう》に、与《あずか》ったのである。

五位は、芋粥を飲んでいる狐を眺《なが》めながら、ここへ来ない前の彼自身を、なつかしく、心の中でふり返った。それは、多くの侍《さむらい》たちに愚弄《ぐろう》されている彼である。京童《きょうわらべ》にさえ「何じゃ。この赤鼻めが」と、罵《ののし》られている彼である。色のさめた水干《すいかん》に、指貫《さしぬき》をつけて、飼主《かいぬし》のない尨犬《むくいぬ》のように、朱雀大路《すざくおおじ》をうろついて歩く、憐《あわれ》むべき、孤独《こどく》な彼である。しかし、同時にまた、芋粥に飽《あ》きたいという欲望《よくぼう》を、ただ一人大事に守っていた、幸福な彼である。――彼は、この上芋粥を飲まずにすむという安心とともに、満面の汗が次第《しだい》に、鼻の先から、乾《かわ》いてゆくのを感じた。晴れてはいても、敦賀《つるが》の朝は、身にしみるように、風が寒い。五位は慌《あわ》てて、鼻をおさえると同時に銀《しろがね》の提に向《むか》って大きな嚏《くさめ》をした。

（大正五年八月）

手巾《はんけち》

東京帝国《ていこく》法科大学教授、長谷川謹造《はせがわきんぞう》*先生は、ヴェランダの籐椅子《とういす》に腰《こし》をかけて、ストリントベルクの作劇術《ドラマトウルギイ》*を読んでいた。

先生の専門は、植民政策《せいさく》の研究である。従って読者には、先生がドラマトゥルギイを読んでいるということが、聊《いささ》か、唐突《とうとつ》の感を与《あた》えるかも知れない。が、学者としてのみならず、教育家としても、令名《れいめい》ある先生は、専門の研究に必要でない本でも、それが何らかの意味で、現代の学生の思想なり、感情なりに、関係のある物は、暇《ひま》のある限り、必ず一応は、眼《め》を通しておく。現に、昨今《さっこん》は、先生の校長を兼《か》ねているある高等専門学校の生徒が、愛読するという、ただ、それだけの理由から、オスカア・ワイルドのデ・プロフンディスとか、インテンションズとか*いう物さえ、一読の労を執《と》った。そういう先生のことであるから、今読んでいる本が、欧州《おうしゅう》近代の戯曲及《ぎきょくおよ》び俳優《はいゆう》を論じた物であるにしても、別に不思議がるところはない。なぜといえば、先生の薫陶《くんとう》を受けている学生の中には、イブセンとか、ストリントベルクとか、乃至《ないし》メエテルリンクとかの評論《ひょうろん》を書く学生が、いるばかりでなく、進んでは、そういう近代の戯曲家の跡《あと》を追って、作劇を一生の仕事にしようとする、熱心家さえいるからである。

先生は、警抜《けいばつ》な一章《しょう》を読みおわるごとに、黄いろい布表紙の本を、膝《ひざ》の上へ置いて、ヴェランダに吊《つる》してある岐阜提灯《ぎふちょうちん》の方を、漫然《まんぜん》と一瞥《いちべつ》する。不思議なことに、そうするや否《いな》や、先生の思量《しりょう》は、ストリントベルクを離《はな》れてしまう。その代《かわ》り、一しょにその岐阜提灯を買いに行った、奥《おく》さんのことが、心に浮《うか》んで来る。先生は、留学中、米国で結婚《けっこん》をした。だから、奥さんは、もちろん、亜米利加《アメリカ》人《じん》である。が、日本と日本人とを愛することは、先生と少しも変《かわ》りがない。ことに、日本の巧緻《こうち》なる美術工芸品は、少《すく》なからず奥さんの気に入っている。従って、岐阜提灯をヴェランダにぶら下げたのも、先生の好みというよりは、むしろ、奥さんの日本趣味《しゅみ》が、一端《いったん》を現したものとみて、しかるべきであろう。

先生は、本を下に置くたびに、奥さんと岐阜提灯と、そうして、その提灯によって代表される日本の文明とを思った。先生の信ずるところによると、日本の文明は、最近五十年間に、物質的方面では、かなり顕著《けんちょ》な進歩を示している。が、精神的には、ほとんど、これというほどの進歩も認《みと》めることができない。否、むしろ、ある意味では、堕落《だらく》している。では、現代における思想家の急務として、この堕落を救《きゅう》済《さい》する途《みち》を講《こう》ずるのには、どうしたらいいのであろうか。先生は、これを日本固《こ》有《ゆう》の武士道《ぶしどう》によるほかはないと論断《ろんだん》した。武士道なるものは、決して偏狭《へんきょう》なる島国民の道徳をもって、目《もく》せらるべきものでない。かえってその中には、欧米《おうべい》各国の基督《キリスト》教的精神と、一致《いっち》すべきものさえある。この武士道によって、現代日本の思潮《しちょう》に帰趣《しゅ》を知らしめることができるならば、それは、独り日本の精神的文明に貢献《こうけん》するところがあるばかりではない。延《ひ》いては、欧米各国民と日本国民との相互《そうご》の理解を容易にするという利益がある。あるいは国際間の平和も、これから促進《そくしん》されるということがあるであろう。――先生は、日頃《ひごろ》から、この意味において、自ら東西両洋の間に横たわる橋梁《きょうりょう》になろうと思っている。こういう先生にとって、奥《おく》さんと岐阜提灯《ぎふぢょうちん》と、その提灯によって代表される日本の文明とが、ある調和を保って、意識に上るのは決して不快なことではない。

ところが、何度かこんな満足を繰返《くりかえ》しているうちに、先生は、追い追い、読んでいるうちでも、思量《しりょう》がストリントベルクとは、縁《えん》の遠くなるのに気がついた。そこで、ちょいと、忌々《いまいま》しそうに頭を振《ふ》って、それからまた丹念《たんねん》に、眼《め》を細かい活字の上に曝《さら》しはじめた。すると、丁度、今読みかけたところにこんなことが書いてある。

――俳優《はいゆう》が最も普通《ふつう》なる感情に対して、ある一つの恰好《かっこう》な表現法を発見し、この方法によって成功を贏《か》ち得《え》る時、彼は時宜《じぎ》に適《てき》すると適せざるとを問わず、一面には、それが楽であるところから、また一面には、それによって成功するところから、ややもすればこの手段に赴《おもむ》かんとする。しかしそれがすなわち型《マニイル》なのである。……先生は、由来《ゆらい》、芸術――ことに演劇《えんげき》とは、風馬牛《ふうばぎゅう》の間柄《あいだがら》である。日本の芝居《しばい》でさえ、この年まで何度と数えるほどしか、見たことがない。――かつてある学生の書いた小説の中に、梅幸《ばいこう》という名が、出て来たことがある。流石《さすが》、博覧強記《はくらんきょうき》をもって自負《じふ》している先生にも、この名ばかりは何のことだかわからない。そこでついでの時に、その学生を呼んで、訊《き》いてみた。

――君、梅幸というのは何だね。

――梅幸――ですか。梅幸といいますのは、当時、丸の内の帝国《ていこく》劇場の座附《ざつき》俳優で、ただ今、太閤記《たいこうき》十段目の操《みさお》を勤めている役者です。

小倉《こくら》の袴《はかま》をはいた学生は、慇懃《いんぎん》に、こう答えた。――だから、先生はストリントベルクが、簡勁《かんけい》な筆《ふで》で論評《ろんぴょう》を加えている各種の演出法に対しても、先生自身の意見というものは、全然ない。ただ、それが、先生の留学中、西洋で見た芝居のあるものを聯想《れんそう》させる範囲《はんい》で、幾分《いくぶん》か興味を持つことができるだけである。言わば、中学の英語の教師が、イディオムを探すために、バアナアド・ショウの脚本《きゃくほん》を読むと、別に大《たい》した相違《そうい》はない。が、興味は、曲《まが》りなりにも、興味である。

ヴェランダの天井《てんじょう》からは、まだ灯《ひ》をともさない岐阜提灯が下《さが》っている。そうして、籐椅子《とういす》の上では、長谷川謹造《はせがわきんぞう》先生が、ストリントベルクのドラマトゥルギイを読んでいる。自分は、これだけのことを書きさえすれば、それが、いかに日の長い初夏の午後であるか、読者は容易に想像のつくことだろうと思う。しかし、こう言ったからといって、決して先生が無聊《ぶりょう》に苦しんでいるという訳《わけ》ではない。そう解釈《かいしゃく》しようとする人があるならば、それは自分の書く心もちを、わざとシニカルに曲解しようとするものである。——現在、ストリントベルクさえ、先生は、中途《ちゅうと》でやめなければならなかった。なぜといえば、突然《とつぜん》、訪客を告《つ》げる小間使《こまづかい》が、先生の清興《せいきょう》を妨《さまた》げてしまったからである。世間《せけん》は、いくら日が長くても、先生を忙殺《ぼうさつ》しなければ止《や》まないらしい。……

先生は、本を置いて、今し方《がた》小間使が持って来た、小さな名刺《めいし》を一瞥《いちべつ》した。象牙《ぞうげ》紙に、細く西山篤子《にしやまあつこ》と書いてある。どうも、今までに逢《あ》ったことのある人では、ないらしい。交際の広い先生は、籐椅子を離《はな》れながら、それでも念のために、一通り、頭の中の人名簿《じんめいぼ》を繰《く》ってみた。が、やはり、それらしい顔も、記憶《きおく》に浮《う》かんで来ない。そこで、栞代《しおりがわ》りに、名刺を本の間へはさんで、それを籐椅子の上に置くと、先生は、落着《おちつ》かない容子《ようす》で、銘仙《めいせん》の単衣《ひとえ》の前を直しながら、ちょいとまた、鼻の先の岐阜提灯《ぎふぢょうちん》へ眼《め》をやった。誰《だれ》もそうであろうが、待たせてある客より、待たせておく主人の方《ほう》が、こういう場合は待遠《まちどお》しい。もっとも、日頃《ひごろ》から謹厳《きんげん》な先生のことだから、これが、今日《きょう》のような未知の女客に対してでなくとも、そうだということは、わざわざ断る必要もないであろう。

やがて、時刻をはかって、先生は、応接室の扉《と》をあけた。中へはいって、おさえていたノップを離すのと、椅子にかけていた四十恰好《かっこう》の婦人の立上《たちあが》ったのとが、ほとんど、同時である。客は、先生の判別を超越《ちょうえつ》した、上品《じょうひん》な鉄御納戸《てつおなんど》の単衣を着て、それを黒の絽《ろ》の羽織《はおり》が、胸《むね》だけ細く剰《あま》した所に、帯止めの翡翠《ひすい》を、涼《すず》しい菱《ひし》の形にうき上《あが》らせている。髪《かみ》が、丸髷《まるまげ》に結《ゆ》ってあることは、こういう些事《さじ》に無頓着《むとんちゃく》な先生にも、すぐわかった。日本人に特有な、丸顔の、琥珀色《こはくいろ》の皮膚《ひふ》をした、賢母《けんぼ》らしい婦人である。先生は、一瞥して、この客の顔を、どこかで見たことがあるように思った。

——私が長谷川です。

先生は、愛想《あいそ》よく、会釈《えしゃく》した。こう言えば、逢ったことがあるのなら、向《むこ》うで言い出すだろうと思ったからである。

——私は、西山憲一郎《けんいちろう》の母でございます。

婦人は、はっきりした声で、こう名乗って、それから、叮嚀《ていねい》に、会釈を返した。

西山憲一郎といえば、先生も覚えている。やはりイブセンやストリントベルクの評論《ひょうろん》を書く生徒の一人で、専門は確か独法《どくほう》だったかと思うが、大学へはいってからも、よく思想問題を提《ひっ》げては、先生の許《もと》に出入した。それが、この春、腹膜炎《ふくまくえん》に罹《かか》って、大学病院へ入院したので、先生もついでながら、一二度見舞《みま》いに行ってやったことがある。この婦人の顔を、どこかで見たことがあるように思ったのも、偶然《ぐうぜん》ではない。あの眉《まゆ》の濃《こ》い、元気のいい青年と、この婦人とは、日本の俗諺《ぞくげん》が、瓜二《うりふた》つと形容するように、驚《おどろ》くほど、よく似ているのである。

——はあ、西山君の……そうですか。

先生は、独りで頷《うなず》きながら、小さなテエブルの向《むこ》うにある椅子《いす》を指した。

——どうか、あれへ。

婦人は、一応、突然《とつぜん》の訪問を謝《しゃ》してから、また、叮嚀《ていねい》に礼をして、示された椅子に腰《こし》をかけた。その拍子《ひょうし》に、袂《たもと》から白いものを出したのは、手巾《はんけち》であろう。先生は、それを見ると、早速《さっそく》テエブルの上の朝鮮団扇《ちょうせんうちわ》をすすめながら、その向《むこ》う側の椅子に、座をしめた。

——結構なおすまいでございます。

婦人は、やや、わざとらしく、室《へや》の中を見廻《みまわ》した。

——いや、広いばかりで、一向《いっこう》かまいません。

こういう挨拶《あいさつ》に慣れた先生は、折《おり》から小間使《こまづかい》の持って来た、冷茶《れいちゃ》を、客の前に直させながら、すぐに話頭《わとう》を相手の方《ほう》へ転換《てんかん》した。

——西山君はいかがです。別段ご容態《ようだい》に変《かわ》りはありませんか。

——はい。

婦人は、つつましく両手を膝《ひざ》の上に重ねながら、ちょいと語《ことば》を切って、それから、静かにこう言った。やはり、落着《おちつ》いた、滑《なめら》かな調子で言ったのである。

——実は、今日も伜《せがれ》のことで上《あが》ったのでございますが、あれもとうとう、いけませんでございました。在生中《ざいせいちゅう》は、いろいろ先生にご厄介《やっかい》になりまして……

婦人が手にとらないのを遠慮《えんりょ》だと解釈《かいしゃく》した先生は、この時丁度、紅茶茶碗《ぢゃわん》を口へ持って行こうとしていた。なまじいに、くどく、すすめるよりは、自分で啜《すす》ってみせる方《ほう》がいいと思ったからである。ところが、まだ茶碗が、柔《やわら》かな口髭《くちひげ》にとどかないうちに、婦人の語《ことば》は、突然、先生の耳をおびやかした。茶を飲んだものだろうか、飲まないものだろうか。——こういう思案が、青年の死とは、全く独立《どくりつ》して、一瞬《いっしゅん》の間、先生の心を煩《わずら》わした。が、いつまでも、持ち上げた茶碗を、片づけずに置く訳《わけ》には行かない。そこで先生は思い切って、がぶりと半碗の茶を飲むと、心もち眉《まゆ》をひそめながら、むせるような声で、「そりゃあ」と言った。

——……病院におりました間も、よくあれがお噂《うわさ》など致《いた》したものでございますから、お忙《いそが》しかろうとは存じましたが、お知らせかたがた、お礼を申上《もうしあ》げようと思いまして……

——いや、どうしまして。

先生は、茶碗《ちゃわん》を下へ置いて、その代《かわ》りに青い蠟《ろう》を引いた団扇《うちわ》をとりあげながら、憮然《ぶぜん》として、こう言った。

――とうとう、いけませんでしたかなあ。丁度、これからという年だったのですが……私はまた、病院の方《ほう》へもご無沙汰《ぶさた》していたものですから、もう大抵《たいてい》、よくなられたことだとばかり、思っていました――すると、いつになりますかな、なくなられたのは。

――昨日が、丁度初《しょ》七日でございます。

――やはり病院の方で……

――さようでございます。

――いや、実際、意外でした。

――何しろ、手のつくせるだけは、つくした上なのでございますから、あきらめるよりほかは、ございませんが、それでも、あれまでに致《いた》してみますと、何かにつけて、愚痴《ぐち》が出ていけませんものでございます。

こんな対話を交換《こうかん》している間に、先生は、意外な事実に気がついた。それは、この婦人の態度なり、挙措《きょそ》なりが、少しも自分の息子《むすこ》の死を、語っているらしくないということである。眼《め》には、涙《なみだ》もたまっていない。声も、平生《へいぜい》の通りである。その上、口角《こうかく》には、微笑《びしょう》さへ浮《うか》んでいる。これで、話を聞かずに、外貌《がいぼう》だけ見ているとしたら、誰《だれ》でも、この婦人は、家常茶飯事《かじようさはんじ》を語っているとしか、思わなかったのに相違《そうい》ない。――先生には、これが不思議であった。

――昔《むかし》、先生が、伯林《ベルリン》に留学していた時分のことである。今のカイゼルのおとうさんに当《あた》る、ウィルヘルム第一世が、崩御《ほうぎよ》された。＊先生は、この訃音《ふいん》を行きつけの珈琲店《コオヒイてん》で耳にしたが、元より一通りの感銘《かんめい》しかうけようはない。そこで、いつものように、元気のいい顔をして、杖《つえ》を脇《わき》にはさみながら、下宿へ帰って来ると、下宿の子供が二人、扉《ドア》をあけるや否《いな》や、両方から先生の頸《くび》に抱《だ》きついて、一度にわっと泣き出した。一人は、茶色のジャケットを着た、十二になる女の子で、一人は、紺《こん》の短いズボンをはいた、九つになる男の子である。子煩悩《こぼんのう》な先生は、訳《わけ》がわからないので、二人の明るい色をした髪《かみ》の毛を撫《な》でながら、しきりに「どうした。どうした」と言って慰《なぐさ》めた。が、子供はなかなか泣きやまない。そうして、洟《はな》をすすり上げながら、こんなことを言う。

――おじいさまの陛下《へいか》が、おなくなりなすったのですって。

先生は、一国の元首《げんしゆ》の死が、子供にまで、これほど悲しまれるのを、不思議に思った。独り皇室《こうしつ》と人民との関係というような問題を、考えさせられたばかりではない。西洋へ来て以来、何度も先生の視聴《しちよう》を動かした、西洋人の衝動的《しようどうてき》な感情の表白《ひようはく》が、今さらのように、日本人たり、武士道《ぶしどう》の信者たる先生を、驚《おどろ》かしたのである。

その時の怪訝《かいが》と同情とを一つにしたような心もちは、いまだに忘《わす》れようとしても、忘れることができない。――先生は、今も丁度、そのくらいな程度で、逆に、この婦人の泣かないのを、不思議に思っているのである。が、第一の発見の後《のち》には、間《ま》もなく、第二の発見が次いで起《おこ》った。――

丁度、主客の話題が、なくなった青年の追懐《ついかい》から、その日常生活のディテイルに及《およ》んで、さらにまた、もとの追懐へ戻《もど》ろうとしていた時である。何かの拍子《ひょうし》で、朝《ちょう》鮮団扇《せんうちわ》が、先生の手をすべって、ぱたりと寄木《モザイク》の床《ゆか》の上に落ちた。会話はむろん寸《すん》刻《こく》の断続を許さないほど、切迫《せっぱく》している訳《わけ》ではない。そこで、先生は、半身《はんしん》を椅子《いす》から前へのり出しながら、下を向いて、床の方へ手をのばした。団扇は、小さなテエブルの下に――上靴《うわぐつ》にかくれた婦人の白足袋《しろたび》の側《そば》に落ちている。

その時、先生の眼《め》には、偶然《ぐうぜん》、婦人の膝《ひざ》が見えた。膝の上には、手巾《はんけち》を持った手が、のっている。もちろんこれだけでは、発見でも何でもない。が、同時に、先生は、婦人の手が、はげしく、ふるえているのに気がついた。ふるえながら、それが感情の激動《げきどう》を強《し》いて抑《おさ》えようとするせいか、膝の上の手巾を、両手で裂《さ》かないばかりに緊《かた》く、握《にぎ》っているのに気がついた。そうして、最後に皺《しわ》くちゃになった絹《きぬ》の手巾が、しなやかな指の間で、さながら微風《びふう》にでもふかれているように、繡《ぬいとり》のある縁《ふち》を動かしているのに気がついた。――婦人は、顔でこそ笑っていたが、実はさっきから、全身で泣いていたのである。

団扇を拾って、顔をあげた時に、先生の顔には、今までにない表情があった。見てはならないものを見たという敬虔《けいけん》な心もちと、そういう心もちの意識から来るある満足とが、多少の芝居気《しばいぎ》で、誇張《こちょう》されたような、はなはだ、複雑な表情である。

——いや、ご心痛《しんつう》は、私のような子供のない者にも、よくわかります。

先生は、眩《まぶ》しいものでも見るように、やや、大仰《おおぎょう》に、頸《くび》を反らせながら、低い感情の籠《こも》った声でこう言った。

——ありがとうございます。が、今さら、何と申しましても、かえらないことでございますから……

婦人は、心もち頭を下げた。晴々《はればれ》とした顔には、依然《いぜん》として、ゆたかな微笑《びしょう》が、たたえている。

×　　×　　×

それから、二時間の後《のち》である。先生は、湯にはいって晩飯《ばんめし》をすませて、食後の桜実《さくらんぼう》をつまんで、それからまた、楽々と、ヴェランダの籐椅子《とういす》に腰《こし》を下《お》ろした。

長い夏の夕暮《ゆうぐれ》は、いつまでも薄《うす》明りをただよわせて、硝子戸《ガラスど》をあけはなした広いヴェランダは、まだ容易に、暮れそうなけはいもない。先生は、そのかすかな光の中で、さっきから、左の膝《ひざ》を右の膝の上へのせて、頭を籐椅子《とういす》の背《せ》にもたせながら、ぼんやり岐《ぎ》阜提灯《ふちょうちん》の赤い房《ふさ》を眺《なが》めている。例のストリントベルクも、手にはとってみたものの、まだ一頁《ページ》も読まないらしい。それも、そのはずである。――先生の頭の中は、西山篤子《あつこ》夫人のけなげな振舞《ふるまい》で、いまだに一ぱいになっていた。

先生は、飯を食いながら、奥《おく》さんに、その一部始終《しじゅう》を、話して聞かせた。そうして、それを、日本の女の武士道《ぶしどう》だと賞讃《しょうさん》した。日本と日本人とを愛する奥さんが、この話を聞いて、同情しないはずはない。先生は、奥さんに熱心な聴《き》き手を見出《みいだ》したことを、満足に思った。奥さんと、さっきの婦人と、それから岐阜提灯と――今では、この三つが、ある倫理《りんり》的な背景を持って、先生の意識に浮《うか》んで来る。

先生はどのくらい、長い間、こういう幸福な回想に耽《ふけ》っていたか、わからない。が、そのうちに、ふとある雑誌から、寄稿《きこう》を依頼《いらい》されていたことに気がついた。その雑誌では「現代の青年に与《あた》うる書」という題で、四方《しほう》の大家《たいか》に、一般道徳上の意見を徴《ちょう》していたのである。今日の事件を材料にして、早速《さっそく》、所感《しょかん》を書いて送ることにしよう。――こう思って、先生は、ちょいと頭を掻《か》いた。

掻いた手は、本を持っていた手である。先生は、今まで閑却《かんきゃく》されていた本に、気がついて、さっき入れておいた名刺《めいし》を印《しるし》に、読みかけた頁を、開いてみた。丁度、その時、小《こ》間使《まづかい》が来て、頭の上の岐阜提灯をともしたので、細かい活字も、さほど読むのに煩《わずら》わしくない。先生は、別に読む気もなく、漫然《まんぜん》と眼《め》を頁の上に落《おと》した。

ストリントベルクは言う。――

――私の若い時分《じぶん》、人はハイベルク夫人＊の、多分巴里《パリ》から出たものらしい、手巾《はんけち》のことを話した。それは、顔は微笑《びしょう》していながら、手は手巾を二つに裂《さ》くという、二重の演技であった。それを我《われ》らは今、臭味《メッツヘン》＊と名づける。……

先生は、本を膝の上に置いた。開いたまま置いたので、西山篤子という名刺が、まだ頁のまん中にのっている。が、先生の心にあるものは、もうあの婦人ではない。そうかといって、奥さんでもなければ日本の文明でもない。それらの平穏《へいおん》な調和を破《やぶ》ろうとする、得体の知れない何物かである。ストリントベルクの指弾《しだん》した演出法と、実践《じっせん》道徳上の問題とは、もちろんちがう。が、今、読んだところからうけとった暗示《あんじ》の中には、先生の、湯上《ゆあが》りののんびりした心もちを、擾《みだ》そうとする何物かがある。武士道と、そうしてその型《マニイル》と――

先生は、不快そうに二三度頭を振《ふ》って、それからまた上眼《うわめ》を使いながら、じっと、秋草《あきくさ》を描いた岐阜提灯の明るい灯《ひ》を眺《なが》め始めた。……

（大正五年九月）

煙草《たばこ》と悪魔《あくま》

煙草は、本来、日本になかった植物である。では、いつごろ、舶載《はくさい》されたかというと、記録によって、年代が一致《いっち》しない。あるいは、慶長《けいちょう》年間と書いてあったり、あるいは天文《てんぶん》年間と書いてあったりする。が、慶長十年ごろには、すでに栽培《さいばい》が、諸方《しょほう》に行われていたらしい。それが文禄《ぶんろく》年間になると、「きかぬものたばこの法度《はっと》銭法度《ぜにはっと》*玉のみこえにげんたくの医者」という落首《らくしゅ》ができたほど、一般《いっぱん》に喫煙《きつえん》が流行するようになった。――

そこで、この煙草は、誰《だれ》の手で舶載《はくさい》されたかというと、歴史家なら誰でも、葡萄《ポルトガ》牙人《ルじん》とか、西班牙人《スペインじん》とか答える。が、それは必ずしも唯一《ゆいいつ》の答《こたえ》ではない。そのほかにまだ、もう一つ、伝説としての答が残っている。それによると、煙草は、悪魔がどこからか持って来たのだそうである。そうして、その悪魔なるものは、天主教《てんしゅきょう》の伴天連《ばてれん》*か（恐《おそ》らくは、フランシス上人《しょうにん》*）がはるばる日本へつれて来たのだそうである。

こう言うと、切支丹宗門《きりしたんしゅうもん》の信者は、彼らのパアテル*を誣《し》いるものとして、自分を咎《とが》めようとするかも知れない。が、自分に言わせると、これはどうも、事実らしく思われる。なぜと言えば、南蛮《なんばん》の神が渡来《とらい》すると同時に、南蛮の悪魔が渡来するということは——西洋の善《ぜん》が輸入されると同時に、西洋の悪が輸入されるということは、至極《しごく》、当然なことだからである。

しかし、その悪魔が実際、煙草を持って来たかどうか、それは、自分にも、保証《ほしょう》することができない。もっともアナトオル・フランスの書いた物*によると、悪魔は木犀草《もくせいそう》の花で、ある坊《ぼう》さんを誘惑《ゆうわく》しようとしたことがあるそうである。してみると、煙草を、日本へ持って来たということも、満更嘘《まんざらうそ》だとばかりは、言えないであろう。よしまたそれが嘘にしても、その嘘はまた、ある意味で、存外、ほんとうに近いことがあるかも知れない。——自分は、こういう考えで、煙草の渡来に関する伝説を、ここに書いてみることにした。

×　　　×　　　×

天文十八年、悪魔は、フランシス・ザヴィエルに伴《つ》いている伊留満《いるまん》*の一人に化けて、長い海路《かいろ》を恙《つつが》なく、日本へやって来た。この伊留満の一人に化けられたというのは、正物《しょうぶつ》*のその男が、阿媽港《あまかは》*かどこかへ上陸しているうちに、一行《いっこう》をのせた黒船《くろふね》が、それとも知らずに出帆《しゅっぱん》をしてしまったからである。そこで、それまで、帆桁《ほげた》へ尻尾《しっぽ》をまきつけて、倒《さかさま》にぶら下りながら、ひそかに船中の容子《ようす》を窺《うかが》っていた悪魔《あくま》は、早速姿《さっそくすがた》をその男に変えて、朝夕フランシス上人《しょうにん》に、給仕《きゅうじ》することになった。もちろん、ドクトル・ファウストを尋《たず》ねる時には、赤い外套《がいとう》を着た立派な騎士《きし》に化けるくらいな先生のことだから、こんな芸当なぞは、何でもない。

ところが、日本へ来てみると、西洋にいた時に、マルコ・ポオロの旅行記で読んだのとは、大分《だいぶ》、容子がちがう。第一、あの旅行記によると、国じゅう至《いた》る処《ところ》、黄金《おうごん》がみちみちているようであるが、どこを見廻《みまわ》しても、そんな景色はない。これなら、ちょいと礫《くるす》を爪《つめ》でこすって、金《きん》にすれば、それでもかなり、誘惑《ゆうわく》ができそうである。それから、日本人は、真珠《しんじゅ》か何かの力で、起死回生《きしかいせい》の法を、心得ているそうであるが、それもマルコ・ポオロの嘘《うそ》らしい。嘘なら、方々《ほうぼう》の井戸《いど》へ唾《つば》を吐《は》いて、悪い病さえ流行《はや》らせれば、大抵《たいてい》の人間は、苦しまぎれに当来《とうらい》の波羅葦僧《はらいそ》なぞは、忘れてしまう。——フランシス上人の後《あと》へついて、殊勝《しゅしょう》らしく、そこいらを見物して歩きながら、悪魔は、ひそかにこんなことを考えて、独り会心《かいしん》の微笑《びしょう》をもらしていた。

が、たった一つ、ここに困《こま》ったことがある。こればかりは、流石《さすが》の悪魔が、どうする訳《わけ》にも行かない。というのは、まだフランシス・ザヴィエルが、日本へ来たばかりで、伝道《でんどう》も盛《さか》んにならなければ、切支丹《きりしたん》の信者もできないので、肝腎《かんじん》の誘惑する相手が、一人もいないということである。これには、いくら悪魔でも、少《すくな》からず、当惑《とうわく》した。第一、さしあたり退屈《たいくつ》な時間を、どうして暮《くら》していいか、わからない。

――

そこで、悪魔は、いろいろ思案した末に、まず園芸でもやって、暇《ひま》をつぶそうと考えた。それには、西洋を出る時から、種々雑多な植物の種を、耳の穴の中へ入れて持っている。地面は、近所の畠《はたけ》でも借りれば、造作《ぞうさ》はない。その上、フランシス上人さえ、それは至極《しごく》よかろうと、賛成《さんせい》した。もちろん、上人は、自分についている伊留満《いるまん》の一人が、西洋の薬用植物か何かを、日本へ移植しようとしているのだと、思ったのである。

悪魔は、早速、鋤鍬《すきくわ》を借りて来て、路《みち》ばたの畠を、根気よく、耕《たがや》しはじめた。

丁度水蒸気《すいじょうき》の多い春の始めで、たなびいた霞《かすみ》の底からは、遠くの寺の鐘《かね》が、ぼうんと、眠《ね》むそうに、響《ひび》いて来る。その鐘の音《ね》が、いかにもまたのどかで、聞きなれた西洋の寺の鐘のように、いやに冴《さ》えて、かんと脳天《のうてん》へひびくところがない。――が、こういう太平な風物《ふうぶつ》の中にいたのでは、さぞ悪魔も、気が楽だろうと思うと、決してそうではない。

彼《かれ》は、一度この梵鐘《ぼんしょう》の音を聞くと、聖保羅《さんぽおろ》*の寺の鐘を聞いたよりも、一層、不快そうに、顔をしかめて、むしょうに畑を打ち始めた。なぜかというと、こののんびりした鐘《かね》の音《ね》を聞いて、この曖々《あいあい》たる日光に浴していると、不思議に、心がゆるんで来る。善《ぜん》をしようという気にもならないと同時に、悪を行おうという気にもならずにしまう。これでは、折角《せっかく》、海を渡《わた》って、日本人を誘惑《ゆうわく》に来た甲斐《かい》がない。――掌《てのひら》に肉豆《まめ》がないので、*イワンの妹に叱《しか》られたほど、労働の嫌《いや》な悪魔《あくま》が、こんなに精を出して、鍬《くわ》を使う気になったのは、全く、このややもすれば、体《からだ》にはいかかる道徳的の眠《ねむ》けを払《はら》おうとして、一生懸命《けんめい》になったせいである。

悪魔は、とうとう、数日のうちに、畑打ちを完《おわ》って、耳の中の種を、その畦《うね》に播《ま》いた。

×　　　×　　　×

それから、幾月《いくつき》かたつうちに、悪魔の播いた種は、芽を出し、茎《くき》をのばして、その年の夏の末には、幅《はば》の広い緑の葉が、もう残りなく、畑の土を隠《かく》してしまった。が、その植物の名を知っている者は、一人もない。フランシス上人《しょうにん》が、尋《たず》ねてさえ、悪魔は、にやにや笑うばかりで、何とも答えずに、黙《だま》っている。

そのうちに、この植物は、茎の先に、簇々《そうそう》として、花をつけた。漏斗《じょうご》のような形をした、うす紫《むらさき》の花である。悪魔には、この花のさいたのが、骨を折っただけに、大《たい》へん嬉《うれ》しいらしい。そこで、彼は、朝夕の勤行《ごんぎょう》をすましてしまうと、いつでも、その畑へ来て、余念なく培養《ばいよう》につとめていた。

すると、ある日のこと、（それは、フランシス上人が伝道《でんどう》のために、数日間、旅行をした、その留守《るす》中の出来事である）一人の牛商人《うしあきうど》が、一頭の黄牛《あめうし》をひいて、その畑の側《そば》を通りかかった。見ると、紫の花のむらがった畑の柵《さく》の中で、黒い僧服《そうふく》に、つばの広い帽子《ぼうし》をかぶった、南蛮《なんばん》の伊留満《いるまん》が、しきりに葉へついた虫をとっている。牛商人は、その花があまり、珍《めずら》しいので、思わず足を止めながら、笠《かさ》をぬいで、丁《てい》寧《ねい》にその伊留満へ声をかけた。

――もし、お上人様、その花は何でございます。

伊留満は、ふりむいた。鼻の低い、眼《め》の小さな、いかにも、人の好《よ》さそうな紅毛《こうもう》である。

――これですか。

――さようでございます。

紅毛は、畑の柵によりかかりながら、頭をふった。そうして、なれない日本語で言った。

――この名だけは、お気の毒ですが、人には教えられません。

――はてな、すると、フランシス様が、言ってはならないとでも、仰有《おっしゃ》ったのでございますか。

――いいえ、そうではありません。

――では、一つお教え下《くだ》さいませんか、手前も、近ごろはフランシス様のご教化をうけて、この通りご宗旨《しゅうし》に、帰依《きえ》しておりますのですから。

牛商人《うしあきうど》は、得意そうに自分の胸《むね》を指さした。見ると、なるほど、小さな真鍮《しんちゅう》の十字架《か》が、日に輝《かがや》きながら、頸《くび》にかかっている。すると、それが眩《まぶ》しかったのか、伊《い》留満《るまん》はちょいと顔をしかめて、下を見たが、すぐにまた、前よりも、人なつこい調子で、冗談《じょうだん》ともほんとうともつかずに、こんなことを言った。

――それでも、いけませんよ。これは、私の国の掟《おきて》で、人に話してはならないことになっているのですから。それより、あなたが、自分で一つ、あててごらんなさい。日本人は賢《かしこ》いから、きっとあたります。あたったら、この畑にはえているものを、みんな、あなたにあげましょう。

牛商人は、伊留満が、自分をからかっているとでも思ったのであろう。彼は、日にやけた顔に、微笑《びしょう》を浮《うか》べながら、わざと大仰《おおぎょう》に、小首《こくび》を傾《かたむ》けた。

――何でございますかな。どうも、殺急《さっきゅう》には、わかり兼《か》ねますが。

――なに今日《きょう》でなくっても、いいのです。三日の間に、よく考えてお出《い》でなさい。誰《だれ》かに聞いて来ても、かまいません。あたったら、これをみんなあげます。このほかにも、珍陀《ちんだ》の酒《さけ*》をあげましょう。それとも、波羅葦僧垤利阿利《はらいそてれあるる*》の絵をあげますか。

牛商人は、相手があまり、熱心なのに、驚《おどろ》いたらしい。

――では、あたらなかったら、どう致《いた》しましょう。

伊留満は、帽子《ぼうし》をあみだに、かぶり直しながら、手を振《ふ》って、笑った。牛商人が、いささか、意外に思ったくらい、鋭《するど》い、鴉《からす》のような声で、笑ったのである。

――あたらなかったら、私があなたに、何かもらいましょう。賭《かけ》です。あたるか、あたらないかの賭です。あたったら、これをみんな、あなたにあげますから。

こう言ううちに紅毛《こうもう》は、いつかまた、人なつこい声に、帰っていた。

――よろしゅうございます。では、私も奮発《ふんぱつ》して、何でもあなたの仰有《おつしや》るものを、差上《さしあ》げましょう。

――何でもくれますか、その牛でも。

――これでよろしければ、今でも差上げます。

牛商人は、笑いながら、黄牛《あめうし》の額《ひたい》を、撫《な》でた。彼《かれ》はどこまでも、これを、人のいい伊留満の、冗談だと思っているらしい。

――その代《かわ》り、私が勝ったら、その花のさく草を頂きますよ。

――よろしい。よろしい。では、確かに約束《やくそく》しましたね。

――確かに、御約定《おやくじょう》致しました。御主《おんあるじ》エス・クリストの御名《みな》にお誓《ちか》い申しまして。

伊留満は、これを聞くと、小さな眼《め》を輝《かがや》かせて、二三度、満足そうに、鼻を鳴《な》ら

した。それから、左手を腰《こし》にあてて、少し反《そ》り身になりながらも、右手で紫《むらさき》の花にさわってみて、

――では、あたらなかったら――あなたの体と魂《たましい》とを、貰《もら》いますよ。

こう言って、紅毛《こうもう》は、大きく右の手をまわしながら、帽子《ぼうし》をぬいだ。もじゃもじゃした髪《かみ》の毛の中には、山羊《やぎ》のような角《つの》が二本、はえている。牛商人《うしあきうど》は思わず顔の色を変えて、持っていた笠《かさ》を、地に落《お》とした。日のかげったせいであろう、畑の花や葉が、一時《いちどき》に、あざやかな光を失った。牛さえ、何におびえたのか、角を低くしながら、地《じ》鳴《な》りのような声で、唸《うな》っている。……

――私にした約束《やくそく》でも、約束は、約束ですよ。私が名を言えないものを指して、あなたは、誓《ちか》ったでしょう。忘《わす》れてはいけません。期限《きげん》は、三日ですから。では、さようなら。

人を莫迦《ばか》にしたような、慇懃《いんぎん》な調子で、こう言いながら、悪魔《あくま》は、わざと、牛商人に丁寧《ていねい》なおじぎをした。

× × ×

牛商人は、うっかり、悪魔の手にのったのを、後悔《こうかい》した。このままで行けば、結《けっ》局《きょく》、あの「じゃぼ*」につかまって、体も魂も、「亡《ほろ》ぶることなき猛火《みょうか》」に、焼かれ

なければ、ならない。それでは、今までの宗旨《しゆうし》をすてて、波宇寸低茂《はうすちも》＊をうけた甲斐《かい》が、なくなってしまう。

御主耶蘇基督《おんあるじエス・クリスト》の名で、誓った以上、一度した約束は、破《やぶ》ることができない。もちろん、フランシス上人《しようにん》でも、あいに生憎《あいにく》く、それも今は留守《るす》である。そこで、彼は、三日の間、夜の眼《め》もねずに、悪魔の巧《たく》みの裏《うら》をかく手だてを考えた。それには、どうしても、あの植物の名を、知るよりほかに、仕方がない。しかし、フランシス上人でさえ、知らない名を、どこに知っているものが、いるであろう。……

牛商人は、とうとう、約束の期限の切れる晩《ばん》に、またあの黄牛《あめうし》をひっぱって、そっと、伊留満《いるまん》の住んでいる家の側《そば》へ、忍《しの》んで行った。家は畑とならんで、往来《おうらい》に向《むか》っている。行ってみると、もう伊留満も寝《ね》しずまったとみえて、窓《まど》からもる灯《あかり》さえない。丁度、月はあるが、ぼんやりと曇《くも》った夜で、ひっそりした畑のそこここには、あの紫の花が、心ぼそくうす暗い中に、ほのめいている。元来《がんらい》、牛商人は、覚束《おぼつか》ないながら、一策《いっさく》を思いついて、やっとここまで、忍んで来たのであるが、このしんとした景色を見ると、何となく恐《おそろ》しくなって、いっそ、このまま帰ってしまおうかという気にもなった。ことに、あの戸の後《うしろ》では、山羊のような角のある先生が、因《いん》辺留濃《へるの》＊の夢《ゆめ》でも見ているのだと思うと、折角《せっかく》、はりつめた勇気も、意気地《いくじ》なく、くじけてしまう。が、体と魂《たましい》とを、「じゃぼ」の手に、渡《わた》すことを思えば、もちろん、弱い音《ね》なぞを吐《は》いているべき場合ではない。

そこで、牛商人《うしあきうど》は、毘留善麻利耶《びるぜんまりや》*の加護《かご》を願《ねが》いながら、思い切って、あらかじめ、もくろんで置いた計画を、実行した。計画というのは、別でもない。——ひいて来た黄牛《あめうし》の綱《はづな》を解《と》いて、尻《しり》をつよく打ちながら、例の畑へ勢《いきお》いよく追いこんでやったのである。

牛は、打たれた尻の痛《いた》さに、跳《は》ね上りながら、柵《さく》を破《やぶ》って、畑をふみ荒《あ》らした。角を家の板目《はめ》につきかけたことも、一度や二度ではない。その上、蹄《ひづめ》の音と、鳴く声とは、うすい夜の霧《きり》をうごかして、ものものしく、四方《あたり》に響《ひび》き渡った。すると、窓《まど》の戸をあけて、顔を出したものがある。暗いので、顔はわからないが、伊留満《いるまん》に化けた悪魔《あくま》には、相違《そうい》ない。気のせいか、頭の角は、夜目《よめ》ながら、はっきり見えた。

——この畜生《ちくしょう》、何だって、己《おれ》の煙草《たばこ》畑を荒らすのだ。

悪魔は、手をふりながら、睡《ね》むそうな声で、こう怒鳴《どな》った。寝入《ねい》りばなの邪魔《じゃま》をされたのが、よくよく癪《しゃく》にさわったらしい。

が、畑の後《うしろ》へかくれて、容子《ようす》を窺《うかが》っていた牛商人の耳へは、悪魔のこの語が、泥烏須《でうす》*の声のように、響いた。……

——この畜生、何だって、己の煙草畑を荒らすのだ。

それから、先のことは、あらゆるこの種類の話のように、至極《しごく》、円満に完《おわ》っている。即《すなわ》ち、牛商人は、首尾《しゅび》よく、煙草という名を、言いあてて、悪魔に鼻をあかさせた。そうして、その畑にはえている煙草を、ことごとく自分のものにした。というような次第《しだい》である。

×　　×　　×

が、自分は、昔からこの伝説に、より深い意味がありはしないかと思っている。なぜと言えば、悪魔は、牛商人の肉体と霊魂《れいこん》とを、自分のものにすることはできなかったが、その代《かわ》りに、煙草は、洽《あまね》く日本全国に、普及《ふきゅう》させることができた。してみると牛商人の救抜《きゅうばつ》が、一面堕落《だらく》を伴《ともな》っているように、悪魔の失敗も、一面成功を伴っていはしないだろうか。悪魔は、ころんでも、ただは起きない。誘惑《ゆうわく》に勝ったと思う時にも、人間は存外、負けていることがありはしないだろうか。

それからついでに、悪魔のなり行きを、簡単《かんたん》に、書いておこう。彼《かれ》は、フランシス上人《しょうにん》が、帰って来るとともに、神聖《しんせい》なペンタグラマ*の威力《いりょく》によって、とうとう、その土地から、逐払《おいはら》われた。が、その後も、やはり伊留満のなりをして、方々《ほうぼう》をさまよって、歩いたものらしい。ある記録によると、彼は、南蛮寺《なんばんじ》*の建立《こんりゅう》前後、京都にも、しばしば出没《しゅつぼつ》したそうである。松永弾正《まつながだんじょう》*を翻弄《ほんろう》した例の果心居士《かしんこじ》*という男は、この悪魔《あくま》だという説もあるが、これはラフカディオ・ヘルン先生が書いているから、ここには、ご免《めん》を蒙《こうむ》ることにしよう。それから、豊臣《とよとみ》徳川両氏の外教禁遏《きんあつ》に会って、始めのうちこそ、まだ、姿《すがた》を現《あら》わしていたが、とうとう、しまいには、完《まっ》く日本にいなくなった。記録は、大体ここまでしか、悪魔の消息《しょうそく》を語っていない。ただ、明治以後、ふたたび、渡来《とらい》した彼の動静《どうせい》を知ることができないのは、返《か》えす返えすも、遺憾《いかん》である。

（大正五年十月二十一日）

煙管《きせる》

一

加州《かしゅう》石川郡《いしかわごおり》金沢城《かなざわじょう》の城主《じょうしゅ》、前田《まえだ》斉広《なりひろ》＊は、参覲中《さんきんちゅう》、江戸《えど》城の本丸《ほんまる》へ登城《とじょう》するごとに、必ず愛用の煙管を持って行った。当時有名な煙管商、住吉屋《すみよしや》七兵衛《しちべえ》の手に成った、金無垢《きんむく》地に、剣梅鉢《けんうめばち》の紋《もん》ぢらしという、数寄《すき》を凝《こ》らした煙管である。

前田家は、幕府《ばくふ》の制度によると、五世《ごせ》、加賀守綱紀《かがのかみつなのり》以来、大廊下詰《おおろうかづめ》＊で、席次《せきじ》は、世々《よよ》尾紀水三家《びきすいさんけ》の次を占《し》めている。もちろん、裕福《ゆうふく》なことも、当時の大小名《だいしょうみょう》の中で、肩《かた》を比べる者は、ほとんど、一人もない。だから、その当主たる斉広が、金無垢の煙管を持つということは、むしろ身分相当の装飾品《そうしょくひん》を持つのに過ぎないのである。

しかし斉広は、その煙管を持っていることをはなはだ、得意に感じていた。もっとも断っておくが、彼《かれ》の得意は決して、煙管そのものを、どんな意味ででも、愛翫《あいがん》したからではない。彼はそういう煙管を日常口にし得《う》る彼自身の勢力が、他の諸侯《しょこう》に比して、優越《ゆうえつ》な所以《ゆえん》を悦《よろこ》んだのである。つまり、彼は、加州百万石《ごく》が金無垢の煙管になって、どこへでも、持って行けるのが、得意だった――と言っても差支《さしつか》えない。

そういう次第《しだい》だから、斉広《なりひろ》は、登城《とじょう》している間じゅう、ほとんどその煙管《きせる》を離《はな》したことがない。人と話しをしている時はもちろん、独りでいる時でも、彼はそれを懐中《かいちゅう》から出して、鷹揚《おうよう》に口に啣《くわ》えながら、長崎煙草《ながさきたばこ》か何かの匂《にお》いの高い煙《けむ》りを、必ず悠々《ゆうゆう》とくゆらせている。

もちろんこの得意な心もちは、煙管なり、それによって代表される百万石《ごく》なりを、人に見せびらかすほど、増長慢《ぞうちょうまん》な性質《せいしつ》のものではなかったかも知れない。が、彼自身が見せびらかさないまでも、殿中《でんちゅう》の注意は、明《あきら》かに、その煙管に集注されている観《かん》があった。そうして、その集注されているということを意識するのが斉広にとっては、かなり愉快《ゆかい》な感じを与《あた》えた。――現に彼には、同席の大名《だいみょう》に、あまりお煙管が見事だからちょいと拝見《はいけん》させていただきたいと、言われた後《あと》では、のみなれた煙草の煙《けむり》までがいつもより、一層快《こころよ》く、舌《した》を刺戟《しげき》するような気さえ、したのである。

二

斉広の持っている、金無垢《きんむく》の煙管に、眼《め》を駭《おどろ》かした連中の中で、最もそれを話題にすることを好んだのはいわゆる、お坊主《ぼうず》の階級である。彼らはよるとさわると、鼻をつき合《あわ》せて、この「加賀《かが》の煙管」を材料に得意の饒舌《じょうぜつ》を闘《たたか》わせた。

「流石《さすが》は、大名道具だて」

「同じ道具でも、ああいう物は、つぶしが利《き》きやす」

「質《しち》に置いたら、何両貸すことかの」

「貴公じゃあるまいし、誰《だれ》が質になんぞ、置くものか」

　ざっと、こんな調子である。

　するとある日、彼《かれ》らの五六人が、円い頭をならべて、一服やりながら、例のごとく煙管の噂《うわさ》をしていると、そこへ、偶然《ぐうぜん》、御数寄屋《おすきや》坊主*の河内山宗俊《こうちやまそうしゅん》が、やって来た。――後年《こうねん》「天保六歌仙《てんぽうろっかせん》」の中の、主な rôle* をつとめることになった男である。

「ふんまた煙管か」

　河内山は、一座の坊主を、尻眼《しりめ》にかけて、空嘯《そらうそぶ》いた。

「彫《ほり》といい、地金《じがね》といい、見事な物さ。銀の煙管さえ持たぬこちとらには見るも眼の毒《どく》……」

　調子にのって弁《べん》じていた了哲《りょうてつ》という坊主が、ふと気がついてみると、宗俊は、いつの間にか彼の煙草《たばこ》入れをひきよせて、その中から煙草をつめては、悠然《ゆうぜん》と煙を輪にふいている。

「おい、おい、それは貴公の煙草入れじゃないぜ」

「いいってことよ」

宗俊《そうしゅん》は、了哲《りようてつ》の方を見むきもせずに、また煙草《たばこ》をつめた。そうして、それを吸《す》ってしまうと、生《なま》あくびを一つしながら、煙草入れをそこへ抛《ほう》り出して、

「ええ、悪い煙草だ。煙管《きせる》ごのみが、聞いてあきれるぜ」

了哲は慌《あわ》てて、煙草入れをしまった。

「なに、金無垢《きんむく》の煙管なら、それでも、ちょいとのめようというものさ」

「ふんまた煙管か」と繰返《くりかえ》して、「そんなに金無垢がありがたけりゃなぜお煙管拝《はい》領《りよう》と出かけねえんだ」

「お煙管拝領?」

「そうよ」

流石《さすが》に、了哲も相手の傍若無人《ぼうじゃくぶじん》なのにあきれたらしい。

「いくらお前、わしが慾《よく》ばりでも、……せめて、銀ででもあれば、格別さ。……とにかく、金無垢だぜ。あの煙管は」

「知れたことよ。金無垢ならばこそ、貰《もら》うんだ。真鍮《しんちゆう》の駄六《だろく》*を拝領に出る奴《やつ》がどこにある」

「だが、そいつは少し恐《おそ》れだて」

了哲はきれいに剃《そ》った頭を一ったたいて恐縮《きようしゆく》したような身ぶりをした。

「手前が貰わざ、己《おれ》が貰う。いいか、あとで羨《うらや》しがるなよ」

河内山はこう言って、煙管をはたきながら肩《かた》をゆすって、せせら笑った。

三

それから間もなくのことである。

斉広《なりひろ》がいつものように、殿中《でんちゅう》の一間《ひとま》で煙草をくゆらせていると、西王母《せいおうぼ》*を描《えが》いた金襖《きんぶすま》が、静かに開《あ》いて、黒手の黄八丈《きはちじょう》に、黒の紋附《もんつき》の羽織《はおり》を着た坊主《ぼうず》が一人、恭《うやうや》しく、彼《かれ》の前へ這《は》って出た。顔を上げずにいるので、誰《だれ》だかまだわからない。――斉広は、何か用ができたのかと思ったので、煙管をはたきながら、寛濶《かんかつ》に声をかけた。

「何用じゃ」

「ええ、宗俊お願《ねが》いがございまする」

河内山《こうちやま》はこう言って、ちょいと言葉を切った。それから、次の語《ことば》を言っているうちに、だんだん頭《かしら》を上げて、しまいには、じっと斉広の顔を見つめ出した。こういう種類の人間のみが持っている、一種の愛嬌《あいきょう》をたたえながら、蛇《へび》が物を狙《ねら》うような眼《め》で見つめたのである。

「別儀《べつぎ》でもございませんが、そのお手許《てもと》にございまするお煙管を、手前、拝領致《いた》しとうございまする」

斉広《なりひろ》は思わず手にしていた煙管《きせる》を見た。その視線が、煙管へ落ちたのと、河内山《こうちやま》が追いかけるように、語《ことば》を次いだのとが、ほとんど同時である。

「いかがでございましょう。拝領仰《はいりょうおお》せつけられましょうか」

宗俊《そうしゅん》の語のうちにあるものは懇請《こんせい》の情ばかりではない、お坊主《ぼうず》という階級があらゆる大名《だいみょう》に対して持っている、威嚇《いかく》の意も籠《こも》っている。煩雑《はんざつ》な典故《てんこ》を尚《とうと》んだ、殿中《でんちゅう》では、天下の侯伯《こうはく》も、お坊主の指導に従《したが》わなければならない。斉広には一方にそういう弱みがあった。それからまた一方には体面上卑吝《ひりん》の名を取りたくないという心もちがある。しかも、彼にとって金無垢《きんむく》の煙管そのものは、決して得難《がた》い品ではない。——この二つの動機が一つになった時、彼の手は自《おのずか》ら、その煙管を、河内山の前へさし出した。

「おお、とらす。持ってまいれ」

「ありがとうございまする」

宗俊は、金無垢のお煙管をうけとると、恭《うやうや》しく押頂《おしいただ》いて、そこそこ、また西王母《せいおうぼ》の襖《ふすま》の向《むこ》うへ、ひき下《さが》った。すると、ひき下る拍子《ひょうし》に、後《うしろ》から袖《そで》を引いたものがある。ふりかえると、そこには、了哲《りょうてつ》が、うすい、*いものある顔をにやつかせながら、彼《かれ》の掌《てのひら》の上にある金無垢の煙管をもの欲しそうに、指さしていた。

「こう、見や」

河内山は、小声でこう言って、煙管の雁首《がんくび》を、了哲の鼻の先へ、持って行った。

「とうとう、せしめたな」

「だから、言わねえことじゃねえ。今になって、羨《うらや》ましがったって、後《あと》の祭だ」

「今度は、私《わし》も拝領と出かけよう」

「へん、ご勝手になせえましだ」

河内山は、ちょいと煙管の目方をひいて見て、それから、襖《ふすま》ごしに斉広の方《ほう》を一《いち》瞥《べつ》しながら、また、肩《かた》をゆすってせせら笑った。

四

では、煙管をまき上げられた斉広の方は、不快《ふかい》に感じたかというと、必ずしもそうではない。それは、彼が、下城《げじょう》をする際に、いつになく機嫌《きげん》のよさそうな顔をしているので、供《とも》の侍《さむらい》たちが、不思議に思ったというのでも、知れるのである。

彼は、むしろ、宗俊に煙管をやったことに、一種の満足を感じていた。あるいは、煙管を持っている時よりも、その満足の度は、大きかったかも知れない。しかしこれは至極《しごく》当然な話である。なぜと言えば、彼が煙管を得意にするのは、前にも断ったように、煙管そのものを、愛翫《あいがん》するからではない。実は、煙管の形をしている、百万石《ごく》が自慢《じまん》なのである。だから、彼のこの虚栄心《きょえいしん》は、金無垢の煙管を愛用することによって、満足させられると同じように、その煙管《きせる》を惜《お》しげもなく、他人にくれてやることによって、さらによく満足させられる訳《わけ》ではあるまいか。たまたまそれを河内山《こうちやま》にやる際に、幾分《いくぶん》外部の事情に、強《し》いられたようなところがあったにしても、彼の満足が、そのために、少しでも損ぜられることなぞはないのである。

そこで、斉広《なりひろ》は、本郷《ほんごう》の屋敷《やしき》*へ帰ると、近習《きんじゅ》の侍《さむらい》に向《むか》って、愉快《ゆかい》そうにこう言った。

「煙管は宗俊《そうしゅん》の坊主《ぼうず》にとらせたぞよ」

五

これを聞いた家中《かちゅう》の者は、斉広の宏量《こうりょう》なのに驚《おどろ》いた。しかし御用部屋《ごようべや》の山崎勘左衛門《やまざきかんざえもん》、御納戸掛《おなんどがかり》の岩田内蔵之助《いわたくらのすけ》、御勝手方《おかってがた》の上木九郎右衛門《かみきくろうえもん》――この三人の役人だけは思わず、眉《まゆ》をひそめたのである。

加州一藩《かしゅういっぱん》の経済《けいざい》にとっては、もちろん、金無垢《きんむく》の煙管一本の費用《ひよう》くらいは、何でもない。が、賀節朔望《がせつさくぼう》*二十八日の登城《とじょう》のたびに、必ず、それを一本ずつ、坊主たちにとられるとなると、容易ならない支出である。あるいは、そのために運上《うんじょう》*を増して煙管の入目《いりめ》を償《つぐな》うようなことが、起《おこ》らないとも限らない。そうなっては、大変である。――三人の忠義《ちゅうぎ》の侍は、皆《みな》言い合《あわ》せたように、それを未然《みぜん》に惧《おそ》れた。

そこで、彼《かれ》らは、早速評議《さっそくひょうぎ》を開いて、善後策《ぜんごさく》を講《こう》じることになった。善後策といっても、もちろん一つしかない。——それは、煙管の地金《じがね》を全然変更《へんこう》して、坊主どもの欲しがらないようなものにすることである。が、その地金を何にするかという問題になると、岩田と上木とで、互《たがい》に意見を異《こと》にした。

岩田は君公の体面上銀より卑《いや》しい金属を用いるのは、異《い》なものであると言う。上木はまた、すでに坊主どもの欲心《よくしん》を防《ふせ》ごうというのなら、真鍮《しんちゅう》を用いるのに越《こ》したことはない。今さら体面を、顧慮《こりょ》するごときは、姑息《こそく》の見《けん》であると言う。——二人は、各々《おのおの》、自説を固守《こしゅ》して、極力論駁《きょくりょくろんぱく》を試《こころ》みた。

すると、老功《ろうこう》な山崎が、両説とも、至極《しごく》道理がある。が、まず、一応、銀を用いてみて、それでも坊主どもが欲しがるようだったら、その後に、真鍮を用いても、遅《おそ》くはあるまい。という折衷説《せっちゅうせつ》を持出《もちだ》した。これには二人とも、もちろん、異議のあるべきはずがない。そこで評議は、とうとう、また、住吉屋《すみよしや》七兵衛《しちべえ》に命じて銀の煙管を造《つく》らせることに、一決した。

六

斉広は、爾来《じらい》登城するごとに、銀の煙管を持って行った。やはり、剣梅鉢《けんうめばち》の紋《もん》ぢらしの、精巧《せいこう》を極《きわ》めた煙管である。

　彼《かれ》が新調の煙管《きせる》を、以前ほど、得意にしていないことはもちろんである。第一人と話しをしている時でさえ滅多《めった》に手にとらない。手にとっても直《すぐ》にまたしまってしまう。同じ長崎煙草《ながさきたばこ》が、金無垢《きんむく》の煙管でのんだ時ほど、うまくないからである。が、煙管の地金《じがね》の変《かわ》ったことは独り斉広《なりひろ》の上に影響《えいきょう》したばかりではない。三人の忠臣《ちゅうしん》が予想した通り、坊主《ぼうず》どもの上にも、影響した。しかし、この影響は結果において彼らの予想を、全然裏切ってしまうことに、なったのである。なぜと言えば坊主どもは、金が銀に変ったのを見ると、今まで金無垢なるが故《ゆえ》に、遠慮《えんりょ》をしていた連中さえ、先を争ってお煙管拝領《はいりょう》に出かけて来た。しかも、金無垢の煙管にさえ、愛着《あいじゃく》のなかった斉広が、銀の煙管をくれてやるのに、未練《みれん》のあるべきはずはない。彼は、請《こ》われるままに、惜《お》し気《げ》もなく煙管を投げてやった。しまいには、登城《とじょう》した時に、煙管をやるのか、煙管をやるために登城するのか、彼自身にも判別《はんべつ》ができなくなった――少《すくな》くともなったくらいである。

　これを聞いた、山崎、岩田、上木《かみき》の三人は、また、愁眉《しゅうび》をあつめて評議《ひょうぎ》した。こうなっては、いよいよ、上木の献策《けんさく》通り、真鍮《しんちゅう》の煙管を造《つく》らせるよりほかに、仕方がない。そこで、また、例のごとく、命が住吉屋《すみよしや》七兵衛《しちべえ》へ下ろうとした――丁度、その時である。一人の近習《きんじゅ》が斉広の旨《むね》を伝えに、彼らの所へやって来た。

「御前《ごぜん》は銀の煙管を持つと坊主どもの所望《しょもう》がうるさい。以来従前《じゅうぜん》通り、金の煙管に致せと仰《おお》せられまする」

三人は、唖然《あぜん》として、なすところを知らなかった。

七

河内山宗俊《こうちやまそうしゆん》は、ほかの坊主どもが先を争って、斉広の銀の煙管を貰《もら》いにゆくのを、傍痛《かたわらいた》く眺《なが》めていた。ことに、了哲《りようてつ》が、八朔《はっさく》の登城の節か何かに、一本貰って、嬉《うれ》しがっていた時なぞは、持前《もちまえ》の癇高《かんだか》い声で、頭から「莫迦《ばか》め」をあびせかけたほどである。彼は決して銀の煙管が欲しくない訳《わけ》ではない。が、ほかの坊主どもと一しょになって、同じ煙管の跡《あと》を、追いかけて歩くには、余りに、「金箔《きんぱく》」がつきすぎている。その高慢《こうまん》と欲との鬩《せめ》ぎあうのに苦しめられた彼は、今に見ろ、己《おれ》が鼻を明かしてやるから——という気で、何気《なにげ》ない体《てい》を装《よそお》いながら、油断《ゆだん》なく、斉広の煙管へ眼《め》をつけていた。

すると、ある日、彼は、斉広が、以前のような金無垢の煙管で悠々《ゆうゆう》と煙草をくゆらしているのに、気がついた。が、坊主仲間では誰《だれ》も貰いに行くものがないらしい。そこで彼は折から通りかかった了哲をよびとめて、そっと顋《あご》で斉広の方を教えながら囁《ささや》いた。

「また金無垢になったじゃねえか」

了哲《りょうてつ》はそれを聞くと、呆《あき》れたような顔をして、宗俊《そうしゅん》を見た。

「いい加減に慾《よく》ばるがいい。銀の煙管《きせる》でさえ、あの通りねだられるのに、何で金無《きんむ》垢《く》の煙管なんぞ持って来るものか」

「じゃあれはなんだ」

「真鍮《しんちゅう》だろうさ」

宗俊は肩《かた》をゆすった。四方《あたり》を憚《はばか》って笑い声を立てなかったのである。

「よし、真鍮なら、真鍮にしておけ。己《おれ》が拝領《はいりょう》と出てやるから」

「どうして、また、金だと言うのだい」了哲の自信は、怪《あや》しくなったらしい。

「手前たちの思惑《おもわく》は先様《さきさま》ご承知《しょうち》でよ。真鍮と見せて、実は金無垢を持って来たんだ。第一、百万石《ごく》の殿様《とのさま》が、真鍮の煙管を黙《だま》って持っているはずがねえ」

宗俊は、口早にこう言って、独り、斉広《なりひろ》の方へやって行った。あっけにとられた了哲を、例の西王母《せいおうぼ》の金襖《きんぶすま》の前に残しながら。

それから、半時《はんとき》ばかり後《のち》である。了哲は、また畳廊下《たたみろうか》で、河内山《こうちやま》に出っくわした。

「どうしたい、宗俊、一件《いっけん》は」

「一件た何だ」

了哲は、下唇《したくちびる》をつき出しながら、じろじろ宗俊の顔を見て、

「とぼけなさんな。煙管のことさ」

「うん、煙管か。煙管なら、手前にくれてやらあ」

河内山は懐《ふところ》から、黄いろく光る煙管を出したかと思うと、了哲の顔へ抛《ほう》りつけて、足早に行ってしまった。

了哲は、ぶつけられた所をさすりながら、こぼしこぼし、下に落ちた煙管を手にとった。見ると剣梅鉢《けんうめばち》の紋《もん》ぢらしの数寄《すき》を凝《こ》らした、――真鍮の煙管である。彼は忌々《いまいま》しそうに、それを、また、畳の上へ抛り出すと、白足袋《しろたび》の足を上げて、この上を大仰《おおぎょう》に踏《ふ》みつける真似《まね》をした。……

八

それ以来、坊主《ぼうず》が斉広の煙管をねだることは、ぱったり跡《あと》を絶《た》ってしまった。なぜといえば、斉広の持っている煙管は真鍮だということが、宗俊と了哲とによって、一同に証明《しょうめい》されたからである。

そこで、一時、真鍮の煙管を金と偽《いつわ》って、斉広を欺《あざむ》いた三人の忠臣《ちゅうしん》は、評議《ひょうぎ》の末《すえ》ふたたび、住吉屋《すみよしや》七兵衛《しちべえ》に命じて、金無垢の煙管を調製《ちょうせい》させた。前に河内山にとられたのと寸分《すんぶん》もちがわない、剣梅鉢の紋ぢらしの煙管である。――斉広はこの煙管を持って内心《ないしん》、坊主どもにねだられることを予期しながら、揚々《ようよう》として登城《とじょう》した。

すると、誰《だれ》一人、拝領を願《ねが》いに出るものがない。前に同じ金無垢の煙管を二本までねだった河内山《こうちやま》さえ、じろりと一瞥《いちべつ》を与《あた》えたなり、小腰《こごし》をかがめて行ってしまった。同席の大名《だいみょう》は、もちろん拝見《はいけん》したいとも何とも言わずに、黙《だま》っている。斉広《なりひろ》には、それが不思議であった。

いや、不思議だったばかりではない。しまいには、それが何となく不安になった。そこで彼はまた河内山の来かかったのを見た時に、今度はこっちから声をかけた。

「宗俊《そうしゅん》、煙管《きせる》をとらそうか」

「いえ、ありがとうございますが、手前はもう、以前に頂いておりまする」

宗俊は、斉広が翻弄《ほんろう》するとでも思ったのであろう。丁寧《ていねい》な語のうちに、鋭《するど》い口気《こうき》を籠《こ》めてこう言った。

斉広はこれを聞くと、不快そうに、顔をくもらせた。長崎煙草《ながさきたばこ》の味も今では、口にあわない。急に今まで感じていた、百万石《ごく》の勢力が、この金無垢《きんむく》の煙管の先から出る煙《けむり》のごとく、多愛《たわい》なく消えてゆくような気がしたからである。……

古老《ころう》の伝えるところによると、前田家では斉広以後、斉泰《なりやす》*も、慶寧《よしやす》*も、煙管は皆《みな》真鍮《しんちゅう》のものを用いたそうである、ことによると、これは、金無垢の煙管に懲《こ》りた斉広が、子孫《しそん》に遺誡《いかい》でも垂れた結果かも知れない。

（大正五年十月）

MENSURA ZOILI*

僕《ぼく》は、船のサルーンのまん中に、テーブルをへだてて、妙《みょう》な男と向《むか》いあっている。

――待《ま》ってくれ給《たま》え。その船のサルーンというのも、実はあまり確かでない。部屋《へや》の具合とか窓《まど》の外の海とかいうもので、やっとそういう推定《すいてい》を下《くだ》してはみたものの、ことによると、もっと平凡《へいぼん》な場所かも知れないという懸念《けねん》がある。いや、やっぱり船のサルーンかな。それでなくては、こう揺《ゆ》れるはずがない。僕は木下杢太郎《きのしたもくたろう》*君ではないから、何サンチメートルくらいな割合で、揺れるのかわからないが、揺れることは、確かに揺れる。嘘《うそ》だと思ったら、窓の外の水平線が、上ったり下ったりするのを、見るがいい。空が曇《くも》っているから、海は煮切《にえき》らない緑青色《ろくしょういろ》を、どこまでも拡《ひろ》げているが、それと灰色の雲との一つになる所が、窓枠《まどわく》の円形を、さっきから色色な弦《げん》に、切って見せている。その中に、空と同じ色をしたものが、ふわふわ飛んでいるのは、大方鷗《おおかたかもめ》か何かであろう。

さて、僕の向《むか》いあっている妙な男だが、こいつは、鼻の先へ度の強そうな近眼鏡をかけて、退屈《たいくつ》らしく新聞を読んでいる。口髭《くちひげ》の濃《こ》い、顋《あご》の四角な、どこかで見たことのあるような男だが、どうしても思い出せない。頭の毛を、長くもじゃもじゃ生やしているところでは、どうも作家とか画家とかいう階級の一人ではないかと思われる。が、それにしては着ている茶の背広《せびろ》が、何となくつり釣合《つりあ》あわない。

僕《ぼく》は、しばらく、この男の方をぬすみ見ながら、小さな杯《さかずき》へついだ、甘い西洋酒《せいようしゅ》を、少しずつなめていた。これは、こっちも退屈している際だから、話しかけたいのは山々《やまやま》だが、相手の男の人相《にんそう》が、はなはだ、無愛想に見えたので、しばらく躊躇《ちゅうちょ》していたのである。

すると、角顋《かくあご》の先生は、足をうんと踏《ふ》みのばしながら、生《なま》あくびを噛《か》みつぶすような声で、「ああ、退屈だ」と言った。それから、近眼鏡の下から、僕の顔をちょいと見て、また、新聞を読み出した。僕はその時、いよいよ、こいつにはどこかで、会ったことがあるのにちがいないと思った。

サルーンには、二人のほかに誰《だれ》もいない。

しばらくして、この妙《みょう》な男は、また、「ああ、退屈だ」と言った。そうして、今度は、新聞をテーブルの上へ抛《ほう》り出して、ぼんやり僕の酒を飲むのを眺《なが》めている。そこで僕は言った。

「どうです。一杯《ぱい》おつきあいになりませんか」

「いや、ありがとう」彼は、飲むとも飲まないとも言わずに、ちょいと頭をさげて、「どうも、実際退屈しますな。これじゃ向《む》うへ着くまでに、退屈死《たいくつじに》に死んじまうかも知れません」

僕は同意した。

「まだ、ZOILIA*の土を踏むには、一週間以上かかりましょう。私は、もう、船が飽《あ》き飽きしました」

「ゾイリア――ですか」

「さよう、ゾイリア共和国です」

「ゾイリアという国がありますか」

「これは、驚《おどろ》いた。ゾイリアをご存知《ぞんじ》ないとは、意外ですな。一体どこへお出《い》でになるお心算《つもり》か知りませんが、この船がゾイリアの港へ寄港《きこう》するのは、よほど前からの慣例《かんれい》ですぜ」

僕は当惑《とうわく》した。考えてみると、何のためにこの船に乗っているのか、それさえもわからない。まして、ゾイリアなどという名前は、いまだかつて、一度も聞いたことのない名前である。

「そうですか」

「そうですとも。ゾイリアと言えば、昔から、有名な国です。ご承知《しょうち》でしょうが、ホメロスに猛烈《もうれつ》な悪口《わるくち》をあびせかけたのも、やっぱりこの国の学者です。今でも確かゾイリアの首府には、この人の立派な頌徳表《しょうとくひょう》が立っているはずですよ」

僕《ぼく》は、角顋《かくあご》の見かけによらない博学《はくがく》に、驚《おどろ》いた。

「すると、よほど古い国とみえますな」

「ええ、古いです。何でも神話によると、始めは蛙《かえる》ばかり住んでいた国だそうですが、パラス・アテネ*がそれを皆《みな》、人間にしてやったのだそうです。だから、ゾイリア人の声は、蛙に似ていると言う人もいますが、これはあまり当《あて》になりません。記録に現れたのでは、ホメロスを退治《たいじ》した豪傑《ごうけつ》が、一番早いようです」

「では今でも相当な文明国ですか」

「もちろんです、ことに首府にあるゾイリア大学は、一国の学者の粋《すい》を抜《ぬ》いている点で、世界のどの大学にも負けないでしょう。現に、最近、教授連《きょうじゅ》が考案《こうあん》した、価《か》値測定器《ちそくていき》のごときは、近代の驚異《きょうい》だという評判《ひょうばん》です。もっとも、これは、ゾイリアで出るゾイリア日報のうけ売りですが」

「価値測定器というのは何です」

「文字通り、価値を測定する器械です。もっとも主として、小説とか絵とかの価値を、測定するのに、使用されるようですが」

「どんな価値を」

「主として、芸術的な価値をです。無論まだその他の価値も、測定できますがね。ゾイリアでは、それを祖先の名誉《めいよ》のために MENSURA ZOILI と名をつけたそうです」

「あなたは、そいつをご覧《らん》になったことがあるのですか」

「いいえ。ゾイリア日報の挿絵《さしえ》で、見ただけです。なに、見たところは、普通《ふつう》の計量器と、ちっとも変わりはしません。あの人が上《あが》る所に、本なりカンヴァスなりを、のせればよいのです。額縁《がくぶち》や製本も、少しは測定上邪魔《じゃま》になるそうですが、そういう誤差《ごさ》は後《あと》で訂正《ていせい》するから、大丈夫《だいじょうぶ》です」

「それはとにかく、便利なものですね」

「非常に便利です。いわゆる文明の利器ですな」角顋は、ポケットから朝日を一本出して、口へくわえながら、「こういうものができると、羊頭《ようとう》を掲《かか》げて狗肉《くにく》を売るような作家や画家は、屏息《へいそく》せざるを得なくなります。何しろ、価値の大小が、明白《めいはく》に数字で現れるのですからな。ことにゾイリア国民が、早速《さっそく》これを税関《ぜいかん》に据《す》えつけたということは、最も賢明《けんめい》な処置《しょち》だと思いますよ」

「それは、またなぜでしょう」

「外国から輸入される書物や絵を、いちいちこれにかけて見て、無価値な物は、絶対に輸入を禁止するためです。このごろでは、日本、英吉利《イギリス》、独逸《ドイツ》、墺太利《オオストリイ》、仏蘭西《フランス》、露西亜《ロシア》、伊太利《イタリィ》、西班牙《スペイン》、亜米利加《アメリカ》、瑞典《スウエデン》、諾威《ノオルウエエ》などから来る作品が、皆《みな》、一度はかけられるそうですが、どうも日本の物は、あまり成績がよくないようですよ。我々《われわれ》のひいき眼《め》では、日本には相当な作家や画家がいそうに見えますがな」

こんなことを話しているうちに、サルーンの扉《ドア》があいて、黒坊《くろんぼ》のボイがはいって来た。藍色《あいいろ》の夏服を着た、敏捷《びんしょう》そうな奴《やっ》である、ボイは、黙《だま》って、脇《わき》にかかえていた新聞の一束《たば》を、テーブルの上へのせる。そうして、直《す》ぐまた、扉《ドア》の向《む》こうへ消えてしまう。

その後《あと》で角顋《かくあご》は、朝日の灰を落しながら、新聞の一枚をとりあげた。楔形文字《せっけいもじ》のような、妙《みょう》な字が行列した、いわゆるゾイリア日報なるものである。僕《ぼく》は、この不思議な文字を読み得《う》る点で、ふたたびこの男の博学なのに驚いた。

「相変《あいかわら》ず、メンスラ・ゾイリのことばかり出ていますよ」彼は、新聞を読み読み、こんなことを言った。「ここに、先月日本で発表された小説の価値が、表になって出ていますぜ。測定技師の記要《きよう》まで、附《つ》いて」

「久米《くめ》*と言う男のは、あるでしょうか」

僕は、友だちのことが気になるから、訊《き》いてみた。

「久米ですか。『銀貨』*という小説でしょう。ありますよ」

「どうです。価値は」

「駄目《だめ》ですな。何しろこの創作の動機が、人生のくだらぬ発見だそうですからな。そしておまけに、早く大人《おとな》がって通《つう》がりそうなトーンが、作全体を低級な卑《いや》しいものにしていると書いてあります」

僕は、不快になった。

「お気の毒ですな」角顋は冷笑《れいしょう》した。「あなたの『煙管《きせる》』＊もありますぜ」

「何と書いてあります」

「やっぱり似たようなものですな。常識以外に何もないそうですよ」

「へええ」

「またこうも書いてあります。――この作者早くも濫作《らんさく》をなすか。……」

「おやおや」

僕は、不快なのを通り越《こ》して、少し莫迦莫迦《ばかばか》しくなった。

「いや、あなた方《かた》ばかりでなく、どの作家や画家でも、測定器にかかっちゃ、往生《おうじょう》です。とてもまやかしは利《き》きませんからな。いくら自分で、自分の作品を賞《ほ》め上げたって、現に価値が測定器に現われるのだから、駄目です。無論、仲間同志のほめ合いにしても、やっぱり評価表の事実を、変える訳には行きません。まあ精々《せいぜい》、骨を折って、実際価値があるようなものを書くのですな」

「しかし、その測定器の評価が、確かだということは、どうしてきめるのです」

「それは、傑作《けっさく》をのせて見れば、わかります。モオパッサンの『女の一生』でも載《の》せて見れば、すぐ針《はり》が最高価値を挿しますからな」

「それだけですか」

「それだけです」

僕《ぼく》は、黙《だま》ってしまった。少々、角題《かくあご》の頭が、没論理《ぼつろんり》にでき上《あが》っているような気がしたからである。が、また、別な疑問が起《おこ》って来た。

「じゃ、ゾイリアの芸術家の作った物も、やはり測定器にかけられるのでしょうか」

「それは、ゾイリアの法律が禁じています」

「なぜでしょう」

「なぜといって、ゾイリア国民が承知《しょうち》しないのだから、仕方がありません。ゾイリアは昔《むかし》から共和国ですからな。Vox populi, vox Dei*を文字通りに遵奉《じゅんぽう》する国ですからな」

角題は、こう言って、妙《みょう》に微笑《びしょう》した。「もっとも、彼《かれ》らの作物《さくぶつ》を測定器へのせたら、針が最低価値を指したという風説《ふうせつ》もありますがな。もしそうだとすれば、彼らはディレンマにかかっている訳です。測定器の正確を否定《ひてい》するか、彼らの作物の価値を否定するか、どっちにしても、ありがたい話じゃありません。――が、これは風説ですよ」

　こう言う拍子《ひょうし》に、船が大きく揺《ゆ》れたので、角顋はあっと言う間に椅子《いす》から、ころがり落ちた。するとその上へテーブルが倒《たお》れる。酒の罎《びん》と杯《さかずき》とがひっくりかえる。新聞が落ちる。窓《まど》の外の水平線が、どこかへ見えなくなる。皿《さら》の破《わ》れる音、椅子の倒れる音、それから、波の船腹《せんぷく》へぶつかる音――、衝突《しょうとつ》だ。衝突だ。それとも海底噴火山《ふんかざん》の爆発《ばくはつ》かな。

　気がついてみると、僕は、書斎《しょさい》のロッキング・チェアに腰《こし》をかけて St. John Ervine* の The Critics* という脚本《きゃくほん》を読みながら、昼寝《ひるね》をしていたのである。船だと思ったのは、大方《おおかた》椅子の揺れるせいであろう。

　角顋は、久米のような気もするし、久米でないような気もする。これは、いまだにわからない。

（大正五年十一月二十三日）

運

目のあらい簾《すだれ》が、入口《いりぐち》にぶらさげてあるので、往来《おうらい》の容子《ようす》は仕事場にいても、よく見えた。清水《きよみず》へ通う往来は、さっきから、人通りが絶《た》えない。金鼓《こんく》をかけた法師《ほうし》が通る。壺装束《つぼそうぞく》をした女が通る。その後《うしろ》からは、めずらしく、黄牛《あめうし》に曳《ひ》かせた網代車《あじろぐるま》が通った。それが皆《みな》、疎《まばら》な蒲《かま》の簾の目を、右からも左からも、来たかと思うと、通りぬけてしまう。その中で変《かわ》らないのは、午後の日が暖《あたたか》に春を炙《あぶ》っている、狭《せま》い往来の土の色ばかりである。

その人の往来を、仕事場の中から、何ということもなく眺《なが》めていた、一人の青侍《あおざむらい》が、この時、ふと思いついたように、主《あるじ》の陶器師《すえものつくり》へ声をかけた。

「相変《あいかわら》ず、観音様《かんのんさま》へ参詣《さんけい》する人が多いようだね」

「さようでございます」

陶器師は、仕事に気をとられていたせいか、少し迷惑《めいわく》そうに、こう答えた。が、これは眼《め》の小さい、鼻の上を向いた、どこかひょうきんなところのある老人で、顔つきにも容子にも、悪気らしいものは、微塵《みじん》もない。着ているのは、麻《あさ》の帷子《かたびら》であろう。それに萎《な》えた揉烏帽子《もみえぼし》をかけたのが、このごろ評判の高い鳥羽僧正《とばそうじよう》*の絵巻の中の人物を見るようである。

「私も一つ、日参《にっさん》でもしてみようか。こう、うだつが上《あが》らなくちゃ、やりきれない」

「ご冗談《じようだん》で」

「なに、これで善《よ》い運が授《さず》かるとなれば、私だって、信心《しんじん》をするよ。日参をしたって、参籠《さんろう》をしたって、そうとすれば、安いものだからね。つまり、神仏を相手に、一商売をするようなものさ」

青侍は、年相応《としそうおう》な上調子《うわちようし》なもの言いをして、下唇《したくちびる》を舐《な》めながら、きょろきょろ、仕事場の中を見廻《みまわ》した。――竹藪《たけやぶ》を後《うしろ》にして建てた、藁葺《わらぶ》きのあばら家《や》だから、中は鼻がつかえるほど狭い。が、簾の外の往来が、目まぐるしく動くのに引換《ひきか》えて、ここでは、甕《かめ》でも瓶子《へいし》でも、皆赭《あか》ちゃけた土器《かわらけ》の肌《はだ》をのどかな春風に吹《ふ》かせながら、百年も昔《むかし》からそうしていたように、ひっそりかんと静まっている。どうやらこの家の棟《むね》ばかりは、燕《つばめ》さえも巣を食わないらしい。……

翁《おきな》が返事をしないので、青侍はまた語を継《つ》いだ。

「お爺《じい》さんなんぞも、この年までには、随分《ずいぶん》いろんなことを見たり聞いたりしたろうね。どうだい。観音様は、ほんとうに運を授けて下《くだ》さるものかね」

「さようでございます。昔《むかし》は折々、そんなこともあったように聞いておりますが」

「どんなことがあったね」

「どんなことといって、そう一口には申せませんがな。——しかし、貴方《あなた》がたは、そんな話をお聞きなすっても、格別面白《おもしろ》くもございますまい」

「可哀《かわい》そうに、これでも少しは信心気《しんじんぎ》のある男なんだぜ。いよいよ運が授《さず》かるとなれば、明日《あす》にも——」

「信心気でございますかな。商売気でございますかな」

翁《おきな》は、眦《めじり》に皺《しわ》をよせて笑った。捏《こ》ねていた土が、壺《つぼ》の形になったので、やっと気が楽になったという調子である。

「神仏《しんぶつ》のお考えなどと申すものは、貴方《あなた》がたくらいのお年では、なかなかわからないものでございますよ」

「それはわからなかろうさ。わからないから、お爺《じい》さんに聞くんだあね」

「いやさ、神仏が運をお授けになる、ならないということじゃございません。そのお授けになる運の善《よ》し悪《あ》しということが」

「だって、授けてもらえばわかるじゃないか。善い運だとか、悪い運だとか」

「それが、どうも貴方がたには、ちとおわかりになり兼《か》ねましょうて」

「私には運の善し悪しより、そういう理屈《りくつ》の方がわからなそうだね」

日が傾《かたむ》き出したのであろう。さっきから見ると、往来《おうらい》へ落ちる物の影《かげ》が、心もち長くなった。その長い影をひきながら、頭《かしら》に桶《おけ》をのせた物売りの女が二人、簾《すだれ》の目を横に、通りすぎる。一人は手に宿への土産《みやげ》らしい桜《さくら》の枝を持っていた。

「今、西《にし》の市《いち》*で、績麻《うみそ》の鄽《みせ》を出している女なぞもそうでございますが」

「だから、私はさっきから、お爺さんの話を聞きたがっているじゃないか」

二人は、しばらくの間、黙《だま》った。青侍《あおざむらい》は、爪《つめ》で頤《あご》のひげを抜《ぬ》きながら、ぼんやり往来を眺《なが》めている。貝殻《かいがら》のように白く光るのは、大方《おおかた》さっきの桜の花がこぼれたのであろう。

「話さないかね。お爺さん」

やがて、眠《ねむ》そうな声で、青侍が言った。

「では、ご免《めん》を蒙《こうむ》って、一つお話し申しましょうか。また、いつもの昔話でございますが」

こう前置きをして、陶器師《すえものつくり》の翁は、おもむろに話し出した。日の長い短いも知らない人でなくては、話せないような、悠長《ゆうちょう》な口ぶりで話し出したのである。

「もうかれこれ三四十年前になりましょう。あの女がまだ娘《むすめ》の時分に、この清水《きよみず》の観音様《かんのんさま》へ、願《がん》をかけたことがございました。どうぞ一生安楽に暮《くら》せますようにと申しましてな。何しろ、その時分は、あの女もたった一人のおふくろに死別《しにわか》れた後《あと》で、それこそ日々の暮《くら》しにも差支《さしつか》えるような身の上でございましたから、そういう願《がん》をかけたのも、満更《まんざら》無理はございません。

「死んだおふくろと申すのは、もと白朱社《はくしゅしゃ》*の巫子《みこ》で、一《ひと》しきりは大《たい》そう流行《はや》ったものでございますが、狐《きつね》を使うという噂《うわさ》を立てられてからは、めっきり人も来なくなってしまったようでございます。これがまた、白あばたの、年に似合わず水々《みずみず》しい、大がらな婆《ばあ》さんでございましてな、何さま、あの容子《ようす》じゃ、狐どころか男でも……」

「おふくろの話よりは、その娘《むすめ》の話の方《ほう》を伺《うかが》いたいね」

「いや、これはご挨拶《あいさつ》で。――そのおふくろが死んだので、後《あと》は娘一人の痩《や》せ腕《うで》でございますから、いくらかせいでも、暮しの立てられようがございませぬ。そこで、あの容貌《きりょう》のよい、利《り》発者《はつもの》の娘が、お籠《こも》りをするにも、襤褸《つづれ》故《ゆえ》に、あたりへ気がひけるという始末でございました」

「へえ。そんなにいい女だったかい」

「さようでございます。気だてといい、顔といい、手前の欲目《よくめ》では、まずどこへ出しても、恥《はずか》しくないと思いましたがな」

「惜《お》しいことに、昔《むかし》さね」

青侍《あおざむらい》は、色のさめた藍《あい》の水干《すいかん》の袖口《そでぐち》を、ちょいとひっぱりながら、こんなことを言う。翁《おきな》は、笑声を鼻から抜《ぬ》いて、またゆっくり話しつづけた。後《うしろ》の竹藪《たけやぶ》では、頻《しきり》に鶯《うぐいす》が啼《な》いている。

「それが、三七日《さんしちにち》の間、お籠りをして、今日《きょう》が満願という夜に、ふと夢《ゆめ》を見ました。何でも、同じお堂に詣《まい》っていた連中の中に、背《せ》むしの坊主《ぼうず》が一人いて、そいつが何か陀羅尼《だらに》のようなものを、くどくど誦《ず》していたそうでございます。大方《おおかた》それが、気になったせいでございましょう。うとうと眠気《ねむけ》がさして来ても、その声ばかりは、どうしても耳をはなれませせぬ。とんと、縁《えん》の下で蚯蚓《みみず》でも鳴いているような心もちで――すると、その声が、いつの間にやら人間の語《ことば》になって、『ここから帰る路《みち》で、そなたに言いよる男がある。その男の言うことを聞くがよい』と、こう聞《きこ》えると申すのでございますな。

「はっと思って、眼《め》がさめると、坊主はやっぱり陀羅尼《だらに》三昧《ざんまい》でございます。が、何と言っているのだか、いくら耳を澄《す》ましても、わかりませぬ。その時、何気《なにげ》なく、ひょいと向《むこ》うを見ると、常夜灯《じょうやとう》のぼんやりした明りで、観音様《かんのんさま》のお顔が見えました。日ごろ拝《おが》みなれた、端厳微妙《たんごんみみょう》のお顔でございますが、それを見ると、不思議にもまた耳もとで、『その男の言うことを聞くがよい』と、誰《だれ》だか言うような気がしたそうでございます。そこで、娘はそれを観音様のお告《つげ》だと、一図《いちず》に思いこんでしまいましたげな」

「はてね」

「さて、夜がふけてから、お寺を出て、だらだら下りの坂路《さかみち》を、五条《ごじょう》へくだろうとしますと、案の定後《じょううしろ》から、男が一人抱《だ》きつきました。丁度、春さきの暖《あたたか》い晩《ばん》でございましたが、生憎《あいにく》の暗《やみ》で、相手の男の顔も見えなければ、着ている物などは、なおのことわかりませぬ。ただ、ふり離《はな》そうとする拍子《ひょうし》に、手が向《むこ》うの口髭《くちひげ》にさわりました。いやはや、とんだ時が、満願の夜に当《あた》ったものでございます。

「その上、相手は、名を訊《き》かれても、名を申しませぬ。所を訊かれても、所を申しませぬ。ただ、言うことを聞けと言うばかりで、坂下の路を北へ北へ、抱きすくめたまま、引きずるようにして、つれて行きます。泣こうにも、喚《わめ》こうにも、まるで人通りのない時分なのだから、仕方がございませぬ」

「ははあ、それから」

「それから、とうとう八坂寺《やさかでら》の塔《とう》の中へ、つれこまれて、その晩はそこですごしたそうでございます。――いや、その辺のことなら、何も年よりの手前などが、わざわざ申し上げるまでもございますまい」

翁《おきな》は、また眦《めじり》に皺《しわ》をよせて、笑った。往来《おうらい》の影《かげ》は、いよいよ長くなったらしい。吹《ふ》くともなく渡《わた》る風のせいであろう、そこここに散っている桜《さくら》の花も、いつの間にかこっちへ吹きよせられて、今では、雨落ちの石の間に、点々と白い色をこぼしている。

「冗談《じょうだん》言っちゃいけない」

青侍《あおざむらい》は、思い出したように、頤《あご》のひげを抜《ぬ》き抜き、こう言った。

「それで、もうおしまいかい」

「それだけなら、何もわざわざお話し申すがものはございませぬ」翁は、やはり壺《つぼ》をいじりながら、「夜があけると、その男が、こうなるのも大方宿世《おおかたすくせ》の縁《えん》だろうから、とてものことに夫婦《みょうと》になってくれと申したそうでございます」

「なるほど」

「夢《ゆめ》のお告《つ》げでもないならともかく、娘《むすめ》は、観音様《かんのんさま》のお思召《おぼしめ》し通りになるのだと思ったものでございますから、とうとう首《かぶり》を竪《たて》にふりました。さて形《かた》ばかりの盃事《さかずきごと》をすませると、まず、当座《とうざ》の用にと言って、塔の奥《おく》から出して来てくれたのが綾《あや》を十疋《ぴき》に絹《きぬ》を十疋でございます。――この真似《まね》ばかりは、いくら貴方《あなた》にもちとむずかしいかも存じませんな」

青侍は、にやにや笑うばかりで、返事をしない。鶯《うぐいす》も、もう啼《な》かなくなった。

「やがて、男は、日の暮《くれ》に帰ると言って、娘一人を留守居《るすい》に、慌《あわただ》しくどこかへ出て参りました。その後の淋《さび》しさは、また一倍でございます。いくら利《り》発者《はつもの》でも、こうなると、流石《さすが》に心細くなるのでございましょう。そこで、心晴らしに、何気《なにげ》なく塔の奥へ行って見ると、どうでございましょう。綾や絹は愚《おろか》なこと、珠玉《しゅぎょく》とか砂金《さきん》とかいう金目《かねめ》の物が、皮匣《かわご》に幾《いく》つともなく、並べてあるというじゃございませぬか。これにはああいう気丈《きじょう》な娘《むすめ》でも、思わず肚胸《とむね》をついたそうでございます。

「物にもよりますが、こんな財物《たから》を持っているからは、もう疑いはございませぬ。引剝《ひはぎ》でなければ、物盗《ものと》りでございます。――そう思うと、今まではただ、さびしいだけだったのが、急に、怖《こわ》いのも手伝って、何《なん》だか片時《かたとき》もこうしては、いられないような気になりました。何《なに》さま、悪く放免《ほうめん》*の手にでもかかろうものなら、どんな目に遇《あ》うかも知れませぬ。

「そこで、逃《に》げ場をさがす気で、急いで戸口の方へ引返そうと致《いた》しますと、誰《だれ》だか、皮匣の後《うしろ》から、しわがれた声で呼びとめました。何しろ、人はいないとばかり思っていたところでございますから、驚《おどろ》いたの驚かないのじゃございませぬ。見ると、人間とも海鼠《なまこ》ともつかないようなものが、砂金《さきん》の袋《ふくろ》を積んだ中に、円《まる》くなって、坐《すわ》っております。――これが目くされの、皺《しわ》だらけの、腰《こし》のまがった、背《せ》の低い、六十ばかりの尼法師《あまほうし》でございました。しかも娘の思惑《おもわく》を知ってか知らないでか、膝《ひざ》で前へのり出しながら、見かけによらない猫撫声《ねこなでごえ》で、初対面《しょたいめん》の挨拶《あいさつ》をするのでございます。

「こっちは、それどころの騒《さわ》ぎではないのでございますが、何しろ逃げようという巧《たく》みをけどられなどしては大変だと思ったので、しぶしぶ皮匣の上に肘《ひじ》をつきながら心にもない世間話をはじめました。どうも話の容子《ようす》では、この婆《ばあ》さんが、今まであの男の炊女《みずし》か何かつとめていたらしいのでございます。が、男の商売のことになると、妙《みよう》に一口も話しませぬ。それさえ、娘の方《ほう》では、気になるのに、その尼がまた、少し耳が遠いときているものでございますから、一つ話を何度となく、言い直したり聞き直したりするので、こっちはもう泣き出したいほど、気がじれます。――

「そんなことがかれこれ午《ひる》までつづいたでございましょう。すると、やれ清水《きよみず》の桜《さくら》が咲いたの、やれ五条《ごじよう》の橋普請《はしぶしん》ができたのと言っているうちに、幸《さいわい》、年の加減か、この婆さんが、そろそろ居睡《いねむ》りをはじめました。一つは娘の返答が、はかばかしくなかったせいもあるのでございましょう。そこで、娘は、折《おり》を計《はか》って、相手の寝息《ねいき》を窺《うかが》いながら、そっと入口《いりぐち》まで這《は》って行って、戸を細目にあけて見ました。外にも、いい案配《あんばい》に、人のけはいはございませぬ。――

「ここでそのまま、逃げ出してしまえば、何事もなかったのでございますが、ふと今朝《けさ》貰《もら》った綾《あや》と絹《きぬ》とのことを思い出したので、それを取りに、またそっと皮匣の所まで帰って参りました。すると、どうした拍子《ひようし》か、砂金の袋にけつまずいて、思わず手が婆さんの膝にさわったから、たまりませぬ。尼の奴《やつ》め驚いて眼《め》をさますと、しばらくはただ、あっけにとられて、いたようでございますが、急に気ちがいのようになって、娘の足にかじりつきました。そうして、半分泣き声で、早口に何かしゃべり立てます。切れ切れに、語《ことば》が耳へはいるところでは、万一娘に逃《に》げられたら、自分がどんなひどい目に遇《あ》うかも知れないと、こう言っているらしいのでございますな。が、こっちもここにいては命にかかわるという時でございますから、元よりそんなことに耳をかす訳がございませぬ。そこで、とうとう、女同志のつかみ合いがはじまりました。

「打つ。蹴《け》る。砂金《さきん》の袋《ふくろ》をなげつける。――梁《はり》に巣を食った鼠《ねずみ》も、落ちそうな騒《さわ》ぎでございます。それに、こうなると、死物狂《しにものぐる》いだけに、婆《ばあ》さんの力も、莫迦《ばか》にはできませぬ。が、そこは年のちがいでございましょう。間《ま》もなく、娘《むすめ》が、綾《あや》と絹《きぬ》とを小脇《こわき》にかかえて、息を切らしながら、塔《とう》の戸口をこっそり、忍《しの》び出た時には、尼《あま》はもう、口もきかないようになっておりました。これは、後《あと》で聞いたのでございますが、死骸《しがい》は、鼻から血を少し出して、頭から砂金を浴びせられたまま、薄《うす》暗い隅《すみ》の方に、仰向《あおむ》けになって、臥《ね》ていたそうでございます。

「こっちは八坂寺《やさかでら》を出ると、町家《まちや》の多い所は、流石《さすが》に気がさしたとみえて、五条京極《ごじょうきょうごく》辺の知人《しりびと》の家をたずねました。この知人というのも、その日暮《ぐら》しの貧乏人《びんぼうにん》なのでございますが、絹の一疋《ぴき》もやったからでございましょう。湯を沸《わ》かすやら、粥《かゆ》を煮《に》るやら、いろいろ経営*してくれたそうでございます。そこで、娘もようやく、ほっと一息つくことができました」

「私も、やっと安心したよ」

青侍《あおざむらい》は、帯にはさんでいた扇《おうぎ》をぬいて、簾《すだれ》の外の夕日を眺《なが》めながら、それを器用に、ぱちつかせた。その夕日の中を、今しがた白丁《はくちょう》*が五六人、騒々《そうぞう》しく笑い興じながら、通りすぎたが、影《かげ》はまだ往来《おうらい》に残っている。……

「じゃそれでいよいよけりがついたという訳だね」

「ところが」翁《おきな》は大仰《おおぎょう》に首を振《ふ》って、「その知人の家におりますと、急に往来の人通りがはげしくなって、あれを見い、あれを見いと、罵《のの》り合う声が聞《きこ》えます。何しろ、後暗《うしろ》い体ですから、娘はまた、胸《むね》を痛《いた》めました。あの物盗《ものと》りが仕返ししにでも来たものか、さもなければ、検非違使《けびいし》の追手《おって》がかかりでもしたものか、――そう思うともう、おちおち、粥を啜《すす》ってもいられませぬ」

「なるほど」

「そこで、戸の隙間《すきま》から、そっと外を覗《のぞ》いて見ると、見物の男女《なんにょ》の中を、放免《ほうめん》が五六人、それに看督長《かどのおさ》*が一人ついて、物々しげに通りました。それからその連中にかこまれて、縄《なわ》にかかった男が一人、所々裂《さ》けた水干《すいかん》を着て烏帽子《えぼし》もかぶらず、曳《ひ》かれて参ります。どうも物盗りを捕《とら》えて、これからその住家《すみか》へ、実録《じつろく》*をしに行くところらしいのでございますな。

「しかも、その物盗りというのが、昨夜《ゆうべ》、五条の坂で言いよった、あの男だそうじゃございませぬか。娘《むすめ》はそれを見ると、なぜか、涙《なみだ》がこみ上げて来たそうでございます。これは、当人が、手前に話しました——何も、その男に惚《ほ》れていたの、どうしたのという訳じゃない。が、その縄目をうけた姿《すがた》を見たら、急に自分で、自分がいじらしくなって、思わず泣いてしまったと、まあこう言うのでございますがな。まことにその話を聞いた時には、手前もつくづくそう思いましたよ——」

「何とね」

「観音様《かんのんさま》へ願《がん》をかけるのも考え物だとな」

「だが、お爺《じい》さん。その女は、それから、どうにかやって行けるようになったのだろう」

「どうにかどころか、今では何不自由ない身の上になっております。その綾《あや》や絹《きぬ》を売ったのを本《もと》に致《いた》しましてな。観音様も、これだけは、お約束《やくそく》をおちがえになりません」

「それなら、そのくらいな目に遇《あ》っても、結構じゃないか」

外の日の光は、いつの間にか、黄いろく夕づいた。その中を、風だった竹藪《たけやぶ》の音が、かすかながらそこここから聞《きこ》えて来る。往来《おうらい》の人通りも、しばらくはとだえたらしい。

「人を殺《ころ》したって、物盗《ものと》りの女房《にょうぼう》になったって、する気でしたんでなければ仕方がないやね」

青侍《あおざむらい》は、扇《おうぎ》を帯へさしながら、立上《たちあが》った。翁《おきな》も、もう提《ひさげ》の水で、泥《どろ》にまみれた手を洗っている――二人とも、どうやら、暮《く》れてゆく春の日と、相手の心もちとに、物足りない何ものかを、感じてでもいるような容子《ようす》である。

「とにかく、その女は仕合《しあわ》せ者だよ」

「ご冗談《じょうだん》で」

「まったくさ。お爺《じい》さんも、そう思うだろう」

「手前でございますか。手前なら、そういう運はまっぴらでございますな」

「へええ、そうかね。私なら、二つ返事で、授《さず》けていただくがね」

「じゃ観音様を、ご信心《しんじん》なさいまし」

「そうそう、明日から私も、お籠《こもり》でもしようよ」


（大正五年十二月）

尾形了斎《おがたりょうさい》覚《おぼ》え書《がき》*

今般《こんぱん》、当村内にて、切支丹宗門《きりしたんしゅうもん》の宗徒ども、邪法《じゃほう》を行い、人目《じんもく》を惑《まど》わし候儀《そうろうぎ》に付き、私見聞致《わたくしけんぶんいた》し候次第《しだい》を、逐一公儀《ちくいちこうぎ》へ申上《もうしあ》ぐ可《べ》き旨《むね》、御沙汰《ごさた》相成《あいな》り候段屹度《だんきっと》承知《しょうち》仕《つかまつ》り候。

陳者《のぶれば》、今年《こんねん》三月七日《なのか》、当村百姓《ひゃくしょう》与作《よさく》後家《ごけ》篠《しの》と申す者、私宅《わたくしたく》へ参り、同人娘里《むすめさと》（当年九歳）大病に付き、検脈《けんみゃく》*致し呉《く》れ候様《よう》、懇々頼入《こんこんたのみい》り候。

右篠と申候《もうし》は、百姓惣兵衛《そうべえ》の三女に有之《これあり》、十年以前与作《よさく》方へ縁付《えんづ》き、里を儲《もう》け候も、ほどなく夫に先立たれ、爾後《じご》再縁《さいえん》も仕らず、機織《はたお》り乃至《ないし》賃《ちん》仕事など致し候うて、その日を糊口《ここう》しおる者に御座《ござ》候。なれどもいかなる心得違《こころえちが》いにてか、与作病死の砌《みぎり》より、専《もっぱ》ら切支丹宗門に帰依《きえ》致し、隣村《となりむら》の伴天連《ばてれん》ろどりげと申す者方《かた》へ、繁々出入《しげしげでいり》致し候間《あいだ》、当村内にても、右伴天連の妾《てかけ》と相成候由《よし》、取沙汰《とりざた》致す者なども有之、とかくの批評絶え申さず、依《よ》って、父惣兵衛始め姉弟《あねおとと》ども一同、種々意見仕り候えども、泥烏須如来《でうすにょらい》*よりありがたきものなしなど申し候うて、一向に合点《がてん》仕らず、朝夕《ちょうせき》、ただ、娘里とともにくるすと称《とな》え候小さき礫柱形《はりきがた》の守り本尊を礼拝《れいはい》致し、夫与作の墓参さえ怠《おこた》りおる始末に付き、ただ今にては、親類縁者とても義絶《ぎぜつ》致しおり、追っては、村方にても、村払《はら》い*に行う可き旨、寄り寄り評議致しおる由《よし》に御座候。

右様《みぎよう》の者に候えば、重々《じゅうじゅう》頼み入り候えども、私検脈《けんみゃく》の儀は、叶《かな》うまじき由申し聞け候ところ、一度は泣く泣く帰宅致し候えども、翌《よく》八日、ふたたび私宅へ参り、「一生の恩《おん》に着申すべく候えば、何卒《なにとぞ》ご検脈下され度《たし》」など申し候うて、如何様《いかよう》断り候も、聞き入れ申さず、はては、私宅玄関《げんかん》に泣き伏《ふ》し、「お医者様の御勤《おつとめ》は、人の病《やまい》を癒《いや》すことと存じ候。然《しか》るに、私娘大病の儀、御聞き棄《す》てに遊ばさるる条《じょう》、何とも心得難《こころえがた》く候」など、怨《えん》じ候えば、私申し候は、「貴殿《きでん》の申し条、万々道理には候えども、私検脈致さざる儀も、全くその理なしとは申し難く候。何故《なにゆえ》と申し候わば、貴殿平生《へいぜい》の行状《ぎょうじょう》誠《まこと》に面白《おもしろ》からず、別して、私始め村方の者の神仏を拝《おが》み候を、悪魔《あくま》外道《げどう》に憑《つ》かれたる所行《しょぎょう》なりなど、しばしば誹謗《ひぼう》致され候由、確《しか》と承《うけたまわ》りおり候。然るに、その正道潔白《しょうどうけっぱく》なる貴殿が、私ども天魔に魅入《みい》られ候者に、ただ今、娘御《むすめご》の大病を癒し呉《く》れよと申され候は、なぜに御座候や。右様の儀は、日ごろご信仰の泥烏須如来にお頼みあって然るべく、もし、たって私、検脈を所望《しょもう》致され候上は、切支丹宗門御《おん》帰依の儀、以後堅《かた》くご無用たるべく候。此段御承引無之《このだんごしょういんこれなき》においては、仮令《たとい》、医は仁術《じんじゅつ》なりと申し候えども、神仏の冥罰《みょうばつ》も恐《おそろ》しく候えば、検脈の儀平《ひら》にお断り申候」斯様《かよう》、説得致し候えば、篠も流石《さすが》に、推《お》してとも申し難く、そのまま凄々《すごすご》帰宅致《いた》し候《そうろう》。

翌九日《よくここのか》は、ひき明け方《がた》より大雨《たいう》にて、村内一時は人通りも絶え候ところ、卯時《うのとき》*ばかりに、篠《しの》、傘《かさ》をも差さず、濡鼠《ぬれねずみ》のごとくなりて、私宅《わたくしたく》へ参り、またまた検脈致しくれ候様、頼《たの》み入り候間、私申し候は、「長袖《ながそで》ながら、二言《にごん》は御座《ござ》無《な》く候。しかれば、娘御《むすめご》の命か、泥烏須如来《でうすにょらい》か、いずれか一つお棄《す》てなさるる分別肝要《ふんべつかんよう》と存じ候」斯様《かよう》申し聞け候えば、篠、この度《たび》は狂気《きょうき》のごとく相成《あいな》り、私前に再三額《ぬか》づきまたは手を合《あわ》せて拝みなど致し候うて、「仰《おお》せ千万《せんばん》ごもっともに候。なれども、切支丹宗《きりしたんしゅう》門《もん》の教《おしえ》にて、一度《ひとたび》ころび候上《そうろううえ》は、私魂軀《わたくしたましいむくろ》とも、生々世々《しょうじょうせせ》亡《ほろ》び申す可《べ》く候。何卒《なにとぞ》、私心根《こころね》を不憫《ふびん》と思召《おぼしめ》され、この儀のみは、ご容赦《ようしゃ》下され度《たく》候」など掻《か》き口説《くど》き咽《むせ》び入り候。邪《じゃ》宗門の宗徒とは申しながら、親心に二なき体《てい》相見え、多少とも哀《あわ》れには存じ候えども、私情をもって、公道を廃《はい》すべからざるの道理に候えば、如何《いか》様申し候うても、ころび候上ならでは、検脈叶難《かないがた》き旨《むね》、申し張り候ところ、篠、何とも申しようなき顔を致し、少時《しばらく》私顔を見つめおり候が、突然涙《とつぜんなみだ》をはらはらと落《おと》し、私足《あし》下《もと》に手をつき候うて、何やら蚊《か》のような声にて申し候えども、折《おり》からの大雨の音にて、確《しか》と聞き取れ申さず、再三聞き直し候上、ようやく、しからば詮《せん》なく候えば、ころび候可き趣《おもむき》、判然致し候。なれどもころび候実証無之《じっしょうこれなく》候えば、右証明《あかし》を立つべき旨、申し聞け候所《ところ》、篠、無言のまま、懐中《かいちゅう》より彼《かの》くるすを取り出《いだ》し、玄関式台上へ差し置き候うて、静《しずか》に三度まで踏《ふ》み候。その節は格別取乱《とりみだ》したる気色《けしき》も無之《これなく》、涙も既《すで》に乾きしごとく思われ候えども、足下のくるすを眺《なが》め候眼《め》の中、何となく熱病人のようにて、私方下男《げなん》など、皆々気味悪《みなみなきみあ》しく思いし由に御座候。

扨《さて》、私申し条も相立ち候えば、即刻《そっこく》下男に薬籠《やくろう》を担《にな》わせ、大雨の中を、篠同道にて、同人宅へ参り候ところ、至極手狭《しごくてぜま》なる部屋《へや》に、里独《さとひと》り、南を枕《まくら》にして打臥《うちふ》しおり候。もっとも身熱烈《はげ》しく候えば、ほとんど正気無之《しょうきこれな》き体《てい》に相見え、いたいけなる手にて繰返《くりかえ》し、繰返し、空《くう》に十字を描き候うては、頻《しき》にはるれやと申す語を、現《うつつ》のごとく口走り、その都度嬉《つどうれ》しげに、微笑《ほほえ》みおり候。右、はるれやと申し候は、切支丹宗門の念仏にて、宗門仏に讃頌《さんしょう》を捧《ささ》ぐる儀に御座候由《よし》、篠、その節枕辺にて、泣く泣く申し聞かし候。依《よ》って、早速検脈《さっそく》致し候えば、傷寒《しょうかん》*の病《やまい》に紛《まぎ》れなく、かつは手遅《ておく》れの儀も有之《これあり》、今日《こんにち》中にも、存命覚束《おぼつか》なかるべきやに見立て候間《そうろうあいだ》、詮方《せんかた》なくその旨《むね》、篠へ申し聞け候ところ、同人またまた狂気《きょうき》のごとく相成《あいな》り、「私ころび候仔細《しさい》は、娘の命助け度《た》き一念よりに御座候。然《しか》るを落命致させては、その甲斐《かい》、万が一にも無之《これな》かるべく候。何卒泥烏須如来に背《そむ》き奉《たてまつ》り候私心苦しさをお汲《く》み分け下され、娘一命、いかにもして、お取り留め下され度候」と申し、私のみならず、私下男足下にも、手をつき候うて、頻《しきり》に頼み入り候えども、人力《じんりき》にては如何《いかん》とも致し難き儀に候えば、心得違《ちが》い致さざるよう、くれぐれも、申し諭《さと》し、煎薬三貼《せんやくさんじょう》*差し置き候上《そうろううえ》、折《おり》からの雨止《あまや》みを幸《さいわい》、立ち帰らんと致《いた》し候ところ、篠《しの》、私袂《たもと》にすがりつき候うて離《はな》れ申さず、何やら申さんとする気色《けしき》にて、唇《くちびる》を動かし候えども、一言も申し果てざるうちに、見る見る面色変《めんしょくかわ》り、たちまち、その場に悶絶《もんぜつ》致し候。しかれば、私大いに仰天《ぎょうてん》致し、早速《さっそく》下男《げなん》ともども、介抱仕《かいほうつかまつ》り候ところ、ようやく、正気《しょうき》づき候えども、最早《もはや》立上《たちあが》り候気力《きりょく》も無之《これなく》、「所詮《しょせん》は、私心浅く候儘《まま》、娘《むすめ》一命、泥烏《でう》須《す》如来《にょらい》、二つながら失いしに極《きわ》まり候」とて、さめざめと泣き沈《しず》み、種々申し慰め候えども、一向《いっこう》耳に掛《か》くる体《てい》も御座《ござ》なく、且《かつ》は娘容態《ようだい》も詮なく相見え候間、止《や》むを得ず、ふたたび下男召《め》し伴《つ》れ、匆々《そうそう》帰宅仕り候。

然《しか》るに、その日未《ひつじ》時下《どきさが》り*、名主《なぬし》塚越弥左衛門殿《つかごしやざえもんどの》母儀《ぼぎ》検脈に参り候ところ、篠娘死去《しきょ》致し候由、並《ならび》に篠、悲嘆《ひたん》のあまり、遂《つい》に発狂《はっきょう》致し候由《よし》、弥左衛門殿より承《うけたまわ》り候。右に依《よ》れば、里落命《さとらくめい》致し候は、私検脈後一時《ひととき》の間と相見え、巳《み》の上刻《じょうこく》*には、篠すでに乱心《らんしん》の体《てい》にて、娘死骸《しがい》を掻《か》き抱《いだ》き、声高《こわだか》に何やら、蛮音《ばんいん》の経文読誦《きょうもんどくじゅ》致しおりし由に御座候。なお、この儀《ぎ》は、弥左衛門殿直《じき》に見受けられ候趣《おもむき》にて、村方《むらかた》嘉右衛門《えもん》殿、藤吾《とうご》殿、治兵衛《じへえ》殿らも、その場に居合《あわ》されし由に候えば、千万実事《せんばんじつじ》たるに紛《まぎ》れなかるべく候《そうろう》。

追って、翌十日《よくとおか》は、朝来小雨有之候《しょううこれありそうら》えども辰《たつ》の下刻《げこく》*より春雷《しゅんらい》を催《もよお》し、やや、晴れ間相《あい》きざし候折《おり》から——村郷士《むらごうし》梁瀬金十郎《やなせきんじゅうろう》殿より、迎えの馬差し遣《つか》わされ、検脈致しくれ候様、申し越《こ》され候間、早速馬上《ばじょう》にて、私宅《わたくしたく》を立ち出《い》で候ところ、篠宅の前へ来かかり候えば、村方の人々大勢《おおぜい》佇《たたず》みおり、伴天連《ばてれん》よ、切支丹《きりしたん》よなど、罵《のの》り交《かわ》し候うて、馬を進め候こととさえ叶《かな》い申さず、依って、私馬上より、家内の容子《ようす》差し覗《のぞ》き候ところ、篠宅の戸を開《あ》け放《はな》ち候中《なか》に、紅毛人《こうもうじん》一名、日本人三名、各々《おのおの》法衣《ころも》めきし黒衣を着し候者ども、手に手に彼《かの》くるす、乃至《ないし》は香炉様《こうろよう》の物を差しかざし候うて、同音に、はるれや、はるれやと唱《とな》えおり候。しかのみならず、右紅毛人の足下には、篠、髪《かみ》を乱《みだ》し候まま、娘里《さと》を掻き抱き候うて、失神《しっしん》致し候ごとく、蹲《うずくま》りおり候。別して、私眼を驚《おどろ》かし候は、里、両手にてひしと、篠頸《うなじ》を抱きおり、母の名とはるれやと、代《かわ》る代る、あどけなき声にて、唱えおりしことに御座候。もっとも、遠眼《とおめ》のこととて、確《しか》とは弁《わきま》え難《がた》く候えども、里血色《けっしょく》至極《しごく》麗《うるわ》しき様に相見え、折々母の頸より手を離し候うて、香炉様の物より立ち昇《のぼ》り候煙《けむり》を捉《とら》えんとする真似《まね》など致しおり候。しかれば、私馬より下り、里蘇生《そせい》致し候次第《しだい》に付き、村方の人々に委細相尋《いさいあいたず》ね候えば、右紅毛の伴天連ろどりげ儀、今朝《こんちょう》、伊留満《いるまん》ども相従え、隣村《となりむら》より篠宅へ参り、同人懺悔《こいさん》*聞き届《とど》け候上、一同宗門《しゅうもん》仏に加持《かじ》致し、あるいは異香《いこう》を焚《た》き薫《くゆ》らし、あるいは神水《しんすい》を振り濺《そそ》ぎなど致し候ところ、篠の乱心は自《おのずか》ら静まり、里もほどなく蘇生《そせい》致し候由、皆々恐《みなみなおそ》しげに申し聞かせ候。古来一旦《こらいいったん》落命致し候上、蘇生仕り候類《たぐい》、元より少《すく》なからずとは申し候えども、多くは、酒毒《しゅどく》に中《あた》り、乃至《ないし》は瘴気《しょうき》*に触《ふ》れ候者《そうろうもの》のみに有之《これあり》、里《さと》のごとく、傷寒《しょうかん》の病にて死去致《しきょいた》し候者の、還魂仕《かんこんつかまつ》り候例《ためし》は、いまだかつて承《うけたまわ》り及《およ》ばざるところに御座候《ござそうら》えば、切支丹宗門《きりしたんしゅうもん》の邪法《じゃほう》たる儀《ぎ》この一事にても分明《ぶんみょう》致すべく、別して伴天連《ばてれん》当村へ参り候節、春雷頻《しゅんらいしき》りに震《ふる》い候も、天の彼《かれ》を憎《にく》ませ給《たま》うところかと推察《すいさつ》仕り候。

なお、篠及《しのおよ》び娘里《むすめさと》当日伴天連ろどりげ同道にて、隣村《りんそん》へ引移《ひきうつ》り候次第《しだい》、並《ならび》に慈元《じげん》寺《じ》住職《じゅうしょく》日寛殿計《にっかんどのはか》らいにて同人宅焼き棄《す》て候次第は、すでに名主塚越弥左衛門《なぬしつかこしやざえもん》殿より、言上《ごんじょう》仕り候えば、私見聞致し候仔細《しさい》は、荒々《あらあら》右にて相尽《つ》き申すべく候。但《ただし》、万一記《しる》し洩《も》れも有之候節は、後日再応《ごじつさいおう》書面をもって言上仕るべく、まずは私《わたくし》覚え書《がき》斯《か》くのごとくに御座候。以上

申年《さるどし》三月二十六日

伊予国宇和郡《いよのくにうわごおり》――村

医師　尾《お》形《がた》了斎《りょうさい》

（大正五年十二月七日）

日光小品

大谷川

馬返しをすぎて少し行くと大谷川の見える所へ出た。落葉に埋《う》もれた石の上に腰《こし》を下《おろ》して川を見る。川はずうっと下の谷底を流れているので幅《はば》がやっと五六尺に見える。川を挟《はさ》んだ山は紅葉と黄葉とに隙《す》き間なく蔽《おお》われて、その間をほとんど純粋《じゅんすい》に近い藍色《あいいろ》の水が白い泡《あわ》を噴《ふ》いて流れてゆく。

そうしてその紅葉と黄葉との間を洩《も》れてくる光が何とも言えない暖かさを洩らして、見上げると山は私の頭の上にも聳《そび》えて、青空の画室のスカイライトのように狭《せま》く限られているのが、丁度岩の間から深い淵《ふち》を窺《のぞ》いたような気を起《おこ》させる。

対岸の山は半ばは同じ紅葉につつまれて、その上は流石《さすが》に冬枯《が》れた草山だが、そのゆったりした肩《かた》には紅《あか》い光のある靄《もや》がかかって、褐色《かっしょく》の毛きらず天鵞絨《ビロード》をたたんだような山の肌《はだ》がいかにも優《やさ》しい感じを起させる。その上に白い炭焼の煙《けむり》が低く山《さん》腹《ぷく》を這《は》っていたのはさらに私を床《ゆか》しい思いに耽《ふけ》らせた。

石をはなれてふたたび山道にかかった時、私は「谷水のつきてこがるる紅葉《もみじ》かな」という蕪村《ぶそん》の句を思い出した。

戦場ヶ原

枯草《かれくさ》の間を沼《ぬま》のほとりへ出る。黄泥《こうでい》の岸には、薄氷《うすごおり》が残っている。枯蘆《かれあし》の根には煤《すす》けた泡《あぶく》がかたまって、家鴨《あひる》の死んだのがその中にぶっくり浮《うか》んでいた。どんよりと濁《にご》った沼の水には青空が錆《さ》びついたように映《うつ》って、ほの白《じろ》い雲の影《かげ》が静かに動いてゆくのが見える。対岸には接骨木《にわとこ》めいた樹《き》がすがれかかった黄葉を低《た》れて力なさそうに水に俯《うつむ》いた。それをめぐって黄ばんだ葭《よし》が哀《かな》しそうに戦《おのの》いて、その間から淋《さび》しい高原の景色が眺《なが》められる。

ほおけた尾花《おばな》のつづいた大野には、北国めいた、黄葉した落葉松《からまつ》が所々に腕《うで》だるそうに聳《そび》えて、その間をさまよう放牧《ほうぼく》の馬の群れはそぞろに我々《われわれ》の祖先の水草を追うて漂浪《ひょうろう》した昔《むかし》を想《おも》い出させる。原をめぐった山々はいずれも佗《わび》しい灰色の霧《きり》につつまれて、薄い夕日の光がわずかにその頂《いただき》を濡《ぬら》している。

私は荒涼《こうりょう》とした思いを抱《いだ》きながら、この水のじくじくした沼の岸に佇《たたず》んで独りでツルゲーネフの森の旅を考えた。そうして枯草の間に竜胆《りんどう》の青い花が夢《ゆめ》見顔に咲《さ》いているのを見た時に、しみじみあの I have nothing to do with thee* という悲しい言が思い出された。

巫女《みこ》

年を老《と》った巫女が白い衣に緋《ひ》の袴《はかま》をはいて御簾《みす》の陰《かげ》にさびしそうに独りで坐《すわ》っているのを見た。そうして私も何となく淋しくなった。

時雨《しぐれ》もよいの夕《ゆうべ》に春日《かすが》の森で若い二人の巫女に遇《あ》ったことがある。二人とも十二三でやはり緋の袴に白い衣をきて白粉《おしろい》をつけていた。小暗い杉《すぎ》の下かげには落葉を焚《た》く煙がほの白く上って、しっとりと湿《しめ》った森の大気は木精《もくせい》の囁《ささや》きも聞《きこ》えそうな言い難《がた》いしずけさを漂《ただよ》わせた。その物静かな森の路《みち》を物静かにゆきちがった、若い、いや幼い巫女の後姿《うしろすがた》はどんなにか私にめずらしく覚えたろう。私はほほえみながら何度も後《うしろ》を振《ふ》りかえった。けれども今、冷やかな山懐《さんかい》の気が肌《はだ》寒く迫《せま》ってくる社《やしろ》の片かげに寂然《せきぜん》と坐っている老年《としより》の巫女を見ては、そぞろに哀《かな》しさを覚えずにはいられない。

私は、一生を神にささげた巫女の生涯《しょうがい》の淋しさが、何となく私の心をひきつけるような気がした。

高原

裏見《うらみ》ケ滝《がたき》へ行った帰りに、独りで、高原《こうげん》を貫《つらぬ》いた、日光街道《かいどう》に出る小さな路《みち》を辿《たど》って行った。

武蔵野《むさしの》ではまだ百舌鳥《もず》がなき、鵯《ひよどり》がなき、畑の玉蜀黍《とうもろこし》の穂《ほ》が出て、薄紫《うすむらさき》の豆の花が葉のかげにほのめいているが、ここはもうさながらの冬の景色で、薄い黄色の丸葉がひらひらついている白樺《しらかば》の霜柱《しもばしら》の草の中に佇《たたず》んだのが、静かというよりは寂《さび》しい感じを起《おこ》させる。この日は風のない暖かな日和《ひより》で、樺林の間からは、菫色《すみれいろ》の光を帯《お》びた野州《やしゆう》の山々の姿《すがた》が何か来るのを待っているように、冷《ひ》え冷《び》えする高原の大気を透《とお》して名ごりなく望まれた。

いつだったかこんな話をきいたことがある。雪国の野には冬の夜なぞによくもの声がするという。その声が遠い国に多くの人がいて口々に哀歌《あいか》をうたうともきければ、森かげの梟《ふくろう》の十羽二十羽が夜霧《よぎり》のほのかな中から心細そうになきあわすとも聞《き》こえる。ただ、野の末から野の末へ風にのって響《ひび》くそうだ。何ものの声かはしらない。ただ、この原も日がくれから、そんな声が起りそうに思われる。

こんなことを考えながら半里《はんり》もある野路を飽《あ》かずにあるいた。何のかわったところもないこの原の眺《なが》めが、どうして私の感興《かんきよう》を引いたかはしらないが、私にはこの高原の、ことに薄曇《うすぐも》りのした静寂《せいじゃく》が何となく嬉《うれ》しかった。

工場（以下足尾《あしお》*所見《しょけん》）

黄色い硫化水素《りゅうかすいそ》の煙《けむり》が霧のようにもやもやしている。その中に職工《しょっこう》の姿が黒く見える。煤《すす》びたシャツの胸《むね》のはだけたのや、しみだらけの手拭《てぬぐい》で頬《ほお》かぶりをしたのや、中には裸体《らたい》で濡菰《ぬれごも》を袈裟《けさ》のように肩《かた》からかけたのが、反射炉《ろ》のまっ赤な光を湛《たた》えた傍《かたわ》らに動いている。機械の運転する響き、職工の大きな掛声《かけごえ》、薄暗い工場の中に雑然として聞えるこれらの音が、気のよわい私には一つ一つ強く胸を圧するように思われる——裸体の一人が炉の傍らに近づいた。汗《あせ》でぬれた肌が露《つゆ》を置いたように光って見える。細長い鉄の棒《ぼう》で小さな炉の口をがたりとあける。紅《くれない》に輝《かがや》いた空の日を溶かしたような、火の流れがずーうっとまっ直《す》ぐに流れ出す。流れ出すと、炉の下の大きなバケツのようなものの中へぼとぼとと重い響きをさせて落ちて行く。バケツの中が一杯《いっぱい》になるに従《したが》って、火の流れがはいるたびにはらはらと火の粉がちる。火の粉は職工のぬれ菰にもかかる。それでも平気で何か歌を謡《うた》っている。

和田さんの*「煒燻《いくん》」を見たことがある。けれども時代の陰影《いんえい》とでもいうような、鋭《するど》い感興は浮《うか》ばなかった。その後にマロニックの「不漁《ふりょう》」を見た時もやはり暗い切実な感じを覚えなかった。が今、この工場の中に立って、あの煙を見、あの火を見、そうしてあの響《ひび》きをきくと、労働者の真生活というような悲壮《ひそう》な思いが抑《おさ》え難《かだ》いまでに起《おこ》って来る。彼らの銅《どう》のような筋肉《きんにく》を見給《たま》え。彼らの勇ましい歌をきき給え。私たちの生活は彼らを思うたびにイラショナル*なような気がしてくる。あるいは真に空虚《くうきょ》な生活なのかもしれない。

寺と墓

路《みち》ばたに寺があった。丹《に》も見るかげがなく剝《は》げて、抜《ぬ》けかかった屋根瓦《やねがわら》の上に擬宝珠《ぎぼうし》の金がさみしそうに光っていた。縁《えん》には烏《からす》の糞《ふん》が白く見えて、鰐口《わにぐち》のほつれた紅白の紐《ひも》のもう色がさめたのにぶらりと長くさがったのが何となくうらがなしい。寺の内はしんとして人がいそうにも思われぬ。その右に墓場《はかば》がある。墓場は石ばかりの山の腹《はら》にそうて開いたので、灰色をした石の間に灰色をした石塔《せきとう》が何本となく立っているのが、侘《わび》しい感じを起させる。草の青いのもない。立花《たてばな》さえもほとんど見えぬ。ただ灰色の石と灰色の墓である。その中に線香の紙がきわ立って赤い。これでも人を埋《う》めるのだ。私はこの石ばかりの墓場が何かのシンボルのような気がした。今でもあの荒涼《こうりょう》とした石山とその上の曇《くも》った濁色の空とがまざまざと目にのこっている。

温《あたた》かき心

中禅寺《ちゅうぜんじ》から足尾《あしお》の町へ行く路がまだ古河橋《ふるかわばし》の所へ来ない所に、川に沿うた、あばら家の一ならびがある。石をのせた屋根、こまい*の露《あらわ》な壁、仆《たお》れかかった垣根《かきね》と垣根には竿《さお》を渡《わた》しておしめやら汚《よご》れた青い毛布やらが、薄《うす》い日の光に干《ほ》してある。その垣根について、ここらには珍《めず》しいコスモスが紅や白の花をつけたのに、片目のつぶれた黒犬が懶《ものう》そうにその下に寝《ね》ころんでいた。その中で一軒門口《けんかどぐち》の往来《おうらい》へむいた家があった。外の光に馴《な》れた私の眼《め》には家の中は暗くて何も見えなかったが、その明るい縁さきには、猫背《ねこぜ》のお婆《ばあ》さんが、古びたちゃんちゃんを着て坐《すわ》っていた。お婆さんのいる所の前が直《す》ぐ往来で、往来には髪《かみ》ののびた、手も足も塵《ちり》と垢《あか》がうす黒くたまった跣足《はだし》の男の児《こ》が三人で土いじりをしていたが、私たちの通るのを見て「やア」と言いながら手をあげた。そうしてただ笑った。小供たちの声に驚《おどろ》かされたとみえてお婆さんも私たちの方を見た。けれどもお婆さんは盲《めくら》だった。

私はこの汚れた小供の顔と盲のお婆さんを見ると、急にピーター・クロポトキン*の「青年よ、温かき心をもって現実を見よ」という言が思い出された。なぜ思い出されたかはしらない。ただ、漂浪《ひょうろう》の晩年《ばんねん》をロンドンの孤客《こかく》となって送っている、迫《はく》害《がい》と圧迫とを絶えず蒙《こうむ》ったあのクロポトキンが温かき心をもってせよと教える心持《こころもち》を思うと我《われ》知らず胸《むね》が迫《せま》って来た。そうだ温《あたた》かき心をもってするのは私たちの務《つと》めだ。

私たちは飽《あ》くまで態度をヒューマナイズして人生を見なければならぬ。それが私たちの努力である。真を描《えが》く＊という、それも結構《けっこう》だ。しかし、「形ばかりの世界」＊を破《やぶ》ってその中の真を捕《とら》えようとする時にも必ず私たちは温かき心をもってしなければならない。「形ばかりの世界」に囚《とら》われた人々はこのあばら家に楽しそうに遊んでいる小児《しょうに》のような、それでなければ盲目《もうもく》の顔を私たちの方にむけて私たちを見ようとするお婆《ばあ》さんのような人ばかりではあるまいか。

この「形ばかりの世界」を破るのに、あくまでも温かき心をもってするのは当然私たちのつとめである。文壇《ぶんだん》の人々が排技巧《はいぎこう》と言い無結構《むけっこう》と言う、＊ただ真を描くと言う。冷やかな眼《め》ですべてを描いたいわゆる公平無私《こうへいむし》に幾何《いくばく》の価値があるかは私の久しい前からの疑問である。単に著者《ちょしゃ》の個人性が明らかに印象せられたというに止《とど》まりはしないだろうか。

私は年長の人と語るごとにその人のなつかしい世なれた風に少《すく》なからず酔《よ》わされる。文芸の上ばかりでなく温かき心をもってすべてを見るのはやがて人格の上の試錬《しれん》であろう。世なれた人の態度は正《まさ》しくこれだ。私は世なれた人のやさしさを慕《した》う。

私はこんなことを考えながら古河橋《ふるかわばし》のほとりへ来た。そうして皆《みな》と一緒《いっしょ》に笑いながら足尾《あしお》の町を歩いた。

雑誌の編輯《へんしゆう》に急がれて思うようにかけません。宿屋のランプの下で書いた日記の抄録《しようろく》に止めます。

（明治四十四年頃《ごろ》）

大川の水

自分は、大川端《おおかわばた》*に近い町に生まれた。家を出て椎《しい》の若葉に掩《おお》われた、黒塀《くろべい》の多い横網《よこあみ》の小路《こうじ》をぬけると、直《す》ぐあの幅《はば》の広い川筋《すじ》の見渡《わた》される、百本杭《ひゃっぽんぐい》*の河岸《かし》へ出るのである。幼い時から、中学を卒業するまで、自分はほとんど毎日のように、あの川を見た。水と船と橋と砂洲《すなず》と、水の上に生まれて水の上に暮《くら》しているあわただしい人々の生活とを見た。真夏の日の午《ひる》すぎ、熳《や》けた砂を踏《ふ》みながら、水泳を習いに行く通りすがりに、嗅《か》ぐともなく嗅いだ河《かわ》の水のにおいも、今では年とともに、親しく思い出されるような気がする。

自分はどうして、こうもあの川を愛するのか。あのどちらかと言えば、泥濁《どろにご》りのした大川の生暖《なま》かい水に、限りない床《ゆか》しさを感じるのか。自分ながらも、少しく、その説明に苦しまずにはいられない。ただ、自分は、昔からあの水を見るごとに、何となく、涙《なみだ》を落《おと》したいような、言い難《がた》い慰《い》安《あん》と寂寥《せきりよう》とを感じた。完《まった》く、自分の住んでいる世界から遠ざかって、なつかしい思《し》慕《ぼ》と追憶《ついおく》との国にはいるような心もちがした。この心もちのために、この慰安と寂寥とを味わい得《う》るがために、自分は何よりも大川の水を愛するのである。

銀灰色《ぎんかいしょく》の靄《もや》と青い油のような川の水と、吐息《といき》のような、覚束《おぼつか》ない汽笛《きてき》の音と、石炭船の鳶色《とびいろ》の三角帆《ほ》と、――すべて止《や》み難い哀愁《あいしゅう》をよび起《おこ》すこれらの川のながめは、いかに自分の幼い心を、その岸に立つ楊柳《ようりゅう》の葉のごとく、おののかせたことであろう。

この三年間、自分は山の手の郊外《こうがい》に、雑木林《ぞうきばやし》のかげになっている書斎《しょさい》で、静平《せいへい》な読書三昧《ざんまい》に耽《ふけ》っていたが、それでもなお、月に二三度は、あの大川の水を眺《なが》めにゆくことを忘れなかった。動くともなく動き、流るるともなく流れる大川の水の色は、静寂《せいじゃく》な書斎の空気が休みなく与《あた》える刺戟《しげき》と緊張《きんちょう》とに、切ないほどあわただしく、動いている自分の心をも、丁度、長旅に出た巡礼《じゅんれい》が、漸《ようや》くまた故郷の土を踏《ふ》んだ時のような、さびしい、自由な、なつかしさに、とかしてくれる。大川の水があって、始めて自分はふたたび、純なる本来の感情に生きることができるのである。

自分は幾度《いく》となく、青い水に臨《のぞ》んだアカシアが、初夏のやわらかな風にふかれて、ほろほろと白い花を落すのを見た。自分は幾度となく、霧《きり》の多い十一月の夜《よ》に、暗い水の空を寒《さ》むそうに鳴く、千鳥《ちどり》の声を聞いた。自分の見、自分の聞くすべてのものは、ことごとく、大川に対する自分の愛を新たにする。丁度、夏川の水から生まれる黒蜻蛉《とんぼ》の羽のような、おののきやすい少年の心は、そのたびに新たな驚異《きょうい》の眸《ひとみ》を見はらずにはいられないのである。ことに夜網《よあみ》の船の舷《ふなばた》に倚《よ》って、音もなく流れる、黒い川を凝視《みつ》めながら、夜と水との中に漂《ただよ》う「死」の呼吸《こきゅう》を感じた時、いかに自分は、たよりのない淋《さび》しさに迫《せま》られたことであろう。

大川の流れを見るごとに、自分は、あの僧院《そういん》の鐘《かね》の音と、鵠《くぐい》の声とに暮《く》れて行く伊太利亜《イタリア》の水の都――バルコンにさく薔薇《ばら》も百合《ゆり》も、水底《みなそこ》に沈《しず》んだような月の光に青ざめて、黒い柩《ひつぎ》に似たゴンドラが、その中を橋から橋へ、夢《ゆめ》のように漕《こ》いでゆく、ヴェネチアの風物《ふうぶつ》に、溢《あふ》るるばかりの熱情を注《そそ》いだダンヌンチョ*の心もちを、今さらのように慕《した》わしく、思い出さずにはいられないのである。

この大川の水に撫愛《ぶあい》される沿岸の町々は、皆《みな》自分にとって、忘《わす》れ難《がた》い、なつかしい町である。吾妻橋《あづまばし》から川下《かわしも》ならば、駒形《こまかた》、並木《なみき》、蔵前《くらまえ》、代地《だいち》、柳橋《やなぎばし》、あるいは多田の薬師《やくし》前、うめ堀《ぼり》、横網《よこあみ》の川岸――どこでもよい。これらの町々を通る人の耳には、日をうけた土蔵の白壁《しらかべ》と白壁との間から、格子《こうし》戸《ど》づくりの薄《うす》暗い家と家との間から、あるいは銀茶色の芽をふいた、柳《やなぎ》とアカシアとの並樹《なみき》の間から、磨《みが》いた硝子《ガラス》板のように、青く光る大川の水は、その、冷やかな潮《しお》の匂《におい》とともに、昔《むかし》ながら南へ流れる、懐《なつか》しいひびきをつたえてくれるだろう。ああ、その水の声のなつかしさ、つぶやくように、拗《す》ねるように、舌《した》うつように、草の汁《しる》をしぼった青い水は、日も夜も同じように、両岸の石崖《いしがけ》を洗《あら》ってゆく。班女《はんじょ》*といい、業平《なりひら》という、武蔵野《むさしの》の昔は知らず、遠くは多くの江戸浄瑠璃《じょうるり》作者、近くは河竹黙阿弥《かわたけもくあみ》翁《おう》が、浅草寺《せんそうじ》の鐘の音とともに、その殺《ころ》し場のシュチンムング*を、最も力強く表《あら》わすために、しばしば、その世話物《せわもの》の中に用いたものは、実にこの大川のさびしい水の響《ひび》きであった。十六夜清心《いざよいせいしん》*が身をなげた時にも、源之丞《げんのじょう》が鳥追姿《とりおいすがた》のおこよを見染めた時にも*、あるいはまた、鋳掛屋《いかけや》松五郎*が蝙蝠《こうもり》の飛び交《か》う夏の夕ぐれに、天秤《てんびん》をにないながら両国《りょうごく》の橋を通った時にも、大川は今のごとく、船宿《ふなやど》の桟橋《さんばし》に、岸の青蘆《あおあし》に、猪牙船《ちょきぶね》*の船《せん》腹《ぷく》に嬾《ものう》いささやきを繰返《くりかえ》していたのである。

　ことにこの水の音をなつかしく聞くことのできるのは、渡《わた》し船の中であろう。自分の記憶《きおく》に誤《あやま》りがないならば、吾妻橋から新大橋までの間に、元は五つの渡しがあった。その中で、駒形の渡し、富士見の渡し、安宅《あたか》の渡しの三つは、次第《しだい》に一つずつ、いつとなく廃《すた》れて、今ではただ一の橋から浜町《はまちょう》へ渡る渡しと、御蔵橋《みくらばし》から須賀《すが》町へ渡る渡しとの二つが、昔のままに残っている。自分が子供の時に比べれば、河の流れも変《かわ》り、蘆荻《ろてき》の茂《しげ》った所々の砂洲《すなず》も、跡方《あとかた》なく埋《う》められてしまったが、この二つの渡しだけは、同じような底の浅い舟《ふね》に、同じような老人の船頭《せんどう》をのせて、岸の柳の葉のように青い河の水を、今も変りなく日に幾《いく》度か横ぎっているのである。自分はよく、何の用もないのに、この渡し船に乗った。水の動くのにつれて、揺籃《ゆりかご》のように軽く体をゆすられる心地《ここち》よさ。ことに時刻が遅《おそ》ければ遅いほど、渡《わた》し船のさびしさとうれしさとがしみじみと身にしみる。——低い舷《ふなばた》の外は直《す》ぐに緑色の滑《なめら》かな水で、青銅のような鈍《にぶ》い光のある、幅《はば》の広い川面《かわづら》は、遠い新大橋に遮《さえぎ》られるまで、ただ一目に見渡される。両岸の家々はもう、黄昏《たそがれ》の鼠色《ねずみいろ》に統一されて、その所々には障子《しょうじ》にうつる灯《ともしび》の光さえ黄色く靄《もや》の中に浮《うか》んでいる。上げ潮につれて灰色の帆《ほ》を半《なか》ば張った伝馬船《てんまぶね》が一艘《そう》、二艘と稀《まれ》に川を上って来るが、どの船もひっそりと静まって、舵《かじ》を執《と》る人の有無《うむ》さえもわからない。自分はいつもこの静かな船の帆と、青く平らに流れる潮のにおいとに対して、何ということもなく、ホフマンスタアル*のエアレエプニスという詩をよんだ時のような、言いようのないさびしさを感ずるとともに、自分の心の中にもまた、情緒《じょうちょ》の水の囁《ささや》きが、靄の底を流れる大川の水と同じ旋律《せんりつ》をうたっているような気がせずにはいられないのである。

けれども、自分を魅《み》するものは独り大川の水の響《ひび》きばかりではない。自分にとっては、この川の水の光がほとんど、どこにも見出《みいだ》し難《がた》い、滑かさと暖かさとを持っているように思われるのである。

海の水は、たとえば碧玉《ジャスパア》の色のように余りに重く緑を凝《こ》らしている。といって潮の満干《みちひ》を全く感じない上流の川の水は、言わば緑柱石《エメラルド》の色のように、余りに軽く、余りに薄《うす》っぺらに光りすぎる。ただ淡水《たんすい》と潮水《ちょうすい》とが交錯《こうさく》する平原の大河の水は、冷やかな青に、濁《にご》った黄の暖かみを交《まじ》えて、どことなく人間化《ヒュウマナイズ》された親しさと、人間らしい意味において、ライフライク*な、なつかしさがあるように思われる。ことに大川は、赭《あか》ちゃけた粘土《ねんど》の多い関東平野を行きつくして、「東京」という大都会を静かに流れているだけに、その濁って、皺《しわ》をよせて、気むずかしい猶太《ユダヤ》の老爺《ろうや》のように、ぶつぶつ口小言《くちこごと》を言う水の色が、いかにも落付《おちつ》いた、人なつかしい、手ざわりのいい感じを持っている。そうして、同じく市《まち》の中を流れるにしても、なお「海」という大きな神秘と、絶えず直接の交通を続けているためか、川と川とをつなぐ掘割《ほりわり》の水のように暗くない。眠《ねむ》っていない。どことなく、生きて動いているという気がする。しかもその動いてゆく先は、無始無終にわたる「永遠」の不可思議だという気がする。吾妻橋《あづまばし》、厩橋《うまやばし》、両国橋《りょうごくばし》の間、香油《こうゆ》のような青い水が、大きな橋台の花崗石《かこうせき》と煉瓦《れんが》とをひたしてゆくうれしさは言うまでもない。岸に近く、船宿《ふなやど》の白い行灯《あんどん》をうつし、銀の葉うらを翻《ひるがえ》す柳《やなぎ》をうつし、また水門にせかれては三味線《しゃみせん》の音《ね》のぬるむ昼すぎを、紅芙蓉《べにふよう》の花になげきながら、気のよわい家鴨《あひる》の羽にみだされて、人気《ひとけ》のない廚《くりや》の下を静かに光りながら流れるのも、その重々しい水の色に言うべからざる温情を蔵していた。たとえ、両国橋、新大橋、永代橋《えいたいばし》と、河口《かこう》に近づくに従《したが》って、川の水は、著《いちじる》しく暖潮《だんちょう》の深藍色《しんらんしょく》を交えながら、騒音《そうおん》と煙塵《えんじん》とにみちた空気の下に、白く爛《ただ》れた日をぎらぎらとブリキのように反射して、石炭を積んだ達磨《だるま》船《ぶね》や白ペンキの剝《は》げた古風な汽船をものうげに揺《ゆす》ぶっているにしても、自然の呼吸と人間の呼吸とが落ち合って、いつの間にか融合《ゆうごう》した都会の水の色の暖かさは、容易に消えてしまうものではない。

ことに日暮《ひぐ》れ、川の上に立ちこめる水蒸気《すいじょうき》と、次第《しだい》に暗くなる夕空の薄明《うすあか》りとは、この大川の水をして、ほとんど、比喩《ひゆ》を絶した、微妙《びみょう》な色調を帯《お》ばしめる。自分はひとり、渡《わた》し船の舷《ふなばた》に肘《ひじ》をついて、もう靄《もや》の下《お》りかけた、薄暮《はくぼ》の川の水面《みのも》を、何ということもなく見渡しながら、その暗緑色の水のあなた、暗い家々の空に大きな赤い月の出を見て、思わず涙《なみだ》を流したのを、恐《おそ》らく終世《しゅうせい》忘《わす》れることはできないであろう。

「すべての市《いち》は、その市に固有なにおいを持っている。フロレンスのにおいは、イリスの白い花と埃《ほこり》と靄と古《いにしえ》の絵画のニスとのにおいである」（メレジュコウスキイ）もし自分に「東京」のにおいを問う人があるならば、自分は大川の水のにおいと答えるのに何の躊躇《ちゅうちょ》もしないであろう。独りにおいのみではない。大川の水の色、大川の水のひびきは、我が愛する「東京」の色であり、声でなければならない。自分は大川あるがゆえに、「東京」を愛し、「東京」あるがゆえに、生活を愛するのである。

その後「一の橋の渡し」の絶えたことをきいた。「御蔵橋《みくらばし》の渡し」の廃《すた》れるのも間があるまい。

（一九一二・一）

葬儀記《そうぎき》*

離《はな》れで電話をかけて、皺《しわ》くちゃになったフロックの袖《そで》を気にしながら、玄関《げんかん》へ来ると、誰《だれ》もいない。客間を覗《のぞ》いたら、奥《おく》さん*が誰だか黒の紋付《もんつき》を着た人と話していた。が、そこと書斎《しょさい》との堺《さかい》には、さっきまで柩《ひつぎ》の後《うしろ》に立ててあった、白い屏風《びょうぶ》が立っている。どうしたのかと思って、書斎の方へ行くと、入口の所に和辻《わつじ》さん*や何かが二三人かたまっていた。中にももちろん大ぜいいる。丁度皆《みな》が、先生の死顔《しにがお》に、最後の別れを惜《お》しんでいる時だったのである。

僕《ぼく》は、岡田《おかだ》君*のあとについて、自分の番が来るのを待っていた。もう明るくなった硝子《ガラス》戸の外には、霜《しも》よけの藁《わら》を着た芭蕉《ばしょう》が、何本も軒《のき》近くならんでいる。書斎でお通夜《つや》をしていると、いつもこの芭蕉が一番早く、うす暗い中からうき上《あが》って来た。――そんなことをぼんやり考えているうちに、やがて人が減って書斎の中へはいれた。

書斎の中には、電灯がついていたのか、それとも蠟燭《ろうそく》がついていたのか、それは覚えていない。が、何でも、外光だけではなかったようである。僕は、妙《みょう》に改まった心もちで、中へはいった。そうして、岡田君が礼をした後《あと》で、柩の前へ行った。柩の側《そば》には、松根《まつね》さん*が立っている。そうして右の手を平《たいら》にして、それを臼《うす》でも挽《ひ》く時のように動かしている。礼をしたら、順々に柩の後《うしろ》を廻《まわ》って、出て行ってくれという合図《あいず》だろう。

柩は寝棺《ねかん》である。のせてある台は三尺ばかりしかない。側に立つと、眼《め》と鼻の間に、中が見下された。中には、細くきざんだ紙に南無阿弥陀仏《なむあみだぶつ》と書いたのが、雪のようにふりまいてある。先生の顔は、半ば頰《ほお》をその紙の中に埋《うず》めながら、静かに眼をつぶっていた。丁度蠟《ろう》ででもつくった、面型《めんがた》のような感じである。輪廓《りんかく》は、生前と少しもちがわない。が、どこか容子《ようす》がちがう。唇《くちびる》の色が黒《くろ》ずんでいたり、顔色が変《かわ》っていたりする以外に、どこかちがっている所がある。僕はその前で、ほとんど無感動に礼をした。「これは先生じゃない」そんな気が、強くした。（これは始めから、そうであった。現に今でも僕は誇張《こちょう》なしに先生が生きているような気がして仕方がない）僕は、柩の前に一二分立っていた。それから、松根さんの合図通り、後《あと》の人に代《かわ》って、書斎の外へ出た。

ところが、外へ出ると、急にまた先生の顔が見たくなった。何だかよく見て来るのを忘《わす》れたような心もちがする。そうして、それが取り返しのつかない、莫迦《ばか》な事だったような心もちがする。僕はよっぽど、もう一度行こうかと思った。が、何だかそれが恥《はず》かしかった。それに感情を誇張しているような気も、少しはした。「もう仕方がない」――そう、思ってとうとうやめにした。そうしたら、いやに悲しくなった。

外へ出ると、松岡が「よく見て来たか」と言う。僕《ぼく》は、「うん」と答えながら、嘘《うそ》をついたような気がして、不快だった。

青山《あおやま》の斎場《さいじょう》へ行ったら、靄《もや》が完《まった》く晴れて、葉のない桜《さくら》の梢《こずえ》にもう朝日がさしていた。下から見ると、その桜の枝が、丁度鉄網《てつもう》のように細《こま》かく空をかがっている。僕たちはその下に敷《し》いた新しい蓆《むしろ》の上を歩きながら、みんな、体を反《そ》らせて、「やっと眼《め》がさめたような気がする」と言った。

斎場は、小学校の教室とお寺の本堂とを、一つにしたような建築である。丸い柱《はしら》や、両方の硝子窓《ガラスまど》が、はなはだみすぼらしい。正面には一段高い所があって、その上に朱塗《しゅぬり》の曲彔《きょくろく》*が三つ据《す》えてある。それが、その下に、一面に並べてある安直な椅子《す》と、妙《みょう》な対照をつくっていた。「この曲彔を、書斎の椅子にしたら、面白《おもしろ》いぜ」――僕は久米《くめ》にこんなことを言った。久米は、曲彔の足をなでながら、うんとか何とかいい加減な返事をしていた。

斎場を出て、入口の休所《やすみどころ》へかえって来ると、もう森田《もりた》さん、*鈴木《すずき》さん、*安倍《あべ》さん、*

などが、かんかん火を起《おこ》した炉《ろ》のまわりに集《あつま》って、新聞を読んだり、駄弁《だべん》を振《ふる》ったりしていた。新聞に出ている先生の逸話《いつわ》や、内外の人の追憶《ついおく》が時々問題になる。僕は、和辻《わつじ》さんに貰《もら》った「朝日」を吸《す》いながら、炉のふちへ足をかけて、ぬれた靴《くつ》から煙《けむり》が出るのをぼんやり、遠い所のものを見るように眺《なが》めていた。何だか、みんなの心もちに、どこか穴《あな》の明《あ》いている所でもあるような気がして、仕方がない。

そのうちに、葬儀《そうぎ》の始まる時間が近くなって来た。「そろそろ受付へ行こうじゃないか」――気の早い赤木《あかぎ》君*が、新聞を抛《ほう》り出しながら、「行《い》」の所へ独特のアクセントをつけて言う。そこでみんな、ぞろぞろ、休所を出て、入口の両側にある受付へ分《わか》れ分れに、行くことになった。松浦《まつうら》君*、江《え》口《ぐち》君*、岡《おか》君*が、こっちの受付をやってくれる。向《むこ》うは、和辻さん、赤木君、久米という顔ぶれである。そのほか、朝日新聞社*の人が、一人ずつ両方へ手伝いに来てくれた。

やがて、霊柩車《れいきゆうしや》が来る。続いて、一般の会葬者《かいそうしや》が、ぽつぽつ来はじめた。休所の方を見ると、人影《ひとかげ》が大分《だいぶん》ふえて、その中に小宮《こみや》さん*や野上《のがみ》さん*の顔が見える。中《ちゆう》幅《はば》の白木綿《しろもめん》を薬屋のように、フロックの上からかけた人がいると思ったら、それは宮崎虎之助《みやざきとらのすけ》氏*だった。

始めは、時刻が時刻だから、それに前日の新聞に葬儀の時間が間違《まちが》って出たから、会葬者は存外少《すくな》かろうと思ったが、実際はそれと全く反対だった。愚図愚図《ぐずぐず》していると、会葬者《かいそうしや》の宿所を、帳面につけるのも間に合わない。僕《ぼく》はいろんな人の名刺《めいし》をうけとるのに忙殺《ぼうさつ》された。

すると、どこかで「死は厳粛《げんしゆく》である」と言う声がした。僕は驚《おどろ》いた。この場合、こんな芝居《しばい》じみたことを言う人が、僕たちの中にいるわけはない。そこで、休所《やすみどころ》の方を覗《のぞ》くと、宮崎虎之助《とらのすけ》氏が、椅子《いす》の上へのって、伝道演説をやっていた。僕はちょいと不快になった。が、あまり宮崎虎之助らしいので、それ以上には腹《はら》も立たなかった。接待《せつたい》係の人が止《と》めたが、やめないらしい。やっぱり右手で盛《さかん》なジェステュアをしながら、死は厳粛であるとか何とか言っている。

が、それもほどなくやめになった。葬儀《そうぎ》の始まる時刻が来たのであろう。会葬者は皆《みな》、接待係の案内で、斎場《さいじよう》の中へはいって行く。もう受付へ来る人も、あまりない。そこで、帳面や香奠《こうでん》を始末していると、向《む》うの受付にいた連中が、揃《そろ》ってぞろぞろ出て来た。そうして、その先に立って、赤木君が、しきりに何か憤慨《ふんがい》している。聞いてみると、誰《だれ》かが、受付係は葬儀のすむまで、受付に残っていなければならんと言ったのだそうである。至極《しごく》もっともな憤慨だから、僕も早速《さつそく》これに雷同《らいどう》した。そうして皆で、受付を閉《と》じて、斎場へはいった。

正面の高い所にあった曲彔《きよくろく》は、いつの間にか一つになって、それへ向うをむいた宗演《そうえん》老師*が腰《こし》をかけている。その両側にはいろいろな楽器を持った坊《ぼう》さんが、一列にずっと並《なら》んでいる。奥《おく》の方には、柩《ひつぎ》があるのであろう。夏目金之助之柩《なつめきんのすけのひつぎ》と書いた幡《はた》が、下の方《ほう》だけ見えている。うす暗いのと香《こう》の煙《けむり》とで、そのほかは何があるのだかはっきりしない。ただ花輪の菊《きく》が、その中で堆《うずたか》く、白いものを重ねている。——式はもう誦経《ずきょう》がはじまっていた。

僕は、式に臨《のぞ》んでも、悲しくなる気づかいはないと思っていた。そういう心もちになるには、あまり形式が勝《まさ》っていて、万事《ばんじ》が大仰《おおぎょう》にできすぎている。——そう思って、平気で、宗演老師の秉炬法語《へいきょほうご》を聞いていた。だから、松浦《まつうら》君の泣き声を聞いた時も、始めは誰かが笑っているのではないかと疑ったくらいである。

ところが、式がだんだん進んで、小宮さんが伸六《しんろく》さんと一しょに、弔辞《ちょうじ》を持って、柩の前へ行くのを見たら、急に瞼《まぶた》の裏が熱くなって来た。僕の左には、後藤末雄《ごとうすえお》＊君が立っている。僕の右には、高等学校の村田先生が＊坐《すわ》っている。僕は、何だか泣くのが外聞《がいぶん》の悪いような気がした。けれども、涙《なみだ》はだんだん流れそうになって来る。僕の後《うしろ》に久米《くめ》がいるのを、僕は前から知っていた。だからその方を見たら、どうかなるかもしれない。——こんな曖昧《あいまい》な、救助を請《こ》うような心もちで、僕は後《うしろ》をふりむいた。すると、久米の眼《め》が見えた。が、その眼にも、涙が一ぱいにたまっていた。僕はとうとうやりきれなくなって、泣いてしまった。隣《となり》にいた後藤君が、けげんな顔をして、僕の方を見たのは、いまだによく覚えている。

それから、何がどうしたか、それは少しも判然しない。ただ久米《くめ》が僕《ぼく》の肘《ひじ》をつかまえて、「おい、あっちへ行こう」とか何とか言ったことだけは、記憶《きおく》している。斎場《さいじょう》その後《あと》で、涙《なみだ》をふいて、眼《め》をあいたら、僕の前に掃《は》き溜《だ》めがあった。何でも、斎場とどこかの家との間らしい。掃き溜めには、卵の殻《から》が三つ四つすててあった。

少したって、久米と斎場へ行ってみると、もう会葬者《かいそうしゃ》が大方《おおかた》出て行った後《あと》で、広い建物の中はどこを見ても、がらんとしている。そうして、その中で、埃《ほこり》のにおいと香《こう》のにおいとが、むせっぽく一しょになっている。僕たちは、安倍《あべ》さんのあとで、お焼香《しょうこう》をした。すると、また、涙が出た。

外へ出ると、ふてくされた日が一面に霜《しも》どけの土を照らしている。その日の中を向《む》うへ突《つ》きって、休所へはいったら、誰《だれ》かが蕎麦饅頭《そばまんじゅう》を食えと言ってくれた。僕は、腹がへっていたから、すぐに一つとって口へ入れた。そこへ大学の松浦《まつうら》先生*が来て、骨上《こつあ》げのことか何か僕に話しかけられたように思う。僕は、天とうも蕎麦饅頭も癪《しゃく》にさわっていた時だから、はなはだ無礼《ぶれい》な答《こたえ》をしたのに相違《そうい》ない。先生は手がつけられないという顔をして、帰られたようだった。あの時のことを今思うと、少《すく》なからず恐縮《きょうしゅく》する。

涙の乾《かわ》いた後《のち》には、何だか張合《はりあい》ない疲労《ひろう》ばかりが残った。会葬者の名刺《めいし》を束《たば》にする。弔電《ちょうでん》や宿所書きを一つにする。それから、葬儀《そうぎ》式場の外の往来《おうらい》で、柩車《きゅうしゃ》の火葬場へ行くのを見送った。

その後は、ただ、頭がぼんやりして、眠《ねむ》いということよりほかに、何も考えられなかった。

（大正五年十二月）

注釈

老年

七 *橋場《はしば》　東京都台東区《たいとうく》橋場。江戸《えど》時代、舟宿《ふなやど》があった。
*茶式料理屋　茶の湯式の料理（茶懐石など）を供する料理屋。
*一中節《いっちゅうぶし》　古浄瑠璃《こじょうるり》の一流派。都一中《みやこいちちゅう》が創始した。
*順講《じゅんこう》　おさらい。発表会。
*中洲《なかず》　中央区日本橋中洲《ちゅうおうくにほんばしなかす》。酒亭《しゅてい》・茶席《ちゃせき》があった。
*鉄無地《てつむじ》　鉄色の無地の織物。
*きんとうし　金通縞《きんつうじま》のこと。縦の縞筋がある。
*黒油《くろあぶら》　黒色のびんつけ油。
*代地《だいち》　浅草蔵前《あさくさくらまえ》の隅田《すみだ》川に面した地。舟宿があった。
*三座《さんざ》　中村《なかむら》・市村《いちむら》・森田《もりた》の江戸三座。公許《こうきょ》の歌舞伎《かぶき》劇場。江戸末期、浅草猿若町《さるわかちょう》に移された。
*山王様《さんのうさま》　千代田区永田町《ながたちょう》にある山王日枝《さんのうひえ》神社。その祭礼は神田明神《かんだみょうじん》とともに江戸二大祭礼の一。祭礼の行列が江戸城に入り将軍が上覧したため上覧祭と呼ばれた。
*山城河岸《やましろがし》　中央区銀座五丁目の外堀に面した地。

八 ＊津藤《つとう》　富豪《ふごう》・通人《つうじん》津国屋《つくにや》藤兵衛《とうべえ》。細木香以《さいきこうい》と号す。文士・画人の保護者。自らも子とともに狂歌《きょうか》を詠《よ》んだ。龍之介《りゅうのすけ》の養母トモの叔父《おじ》。「孤独地獄《こどくじごく》」参照。

＊千社札《せんじゃふだ》の会　千社参りの人が社殿に貼る、意匠をこらした札を同好者で交換する会。

＊神代杉《じんだいすぎ》　水中や土中で長年月を経た杉材。工芸品や天井板に珍重される。

＊太祇《たいぎ》　炭太祇《たんたいぎ》。宝永《ほうえい》六年—明和《めいわ》八年（一七〇九—一七七一）。江戸中期の俳人。

＊本卦返《ほんけがえ》り　還暦（満六十歳）のこと。

＊金瓶大黒《きんぺいだいこく》　吉原《よしわら》の遊女屋《ゆうじょや》の屋号か。

＊歌沢《うたざわ》　歌沢節《うたざわぶし》。俗曲流派の一。

九 ＊成田屋《なりたや》　九代目市川団十郎《いちかわだんじゅうろう》。天保《てんぽう》九年—明治三十六年（一八三八—一九〇三）。

＊五代目　尾上菊五郎《おのえきくごろう》。音羽屋《おとわや》。弘化《こうか》二年—明治三十六年（一八四五—一九〇三）。

＊板新道《いたじんみち》　中央区銀座八丁目付近。芸妓が多く、近隣の新橋とともに新橋芸者と呼んだ。

一〇 ＊新内《しんない》　新内節《しんないぶし》。浄瑠璃《じょうるり》の一流派で、流しを中心とした。

一三 ＊「猫《ねこ》の水のむ音でなし」　よくきけば猫の水のむ音でなし。川柳《せんりゅう》の破礼句《ばれく》。

＊房的《ふさてき》　「房さん」、「房のやつ」といった意味。

ひょっとこ

一四 ＊吾妻橋《あづまばし》　東京都台東区《たいとう》花川戸《はなかわど》と吾妻橋一丁目とを結び隅田川にかかる東京最初の鉄橋で、ここから上流にかけての東岸一帯は桜《さくら》の名所だった。

一五 ＊言問《こととい》の桟橋《さんばし》　現在の言問橋は昭和三年架《か》されたもので、それ以前は花見時などに河岸に桟橋を仮設《かせつ》した。

＊ちゃんぎり　笛《ふえ》・太鼓《たいこ》の囃子《はやし》に合わせ用いる小形の鉦《しょう》。ばちで内面を打ち鳴らす。

一七　＊山の宿《しゅく》　吾妻橋と言問橋の間の西岸の上半分を浅草山の宿町といった。

一八　＊味噌《みそ》を上げる　自慢《じまん》する。

二〇　＊Janus　ヤヌス。古代ローマの神。頭の前と後に顔をもち門口を守護《しゅご》する。

二一　＊南伝馬町《みなみでんまちょう》　中央区の町名。問屋《とんや》が多い。

二二　＊七面様《しちめん》　七面大明神《だいみょうじん》の略《りゃく》。日蓮宗《にちれんしゅう》の守護神。

仙　人

二五　＊鬼門道《きもんどう》　元曲《げんきょく》の舞台装置《そうち》の一。役者の出入口で、わが国の能舞台における橋懸《はしがか》りに当る。

二六　＊雑劇《ざつげき》　元《げん》の時代に流行した歌劇。元曲または北曲ともいう。歌曲・せりふ・しぐさの三者から成り、通常四折（四幕）。

＊楔子《せっし》　事件が複雑で四折（幕）に収《おさ》まらぬ場合、折首（序《じょ》幕）または折間（あいの幕）に用いる軽い幕。

＊正旦《せいたん》　雑劇の女の主役（主役が男ならば正末）。

＊浄《じょう》　敵役《かたきやく》。

＊白《はく》　せりふ。

＊嗓子大《そうじだい》　嗓子は声、大はほめことば。「いい声だ、いいぞ」の意味。

二九 ＊紙銭《しせん》　六道銭。葬《ほうむ》る時、紙で銭《ぜに》の形を作り、棺《かん》の中に入れるもの。

三三 ＊千鎰《せんいつ》　鎰は金貨の目方の単位。
＊呂祖《りょそ》　名は真人、本名は嵒《がん》、字《あざな》は洞賓《どうひん》、呂祖と称《しょう》す。唐代《とうだい》京兆の人。八仙《はっせん》の一。

三四 ＊黄白《こうはく》　金と銀。金銭のこと。
＊陶朱《とうしゅ》の富《とみ》　陶朱は越王勾践《えつおうこうせん》の賢臣范蠡《けんしんはんれい》の別名で、猪頓《ちょとん》とともに有名な富豪《ふごう》。巨万《きょまん》の富をいう。

羅生門

三六 ＊下人《げにん》　身分の低い者。
＊羅生門《らしょうもん》　平安京《へいあんきょう》（京都）中央大通り朱雀大路《すざくおおじ》の南端にあった門。現在、東寺《とうじ》の西に羅《らじ》城門址《ようもんし》がある。
＊蟋蟀《きりぎりす》　平安朝以降の古称で、蟋蟀《こおろぎ》のことをきりぎりすと呼んだ。「きりぐ〳〵す」は芥川自身のルビ。
＊市女笠《いちめがさ》　すげで編んだ漆塗《うるしぬ》りの中高の笠。もとは市で物を売る女がかぶったが、平安中期以後は上流婦人の外出用となった。
＊揉烏帽子《もみえぼし》　三角形の、柔らかにもんで皺《しわ》がある烏帽子。
＊旧記《きゅうき》　古い記録。素材となった「今昔《こんじゃく》物語」などをさすのであろうが、この部分については「方丈記《ほうじょうき》」に出ている。

三七 ＊襖《あお》　あわせのこと。綿《わた》を入れたものもあった。

三八　＊Sentimentalisme　サンチマンタリスム（仏）。感傷癖。感傷主義。
＊申《さる》の刻下《こくさが》り　午後四時過ぎ。
＊嚔《くさめ》　くしゃみ。
三九　＊山吹《やまぶき》の汗衫《かざみ》　汗を吸い取るための黄色の単衣《ひとえ》。
＊聖柄《ひじりづか》　鮫皮《さめがわ》をつけず、木地《きじ》のままの刀剣《とうけん》の柄《つか》。
四〇　＊檜皮色《ひわだいろ》　赤紫の黒みがかった色。
四一　＊頭身《とうしん》の毛も太る　ぞっとすること。「今昔物語」巻二十四第二十にある。
四二　＊弩《いしゆみ》　古代中国で、ばねじかけで射たといわれる大弓。
四三　＊検非違使《けびいし》　洛中《らくちゅう》の犯罪《はんざい》をとりしまり、秩序《ちつじょ》の維持《いじ》をつかさどった職。
四四　＊髪《かみ》を抜《ぬ》いた女　この話は「今昔物語」巻二十九第十八と巻三十一第三十一にある。
＊太刀帯《たてわき》　「たちはき」とも。東宮坊警固《とうぐうぼうけいご》の武士《ぶし》。舎人《とねり》の中から武芸にすぐれた者三十名を選び、刀を持たせたもの。「陣《じん》」とはその詰所《つめしょ》。
四六　＊黒洞々《こくとうとう》たる　奥深く暗い様子。ほら穴のように暗黒な。

鼻

四七　＊禅智内供《ぜんちないぐ》　民部少輔行光《みんぶのしょうゆうゆきみつ》の子。内供は内供奉僧《ないぐぶそう》の略《りゃく》。広く高徳の僧《そう》十人を選び、宮中の内道場に奉仕《ほうし》させて天皇《てんのう》の健康などを祈《いの》る読経《どきょう》をさせた。作品の典拠は「今昔物語」巻二十八第二十。「宇治拾遺物語《うじしゅういものがたり》」巻二第七にもある。
＊池《いけ》の尾《お》　京都府宇治《うじ》郡にある地名。

*鋺《かなまり》　金属製のおわん。
四九 *内典外典《ないてんげてん》　内典は仏教の教典。外典はそれ以外の一般書《いっぱんしょ》。
*目連《もくれん》　釈迦《しゃか》の高弟子の一人。神通《じんつう》第一。
*舎利弗《しゃりほつ》　釈迦の高弟子《でし》の一人。知恵第一。
五〇 *馬鳴《めみょう》　竜樹《りゅうじゅ》と同じころの西インドの仏教《ぶっきょう》理論家。大乗《だいじょう》仏教の発展につとめた。
*震旦《しんたん》　中国。
*長楽寺《ちょうらくじ》　京都市《きょうとし》東山区円山《ひがしやまくまるやま》公園の上にある。
五一 *折敷《おしき》　四方に折りまわした縁《ふち》をつけたへぎ（杉《すぎ》や檜《ひのき》のごく薄《うす》い板）製の角盆《ぼん》。食器をのせる。
五六 *法慳貪《ほうけんどん》　法典に対して無慈悲《むじひ》なこと。法術を容易に他へ伝授《でんじゅ》しないこと。
*風鐸《ふうたく》　塔《とう》などの軒《のき》の四隅《すみ》につり下げる小さい鐘《かね》。

孤独地獄

五八 *大通《だいつう》　遊芸《ゆうげい》に精通《せいつう》した大趣味《しゅみ》人。
*柳下亭種員《りゅうかていたねかず》　文化《ぶんか》四年―安政《あんせい》五年（一八〇七―一八五八）。合巻作者。柳亭種彦《りゅうていたねひこ》の門人《もんじん》。
*善哉庵永機《ぜんざいあんえいき》　文政《ぶんせい》五年―明治二十六年（一八二二―一八九三）。幕末《ばくまつ》の俳人《はいじん》。芭蕉《ばしょう》全集を編《あ》んだ。
*冬映《とうえい》　同じく幕末の俳人。
*宇治紫文《うじしぶん》　一中節《いっちゅうぶし》宇治派家元《いえもと》。ここは一世《せい》紫文（寛政《かんせい》三年―安政五年　一七九一―一

八五八）をさすか。
＊都千中《みやこせんちゅう》　一中節六代目、通称《つうしょう》大野万太。都姓《せい》は一中節家元の姓。天保《てんぽう》五年（一八三四）没《ぼっ》。
＊乾坤坊良斎《けんこんぼうりょうさい》　通称海沢良助《りょうすけ》。幕末の落語家、講談師。
五九　＊燈籠時分《とうろうじぶん》　吉原仲之町《よしわらなかのちょう》で陰暦《いんれき》七月一日から晦日《みそか》まで茶屋に燈籠をさげる。
＊太鼓《たいこ》医者　医者の風体《ふうてい》をしている太鼓もち。
六一　＊根本地獄《こんぽんじごく》　地獄の中心。八大地獄・八寒地獄をいう。
＊近辺《きんぺん》地獄　根本地獄におのおの十六ずつある副《ふく》地獄。
六二　＊金剛経《こんごうきょう》の疏抄《そしょう》　金剛般若《はんにゃ》波《は》羅《ら》蜜多《みた》経の略称。禅宗《ぜんしゅう》でもっぱら日常読誦《どくじゅ》する。疏抄は解釈した抄本。
＊下総《しもうさ》の寒川《さむかわ》　千葉県千葉市寒川。

父

六三　＊中学の四年生　芥川《あくたがわ》は明治四十一年東京府立第三中学校（現都立両国《りょうごく》高校）第四学年に在学したが、日光《にっこう》へ修学旅行したのは翌《よく》四十二年十月二十六日―二十八日である。
＊被服廠《ひふくしょう》　陸軍省の工場。陸軍用の衣服などを製造した。当時本所《ほんじょ》区横網《よこあみ》町にあった。
＊割引の電車　市電の始発から一時間の間、運賃を早朝割引した。
六四　＊能勢《のせ》五十雄《いそお》　芥川と小学校および中学校同窓《どうそう》の実在した人物。
＊同じ小学校　本所元町の江東《こうとう》小学校。

六五 ＊ちゃくいぜ　ずるいよ。

六七 ＊チョイス　チョイス・リーダー（Choice Reader）。当時一般に使用された英語教科書。

＊カロロ五世　一五〇〇年―一五五八年。スペイン王カルロス一世（一五一六―一五五六在位）、ドイツ（神聖ローマ）皇帝《こうてい》（一五一九―一五五六在位）ともなり、カール五世 Karl V と称《しょう》す。

＊球竿《きゅうかん》　長さ一・五メートルほどの細い棒《ぼう》の両端《りょうたん》に木球をつけた体操用具。

＊パンチ　英国の絵入り雑誌の名（Punch）から。諷刺《ふうし》的な滑稽《こっけい》な絵。ポンチ絵とも。

六八 ＊日かげ町　日影町。港区新橋四丁目あたりにあった町名。古着屋が多かった。

野呂松人形

七一 ＊野呂松《のろま》人形　江戸《えど》の人形師野呂松勘兵衛《のろまつかんべえ》が金平浄瑠璃《きんぴらじょうるり》の和泉太夫《いずみだゆう》座で間狂言《あいきょうげん》として寛文《かんぶん》年間（一六六一―一六七三）に使いだした奇怪《きかい》な容貌《ようぼう》の道化《どうけ》人形。幕末《ばくまつ》には金持のお座敷《ざしき》芸になり、明治に入り少数の人々に伝承《でんしょう》されていたが現在は全く消滅《しょうめつ》し、佐渡《さど》の人形浄瑠璃の中に混同《こんどう》された形がわずかに残存している。

＊世事談《せじだん》「本朝《ほんちょう》世事談綺《き》」。別名「近世世事談」。菊岡沾涼《きくおかてんりょう》著。享保《きょうほう》十九年（一七三四）刊。江戸時代の民間常用物の起源《きげん》を列挙《れっきょ》したもの。

七四 ＊長袖《ながそで》　長い袖の衣服を着た人をあざけっていう称《しょう》。公卿《くげ》・医者・僧侶《そうりょ》・学者など。

＊間狂言《あいきょうげん》　能の演奏《えんそう》に、シテ・ワキ・ツレ・子方《こかた》などのほか、狂言師の登場すること。

七五 ＊soliloque　ソリロオク（仏）。ひとりごと。独白《どくはく》。

＊Hissarlik　ヒサアルリク。ギリシアのトロイの遺跡《いせき》が発掘《はつくつ》される以前、そのあたりは、ヒサアルリクの丘《おか》と呼ばれていた。

芋　粥

七七 ＊元慶《がんぎよう》　八七七年―八八四年。陽成天皇《ようぜいてんのう》の御代《みよ》。

＊仁和《にんな》　八八五年―八八八年。光孝《こうこう》・宇多《うだ》天皇の御代。

＊五位《ごい》　位階《いかい》の一。昇殿《しようでん》を許《ゆる》された者の最下位。

＊旧記《きゆうき》　素材《そざい》となった「今昔物語」巻二十六第十七、または「宇治拾遺《うじしゆうい》物語」巻一第十八をさす。

七九 ＊興言利口《きようげんりこう》　人々を笑わせたり、感動させたりする即興《そつきよう》の話術。「古今著聞集《ここんちよもんじゆう》」に例話がみえる。

＊篠枝《ささえ》　竹の筒《つつ》で作り、酒を入れる器《うつわ》。

八一 ＊神泉苑《しんせんえん》　二条城《にじようじよう》の南にあった東西二町・南北四町の御苑《ぎよえん》。

＊こまつぶり　こまの古称《こしよう》。

八三 ＊臨時《りんじ》の客　一月二日の大臣家の大饗《だいきよう》。

＊第《だい》　邸宅《ていたく》。

八四 ＊二宮《にぐう》の大饗《だいきよう》　二宮とは、東宮《とうぐう》、中宮《ちゆうぐう》。旧暦《きゆうれき》一月二日に行なわれた大饗の一。

＊取食《とりば》み　饗宴《きようえん》の残物《ざんぶつ》を乞食《こじき》などに投げ与《あた》えること。

＊恪勤《かくごん》　院《いん》・摂関《せっかん》・大臣家に仕える侍《さむらい》。

八六 *朔北《さくほく》 北方の地。利仁《としひと》は多く敦賀《つるが》に住んでいた。
八七 *行縢《むかばき》 乗馬の際草木の露《つゆ》を防ぐために腰《こし》より下を覆《おお》うもの。鹿《しか》・熊《くま》・虎《とら》などの毛皮で作る。片皮《かたがわ》は片方。
*打出《うちで》の太刀《たち》 金銀を延《の》べて飾《かざ》った太刀。
八八 *舎人《とねり》 天皇・皇族および貴人に近侍《きんじ》する雑役《ざつえき》。
八九 *関山《せきやま》 逢坂山《おうさかやま》。
*三井寺《みいでら》 大津《おおつ》市にある園城寺《おんじょうじ》の俗称《ぞくしょう》。
九一 *壺胡籙《つぼやなぐい》 矢を容《い》れて背《せ》に負う筒形《つつがた》の具《ぐ》。
九三 *巳時《みのとき》 午前十時ごろ。
*高島《たかしま》 滋賀《しが》県高島郡高島町。三井寺から約七里《り》、敦賀から約十里。
*広量《こうりょう》 頼《たよ》りない。「今昔物語」などにでてくる用語。
九五 *破籠《わりご》 白木《しらき》で作り、内部を仕切り、かぶせ蓋《ぶた》をした弁当箱。
九六 *戌時《いぬのとき》 午後八時ごろ。
九六 *曹司《ぞうし》 官吏《かんり》や女官《にょかん》の用部屋。
九八 *卯時《うのとき》 午前六時ごろ。
一〇〇 *あまずらみせん 甘葛《あまくず》を煎《せん》じた汁《しる》。

手巾

一〇四 *長谷川謹造《はせがわきんぞう》 モデルは新渡戸稲造《にとべいなぞう》(文久《ぶんきゅう》二年―昭和八年 一八六二―一九三三)。外国語学校、札幌《さっぽろ》農学校を卒業後、明治十七年アメリカへ留学、三年後さらにドイツへ留学。帰朝後、札幌農学校、京都大学、東京大学などの教授を歴任。キリスト教信者で国際平和を主張し、しかも愛国心が強く、著書《ちょしょ》の一つに英文の「武士道《ぶしどう》」がある。マリ子夫人は留学中に結婚《けっこん》したアメリカ人で子がなかった。

＊ストリントベルクの作劇術《ドラマトゥルギイ》 A. Strindberg（一八四九―一九一二）は、スエーデンの作家。芥川は非常に愛読し影響《えいきょう》を受けた。"Dramaturgie"（一九〇七―一九一〇）は随想風《ずいそうふう》に書かれた演劇論《えんげきろん》。

＊オスカア・ワイルドのデ・プロフンディスとか、インテンションズ　オスカー・ワイルド（Oscar Wilde 一八五六―一九〇〇）はイギリスにおける十九世紀末耽美《たんび》主義の代表作家。著書「獄中記《ごくちゅうき》」（"De Profundis"一九〇五）、「芸術的意想《いそう》」（"Intentions"一八九一）。

二三　＊今のカイゼルのおとうさんに当る、ウィルヘルム第一世が、崩御《ほうぎょ》された　一八八八年、ドイツ皇帝《こうてい》ヴィルヘルム一世（Wilhelm I）の死去《しきょ》後その子フリードリッヒ三世が即《そく》位《い》したが九十九日間の治世《ちせい》で終り、その子すなわちヴィルヘルム一世の孫《まご》のヴィルヘルム二世（Wilhelm II　一八八二年―一九一八年在位、一九四一年没《ぼつ》）が即位した。このヴィルヘルム二世が「今のカイゼル」であるから「おとうさんに当る、ウィルヘルム第一世」とあるのはまちがい。あとで「おじいさまの陛下《へいか》」とあるように、彼の祖父に当る。

二七　＊ハイベルク夫人　Frau Heiberg　デンマークの抒情《じょじょう》詩人ヨハン・ルドビッヒ・ハイベ

ルク（一七九一―一八六〇）の夫人か。未詳《みしょう》。
＊臭味《メッツヘン》 エミール・シェリングのドイツ訳《やく》（一九一一年出版）には Mätzchen とある。

煙草と悪魔

一二八 ＊たばこの法度銭法度《はっとぜにはっと》 幕府《ばくふ》によるたばこの禁止令と流通貨幣《かへい》の制定。
＊伴天連《ばてれん》 Padre（ポルトガル語）。神父《しんぷ》。
＊フランシス上人《しょうにん》 Francis Xavier 一五〇一年―一五二五年。スペイン・ジェスイット会の宣教師《せんきょうし》。一五四九年、日本にはじめてキリスト教を伝えた。
＊パアテル Pater（ラテン語）。神父。
一二九 ＊アナトオル・フランスの書いた物 「司祭の木犀草《ルレゼダ・ジュ・キュレ》」。
＊伊留満《いるまん》 irmão（ポルトガル語）。宣教師の位《くらい》。神父の次。
＊正物《しょうぶつ》 ほんもの。
＊阿媽港《あまかは》 中国広東省《カントンしょう》の港。いまのマカオ。当時、ポルトガル商人居留地《きょりゅうち》。
一三〇 ＊波羅葦僧《はらいそ》 Paraiso（ポルトガル語）。天国。
一三一 ＊聖保羅《さんぽおろ》 Saint Paul ロンドン市内にあるキリスト教寺院《じいん》。
一三三 ＊掌《てのひら》に肉豆《まめ》がないので トルストイの「イワンのばか」による。イワンの、耳のわるい妹は、食物をもらいに来る者のうち、手にまめのないのは怠《なま》け者だといって追いかえす。
一三四 ＊珍陀《ちんだ》の酒《さけ》 赤ぶどう酒。「珍陀（tinto）」は、ポルトガル語で「赤」。

一二六　＊波羅葦僧垤利阿利《はらいそてれある》　Paraiso terral（ポルトガル語）。地上の楽園。
＊じゃぼ　Diabo（ポルトガル語）。悪魔《あくま》。
一二七　＊波宇寸低茂《はうすちも》　baptismo（ポルトガル語）。洗礼《せんれい》。
＊因辺留濃《いんへるの》　inferno（ポルトガル語）。地獄《じごく》。
一二八　＊毘留善麻利耶《びるぜんまりや》　Virgen Maria（ポルトガル語）。処女《しょじょ》マリア（聖母《せいぼ》マリアのこと）。
＊泥烏須《でうす》　Deus（ラテン語）。神。
一二九　＊ペンタグラマ　Pentagrāma（ポルトガル語）。☆の星型。魔よけのまじない。
＊南蛮寺《なんばんじ》　織田信長《おだのぶなが》の許可《きょか》によって天正《てんしょう》四年（一五七六）、京都にたてられたキリスト教会堂。
＊松永弾正《まつながだんじょう》　松永久秀《ひさひで》。永正《えいしょう》七年—天正五年（一五一〇—一五七七）。はじめ三好長慶《みよしながよし》に仕え、その死後長慶の子義興《よしおき》を毒殺《どくさつ》、のち、足利将軍義輝《あしかがしょうぐんよしてる》を自殺させ、信長にくだったが、天正五年そむいて殺された。
＊果心居士《かしんこじ》　別号因果《いんが》居士。生年不詳《ふしょう》—元和《げんな》三年（?—一六一七）。茶道《さどう》の名人《めいじん》で、風雅《ふうが》の道にすぐれていた。

煙管

一三一　＊前田斉広《まえだなりひろ》　前田家十一代の藩主《はんしゅ》。
＊大廊下詰《おおろうかづめ》　大廊下は江戸城本丸《えどじょうほんまる》の座敷《ざしき》の名。上下に分れ、上の部屋には、将軍の親族三家三卿《きょう》、下の部屋には、加賀《かが》前田、越前松平《えちぜんまつだいら》、因幡池田《いなばいけだ》、美作《みまさか》松平など大諸侯《だいしょこう》が詰《つ》

めた。

一三三　＊御数寄屋坊主《おすきやぼうず》　江戸幕府の職名。若年寄《わかどしより》の所管《しょかん》に属し、茶礼《ちゃれい》・茶器をつかさどる。二十俵《びょう》二人扶持《ぶち》。

＊rôle　ロオル（仏）。俳優の役割。

一三四　＊駄六《だろく》　愚人《ぐじん》、ろくでなし。ここでは駄物《だぶつ》。

一三五　＊西王母《せいおうぼ》　仙女。もとは中国神話上で、人面・虎歯・豹尾の女神。

一三六　＊うすいも　うすあばた。

一三八　＊本郷《ほんごう》の屋敷《やしき》　前田家の江戸屋敷は、本郷の現在の東京大学の場所にあった。

＊賀節朔望《がせつさくぼう》　祝日と一日と十五日。

＊運上《うんじょう》　江戸時代の雑税《ざつぜい》の一。商・工・鉱等の各種営業に対して課《か》された。

一四一　＊八朔《はっさく》の登城《とじょう》　陰暦《いんれき》八月朔日《さくじつ》（一日）の称《しょう》。天正十八年のこの日、徳川家康《いえやす》が江戸にはじめて入城をしたので特別な祝日とし、大小名および直参《じきさん》の諸侯《しょこう》白帷子《しろかたびら》を着て登城し、祝詞《しゅくじ》を申し上げた。

一四四　＊斉泰《なりやす》　文化八年—明治十七年（一八一一—一八八四）。斉広の嫡男《ちゃくなん》。

＊慶寧《よしやす》　天保《てんぽう》元年—明治七年（一八三〇—一八七四）。斉泰の嫡男。

MENSURA ZOILI

一四五　＊MENSURA ZOILI　ゾイリア価値測定器。芥川の造語。MENSURAはラテン語で、はかり。メンスラ・ゾイリ。

＊木下杢太郎《きのしたもくたろう》　明治十八年―昭和二十年（一八八五―一九四五）。東大医学部卒。東大医学部教授、詩人、劇作家。本名太田正雄《おおたまさお》。

一四七　＊ZOILIA　架空《かくう》の国。ギリシアの批評家 Zoilusにちなんで、嫉妬《しっと》深い酷評家《こくひょうか》をZoileという。ゾイリア共和国とはそれをふまえている。

一四八　＊パラス・アテネ　Pallas Athene　学問・知恵などを司《つかさど》るギリシアの女神《めがみ》。

一五〇　＊久米《くめ》　久米正雄《まさお》。明治二十四年―昭和二十七年（一八九一―一九五二）。小説家、戯曲《ぎきょく》家。東大在学中、芥川、菊池寛《きくちかん》、松岡譲《まつおかゆずる》らと第三次、第四次「新思潮《しんしちょう》」を発刊。

＊「銀貨」　大正五年十一月「新潮」に発表。商業雑誌にのせた最初の作品。あまり好評ではなかった。

一五一　＊「煙管《きせる》」　大正五年十一月「新小説」に発表。

一五二　＊Vox populi, vox Dei　ラテン語。民《たみ》の声は神の声なり。

一五三　＊St. John Ervine　セント・ジョン・アーヴィン、一八八三年―一九七一年。アイルランドの劇作家、小説家。

＊The Critics　「批評家」。戯曲集 Four Irish Plays（一九一四年）に所収。

運

一五五　＊鳥羽僧正《とばそうじょう》　天喜《てんき》元年―保延《ほうえん》六年（一〇五三―一一四〇）。源隆国《みなもとたかくに》の子。大僧正まで昇《のぼ》ったが、大和絵《やまとえ》をよくし特に戯画《ぎが》をもって知られる。鳥獣《ちょうじゅう》戯画・信貴山縁起《しぎさんえんぎ》は彼の作というが疑わしい。

一五七＊西の市《いち》　朱雀大路《すざくおおじ》の七条辺。東の市と並んで三十三種の品物の専門店があり、月の後半、正午から日暮《ひぐれ》まで開かれた。
一五八＊白朱社《はくしゆしや》　近江《おうみ》の白鬚社《しらひげしや》か。
一六三＊放免《ほうめん》　検非違使《けびいし》庁の下役人。放免された罪人《ざいにん》が罪人の追捕《ついほ》や護送《ごそう》役をした。
一六四＊経営　接待《せったい》。
一六五＊白丁《はくちよう》　白色の狩衣《かりぎぬ》をきた雑役《ざつえき》。
＊看督長《かどのおさ》　検非違使《けびいし》の下に属する官。追捕・牢獄《ろうごく》のことをつかさどった者。
＊実録《じつろく》　盗品《とうひん》の実体を記録すること。

尾形了斎覚え書

一六八＊覚え書《がき》　ここでは取調べに当って書いた参考人の供述書《きようじゆつしよ》の意。尾形了斎《おがたりようさい》については未詳《みしよう》。架空《かくう》の人物か。この作品の形式には鷗外《おうがい》の「興津弥五右衛門《おきつやごえもん》の遺書《いしよ》」の影響《えいきよう》がある。
＊検脈《けんみやく》　患者《かんじや》の脈を調べること。診察《しんさつ》。
＊泥烏須如来《でうすにょらい》　デウスのこと。キリシタン教義《きようぎ》を説《と》くのに、多くの仏教用語《ぶつきようようご》が巧《たく》みに取り入れられた。
一六九＊村払《むらはら》い　江戸時代、その居住《きよじゆう》の村より放逐《ほうちく》する刑《けい》。
一七〇＊卯時《うのとき》　午前六時ごろ。
一七一＊傷寒《しようかん》　重い熱病。今のチフスの類《たぐい》。

＊煎薬三貼《せんやくさんじょう》　貼は、のり・紙などを数えるに用いる語であるが、ここは、煎じ薬を三包みという意か。

一七三 ＊未時下《ひつじどきさが》り　午後二時過ぎ。

＊巳《み》の上刻《じょうこく》　午前十時半ごろ。

＊辰《たつ》の下刻《げこく》　午前九時過ぎ。

一七三 ＊懺悔《こいさん》　Confissão（ポルトガル語）。キリシタンが神父に自己の罪《つみ》を告白すること。

＊瘴気《しょうき》　熱病を起させる山川《やまかわ》の悪気。山川の毒気《どくけ》。

日光小品

一七七 ＊I have……　英訳「猟人日記《りょうじんにつき》」中の句か。俺《おれ》はお前と何のかかわりもない、の意。

一七九 ＊足尾《あしお》　栃木県上都賀郡《とちぎけんかみつが》足尾町の銅精錬所《どうせいれんじょ》。

一八〇 ＊和田《わだ》さん　和田三造《さんぞう》。明治から大正にかけての代表的洋画家。帝展審査員《ていてんしんさいん》。

一八一 ＊イラショナル　irrational（英）。不合理な。

＊こまい　壁下地にわたした竹。

＊ピーター・クロポトキン　Peter Alexeivitch Kropotkin　一八四二年―一九二一年。ロシアの無政府主義者。この句は「青年に訴《うった》う」にある。

一八二 ＊真を描《えが》く　自然主義の主張。

＊「形ばかりの世界」　自然主義者田山花袋《たやまかたい》の主張した平面描写論《びょうしゃろん》をさす。

＊排技巧《はいぎこう》と言い無結構《むけっこう》と言う　ともに自然主義文学の主張。

大川の水

一四 ＊大川端《おおかわばた》 大川は隅田川の異称《いしょう》。吾妻橋から下流の右岸一帯を大川端と呼ぶ。芥川は明治二十五年、中央区入船《いりふね》町の新原《にいはら》家で生まれたが、生後九か月ごろ母の実家である芥川家にあずけられ、十二歳の時に正式に養子となり、府立第三中学校を卒業した。明治四十三年（十八歳）までそこに住んだ。

＊百本杭《ぐい》 墨田《すみだ》区横網にのぞむ一帯の旧俗称《きゅうぞくしょう》。

一六 ＊ダンヌンチョ G. D'Annunzio 一八六三年—一九三八年。イタリアの作家。世紀末耽《たん》美派《びは》。

一七 ＊班女《はんじょ》 父をたずねに出たわが子梅若《うめわか》をたずねてはるばる東国にやって来た都の女班女の前が、隅田川原で梅若が人買いに殺されたことを聞いて狂乱《きょうらん》する。謡曲《ようきょく》「班女」「隅田川」、浄瑠璃《じょうるり》「角田《すみだ》川」「双生《そうせい》隅田川」などに見える。

＊シュチンムング Stimmung（独）。ふんいき。情緒《じょうちょ》。

＊十六夜清心《いざよいせいしん》が身をなげた時 河竹黙阿弥《かわたけもくあみ》作「花街模様薊色縫《さともようあざみのいろぬい》」（安政《あんせい》六年〈一八五九〉）。

＊源之丞《げんのじょう》が……見そめた時 河竹黙阿弥作「夢結蝶鳥追《ゆめむすぶちょうにとりおい》」（安政三年）。

＊鋳掛屋《いかけや》松五郎 河竹黙阿弥作「船打込橋間白波《ふねにうちこむはしまのしらなみ》」（慶応《けいおう》二年〈一八六六〉）。

＊猪牙船《ちょきぶね》 細長い小舟。隅田川の遊船にも用いられた。

一八 ＊ホフマンスタアル Hofmannsthal 一八七四年—一九二九年。オーストリアの作家。新ロマン派。"Erlebnis"（見聞《けんぶん》 一八九二年）は十八歳の時の作で、夕暮《ゆうぐれ》の自然の中に

一八九　＊ライフライク　life like（英）。生きているような。真にせまる。
死と生とを思う象徴的《しょうちょうてき》な詩。

葬儀記

一九二　＊葬儀記《そうぎき》　夏目《なつめ》漱石《そうせき》の葬式《そうしき》の記。漱石は、大正五年十二月九日胃潰瘍《いかいよう》のため死去《しきょ》。十日東大で解剖《かいぼう》。十二日午前十時、青山斎場《あおやまさいじょう》で葬式を行ない、落合《おちあい》火葬場で荼毘《だび》に付《ふ》した。芥川は大正四年十二月以来漱石に師事《しじ》し、その愛顧《あいこ》を蒙《こうむ》った。
＊奥《おく》さん　漱石夫人鏡子《きょうこ》。明治十年―昭和四十年（一八七七―一九六五）。
＊和辻《わつじ》さん　和辻哲郎《てつろう》。明治二十二年―昭和三十五年（一八八九―一九六〇）。倫理学者。
＊岡田《おかだ》君　林原耕三《はやしばらこうぞう》（旧姓岡田）。東大で芥川と同級。早くから漱石に師事、芥川を漱石に紹介した。
一九三　＊松根《まつね》さん　松根東洋城《とうようじょう》。明治十一年―昭和四十一年（一八七八―一九六六）。本名豊次《とよじ》郎《ろう》。「ホトトギス」の俳人《はいじん》。
一九四　＊曲禄《きょくろく》　法式の際、僧の用いる椅子《いす》。
＊森田《もりた》さん　森田草平《そうへい》。明治十四年―昭和二十四年（一八八一―一九四九）。小説家。
＊鈴木《すずき》さん　鈴木三重吉《みえきち》。明治十五年―昭和十一年（一八八二―一九三六）。小説家。「赤い鳥」を創刊した。
＊安倍《あべ》さん　安倍能成《よししげ》。明治十六年―昭和四十一年（一八八三―一九六六）。カント学者。自然主義批判の評論家としても活躍。

一九五 *赤木《あかぎ》君　赤木桁平《こうへい》。明治二十四年—昭和二十四年（一八九一—一九四九）。評論家。

*松浦《まつうら》君　松浦嘉一《かいち》。明治二十四年—昭和四十二年（一八九一—一九六七）。英文学者。

*江口《えぐち》君　江口渙《かん》。明治二十年—昭和五十年（一八八七—一九七五）。作家。

*岡《おか》君　岡栄一郎《えいいちろう》。明治二十三年—昭和四十一年（一八九〇—一九六六）。作家。

*朝日新聞社　漱石は明治四十年四月朝日新聞社に入社。この時朝日新聞に「明暗《めいあん》」を連載《れんさい》中。

*小宮《こみや》さん　小宮豊隆《とよたか》。明治十七年—昭和四十年（一八八四—一九六五）。評論家、独文学者。

*野上《のがみ》さん　野上豊一郎《とよいちろう》。明治十六年—昭和二十五年（一八八三—一九五〇）。英文学者。

*宮崎虎之助《みやざきとらのすけ》　宗教家。明治三十六年ごろ、宗教的自覚に達し、第一予言者は仏陀《ぶっだ》、第二予言者はキリスト、第三予言者は自分だと称《しょう》し小石川白山《はくさん》神社付近に自由教団《きょうだん》を設けて毎日説教に従事。大正初年、われはメシヤなりというたすきをかけて歩き世人の注目を引いた。

一九六 *宗演《そうえん》老師　釈《しゃく》宗演。安政六年—大正八年（一八五九—一九一九）。明治の有名な禅僧《ぜんそう》。円覚寺《えんかくじ》の管長。明治二十七年漱石はこの人のもとに参禅したことがある。

一九七 *伸六《しんろく》さん　夏目伸六。明治四十一年—昭和五十年（一九〇八—一九七五）。漱石の次男《じなん》。

*後藤末雄《ごとうすえお》　明治十九年—昭和四十二年（一八八六—一九六七）。小説家。仏文学者。

*村田先生　一高教授。

一九八 *松浦《まつうら》先生　松浦一《はじめ》。明治十四年—昭和四十一年（一八八一—一九六六）。英文学者。

*天とう　点湯《てんとう》。寺などで仏前または人に給する湯。

解説

芥川龍之介――人と作品

吉田《よしだ》　精一《せいいち》

一閃《いっせん》の火花《ひばな》　芥川龍之介《あくたがわりゅうのすけ》は、明治開化期《かいかき》ものの名作「舞踏会《ぶとうかい》」の中で、フランスの海軍将校《しょうこう》をして「私は花火のことを考えていたのです。我々《われわれ》の生《ヴィ》のような花火のことを」といわせている。またキリシタンものの傑作《けっさく》「奉教人《ほうきょうにん》の死《し》」のなかでは、「なべて人の世の尊《たっと》さは、何ものにも換《か》え難《がた》い、刹那《せつな》の感動に極《きわま》るものじゃ……」と説《と》いている。

彼《かれ》の死後、遺稿《いこう》として発表された「或阿呆《あるあほう》の一生《いっしょう》」には、青年期の彼の見た雨中《うちゅう》の漏電《ろうでん》を叙《じょ》して、「架空線《かくうせん》は不相変《あいかわらず》鋭い火花を放っていた。彼は人生を見渡《わた》しても何も欲しいものはなかった。この紫色《むらさきいろ》の火花だけは、――凄《すさ》まじい空中の火花だけは命と取り換えてもつかまえたかった」と歎声《たんせい》を発しさせている。

このように、なんどもくり返して作品にあらわれる、はかなく美しい一瞬《いっしゅん》の輝《かがや》きに対するあこがれは、龍之介の人間と芸術の宿命《しゅくめい》を語りあかしているといえそうである。

龍之介には、人生の最高の価値は、刹那《せつな》の感動にあると考えられた。生命力の爆発《ばくはつ》的な高まりは、あらゆる思弁《しべん》を絶し、灰色の懐疑《かいぎ》からも解《と》き放《はな》たれるがゆえに、もっとも純粋《じゅんすい》なものと思われた。人生はおおむね退屈《たいくつ》であり、俗悪《ぞくあく》である。といって、人生から逃《のが》れようとすることは所詮《しょせん》はかない望みかもしれない。しかし、花火のように、水の泡《あわ》にうつった月光のように、たとえ一瞬の輝きののちに消え去ろうとも、そうした感動の前には、営々《えいえい》としてつづく残りの人生は、色あせて見えるではないか。芥川はこのように、われわれに語りかけている。

河　童　の　絵

芸術至上《しじょう》の世界　江戸《えど》時代の大作家滝沢馬琴《たきざわばきん》を主人公とした「戯作三昧《げさくざんまい》」では、芥川は馬琴に託《たく》して自身を語っているが、そのなかに、馬琴が、身内からわきおこる何ものかに励《はげ》まされて、恍惚《こうこつ》とした創作三昧の世界に没入《ぼつにゅう》していくくだりがある。

この時彼の王者のような眼《め》に映《うつ》っていたものは、利害《りがい》でもなければ、愛情でもない。まして毀誉《きよ》に煩《わずら》わされる心などは、とうに眼底《がんてい》を払《はら》って消えてしまった。あるのは、唯《ただ》不可思議な悦《よろこ》びである。あるいは恍惚《こうこつ》たる悲壮《ひそう》の感激《かんげき》である。この感激を知らないものに、どうして戯《げ》作《さく》三昧《ざんまい》の心境《しんきょう》が味到《みとう》されよう。どうして戯作者の厳《おごそ》かな魂《たましい》が理解されよう。ここにこそ、『人生』は、あらゆるその残滓《ざんし》を洗《あら》って、まるで新しい鉱石《こうせき》のように、美しく作者の前に輝《かがや》いているではないか。……

これはまさしく芸術至上《しじょう》の世界である。龍之介の人生への態度も、芸術への身構《みがま》えも、結局は楯《たて》の両面であった。「人生は一行のボオドレエルにも若《し》かない」という彼の警句《けいく》は、みすぼらしい平凡《へいぼん》な人生をこえる、芸術の永遠の美しさ、一行の詩句に圧《あっ》搾《さく》した芸術の価値を宣言《せんげん》したものであろう。少なくとも芥川にとって、芸術は実人生以上であった。この信条《しんじょう》に生き、この信条に殉《じゅん》じたのが、芥川の一生であった。そして、芥川の作品は、いわば「ボオドレエルの一行」的なものをめざし、バルザックやトルストイ等の大作のように、ゆるぎなく巨大《きょだい》な建築を志向《しこう》しようとしなかった。鋭《するど》く美しいが、一瞬《いっしゅん》の輝きにすべてをこめる閃光《せんこう》が、彼の芸術の生命であった。

出生《しゅっしょう》と環境《かんきょう》　芥川龍之介の生涯《しょうがい》や性格を決定した事情は、彼の出生にはじまっている。龍之介は明治二十五年（一八九二）三月一日、東京市京橋区《きょうばしく》（現在の中央区）入《いり》船《ふね》町に、新原敏三《にいはらとしぞう》の長男として生まれた。出生してまもなく母が発狂《はっきょう》したため、母の実家《じっか》である本所《ほんじょ》区（現在の墨田《すみだ》区）小泉《こいずみ》町の芥川家に養《やしな》われ、のち正式に養子となって芥川姓《せい》を名のることになった。母の発狂は、晩年《ばんねん》の龍之介に、その遺伝《いでん》についてふかいおそれを感じさせ、ついに自殺にみちびいた理由の一つであったし、芥川家の家風《かふう》は、彼の趣《しゅ》味《み》や性癖《せいへき》に、一つの方向づけを与えたのである。

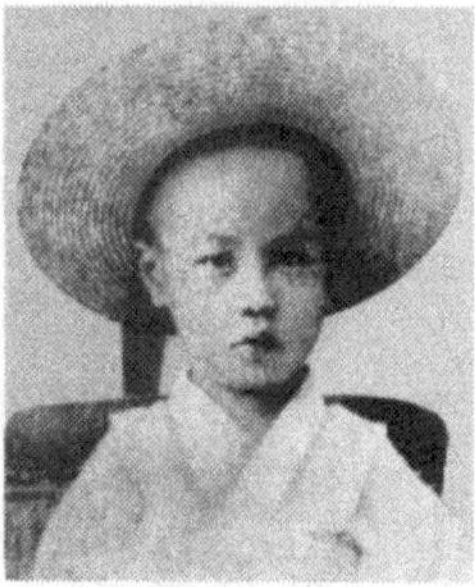

幼年時代の芥川と実母フク

芥川家は代々大奥《おおおく》のお坊主衆《ぼうずしゅう》として殿中《でんちゅう》につとめた由緒《ゆいしょ》ある旧家《きゅうか》であり、経済的《けいざいてき》には体裁《ていさい》をつくろうことを主とする中流下層階級《かそうかいきゅう》の生活程度《ていど》であった。養母は江戸末期の大通人《だいつうじん》、細木香以《さいきこうい》の姪《めい》にあたっていた。こういう家がらだけに、江戸の文《ぶん》人《じん》または通人的な匂《にお》いが濃《こ》く、家中がことごとく伝統的な江戸趣味をまもり、文芸にも興味をもっていた。養父は南画《なんが》を描《えが》き、また俳句《はいく》を作り、盆《ぼん》栽《さい》にこった。龍之介が早くから骨董《こっとう》を愛したり、漢詩《かんし》を好んだりしたのも、こうした環境の影響《えいきょう》である。

このような折り目正しい下町ふうの家庭に育ったため、感性《かんせい》や感覚のキメがこまかく、形式にきわめて神経質《しんけいしつ》で、繊細微妙《せんさいびみょう》なニュアンスを求めるくせが、彼《かれ》の文学上の特色となった。京伝《きょうでん》、三馬《さんば》に発し、尾崎紅葉《おざきこうよう》、斎藤緑雨《さいとうりょくう》に伝わったものを、彼もまたうけついだ。そのうえ、彼は養家ではふかく愛されたものの、やはり養子としてのひかえめな、わがままを通し得ない心境からは、生涯脱却《しょうがいだっきゃく》することができ得なかった。

彼はいつ死んでも悔《く》いないように烈《はげ》しい生活をするつもりだった。が不相変《あいかわらず》養父母や伯母《おば》に遠慮《えんりょ》がちな生活をつづけていた。それは彼の生活に明暗の両面を造り出した（或阿呆《あるあほう》の一生《いっしょう》）。

このような嘆《なげ》きが、先にのべた、いのちのもえあがりに対する希求や、鬱屈《うっくつ》した日常の愁《うれ》いを洗《あら》い去り、みすぼらしい人生を見下そうとする芸術至上《しじょう》の信念へとつながっていった。

文壇《ぶんだん》デビューと歴史小説　彼は早熟《そうじゅく》で、からだが弱く、非現実的な怪異《かいい》に興味を感じる少年だった。そして府立三中（現在の両国《りょうごく》高校）、一高、東京帝大《ていだい》英文科を通じて、秀才の名をほしいままにした。大正三年、在学中に、豊島与志雄《とよしまよしお》らと同人雑誌第三次『新思潮《しんしちょう》』を出し、翻訳《ほんやく》や処女《しょじょ》作の小説「老年《ろうねん》」および戯曲《ぎきょく》「青年《せいねん》と死《し》」などを

大正５年、東大在学中『新思潮』同人たちと
（左より、久米正雄、松岡譲、芥川、成瀬正一）

のせたが、一般《いっぱん》のみとめるところとならなかった。彼を文壇におし出した出世《しゅっせ》作は、大正五年（一九一六）に第四次『新思潮』の創刊号にのせた「鼻《はな》」だった。師夏目《なつめ》漱石《そうせき》から激賞《げきしょう》された短篇《たんぺん》で、「今《こんじ》昔物語《やくものがたり》」に題材《だいざい》をとった歴史小説である。

これより先、彼は「鼻」とほぼ同様な手法、意図《いと》をもった「羅生門《らしょうもん》」（大正四年十一月）を発表している。これらは人生の一断面をとらえて、現実をそのまま描写《びょうしゃ》する自然主義とちがい、はっきりとした主題をさだめて、理知的に人生を再構成する、新しい短篇小説の行き方を示したものである。「羅生門」においては、生きるために各人各様にもたざるを得ぬエゴイズムと、善《ぜん》にも悪にも徹底《てってい》し得ぬ不安定な人間の姿をあばき、「鼻」では、他人の不幸をよろこぶ傍観者《ぼうかんしゃ》の利己主義《りこしゅぎ》と、他人の眼《め》に映《うつ》る自分の姿に始終《しじゅう》注意をひかれて、自分を生かし得ない人間の弱さをするどくついている。

いずれにせよ人間の孤独《こどく》と、人生のわびしさが、彼《かれ》の全作品を通じて追求《ついきゅう》したものであった。しかしその手法、形式、表現、文体、材料は、前人未踏《みとう》のものがあって、くふうをこらし、人の意表《いひょう》に出ることにつとめた。初・中期には歴史に材をとったものが多いが、材源《ざいげん》は、古代、平安朝《へいあんちょう》（今昔物）、鎌倉《かまくら》、江戸《えど》（切支丹物《きりしたんもの》）、明治開化《かいか》期というように、諸《しょ》時代に出入し、風俗《ふうぞく》、調度《ちょうど》等の布置《ふち》にも苦心して、たんねんに仕上げた、スキのない作品が多い。歴史小説といっても、背景《はいけい》に歴史を借《か》りるだけで、自己の問題を主題として設定《せってい》し、古代人の心理や事蹟《じせき》に現代的解釈《かいしゃく》を加えた点で、先輩《せんぱい》森鷗外《もりおうがい》の歴史小説とははっきりとちがっている。「芋粥《いもがゆ》」「戯作三昧《げさくざんまい》」「地獄変《じごくへん》」「蜘蛛《くも》の糸《いと》」「きりしとほろ上人伝《しょうにんでん》」「山鴫《やましぎ》」「秋山図《しゅうざんず》」「藪《やぶ》の中《なか》」「お富《とみ》の貞操《ていそう》」「六《ろく》の宮《みや》の姫《ひめ》君《ぎみ》」「糸女覚《いとじょおぼ》え書《がき》」などは、前にあげた諸作とともに、彼の歴史小説中での名作あるいは佳作《かさく》である。

「彼はついに彼個有の傑作《けっさく》をもたなかった。――彼のいかなる傑作の中にも、前世紀の傑作の影《かげ》が落ちている」と堀辰雄《ほりたつお》（芥川龍之介論）はいう。彼の作品は、ことに歴史小説は、半《なか》ばは彼の学才《がくさい》の産物であった。しかしふつうの学者には不可能な、詩人のみのもつ発見の才能が、その中に多くの生活と人間とを模索《もさく》し、自家の創造物となし得たのである。材料を実人生に得ずして、書物や歴史に得たのは、必ずしもその作家の弱点とはいえない。むしろ発見の才能をたたえるべきだろう。

現代小説の諸篇《しょへん》　大正九年、現実生活に取材した「秋」に成功して以来、ようやく現実的な世界に転じ、大正十二年以後は、現代小説を多く書いたが、この方面には比較的佳作が少なく、「蜜柑《みかん》」「トロッコ」「庭《にわ》」「雛《ひな》」「一塊《いっかい》の土《つち》」などがわずかに見るべく、最晩年《さいばんねん》の一年間に至って「点鬼簿《てんきぼ》」「玄鶴山房《げんかくさんぼう》」「蜃気楼《しんきろう》」「河童《かっぱ》」「歯車《はぐるま》」などの問題作を得ている。

大正14年夏、長男比呂志と

スタイルと文章　最晩年の彼は、形式上の関心などから脱却《だっきゃく》したかに見えるが、それまでの彼は、様式の変化に苦心する点では比類《ひるい》がなかった。日本の近代文学史上、はじめてヨーロッパの短篇形式をマスターした作家、といわれたように、ショート・ストーリー、ノベレット、スケッチ、などのふつうの小説形態《けいたい》をはじめ、書簡体《しょかんたい》、教義問答《きょうぎもんどう》体、独白《どくはく》体、ノート体、論議体、考証《こうしょう》体、シナリオ体、記録体など、およそ二十種に近いスタイルを併用《へいよう》した。これほど多種多様なスタイルを使いこなした作家は彼《かれ》一人あるのみである。そのような点にも、彼がいかに新奇《しんき》を欲《ほっ》し、安易に安んじ得なかったかが立証《りっしょう》されるであろう。

文章のうえでは、現代口語《こうご》体、敬語体の普通の文体のほかに、明治初期の時文として漢文直訳《ちょくやく》体、あるいは候文《そうろうぶん》体、吉利支丹物《きりしたんもの》にあっての口訳平家物語《こうやくへいけものがたり》体、きりしたん教義《きょうぎ》体、天草本伊曾保《あまくさぼんいそほ》物語体などの多種の文体の採用も、空前《くうぜん》のこころみであった。

こうした苦心がみのり、またみとめられて、大正《たいしょう》後期の彼は、人気作家の随一《ずいいち》となり、文壇《ぶんだん》最高に近い位置を占《し》めた。「精巧《せいこう》で、俊敏《しゅんびん》で、最新式な感銘《かんめい》をあたえる小形な芥川の文学」（佐藤春夫《さとうはるお》）の魅力《みりょく》は、それはそれとして他にかえがたいものであった。

しかしつねに自己《じこ》の限界《げんかい》をうちやぶろうとする努力、フローベールにも比すべき文学上の精進《しょうじん》と苦悩《くのう》とが、虚弱《きょじゃく》な彼の心身《しんしん》をいたくきずつけたことはたしかである。彼には興《きょう》が来るまですてておいて、おもむろに時期を待つ、志賀直哉《しがなおや》や谷崎潤一郎《たにざきじゅんいちろう》のふてぶてしさと、持続の才能とが欠《か》けていたのである。

ぼんやりとした不安　過度《かど》の労作による健康の破綻《はたん》が、彼の文学にしだいに憂鬱《ゆううつ》な影《かげ》を濃《こ》くしてくる。それに加えて、芸術家の自信の欠如《けつじょ》、プロレタリア文学の擡頭《たいとう》による時代思潮《しちょう》の変遷《へんせん》、とくに極度《きょくど》の神経衰弱《すいじゃく》からきざした発狂《はっきょう》への危険《きけん》と恐怖《きょうふ》などが、彼に死を決意させた。「蜃気楼《しんきろう》」や「歯車《はぐるま》」には、暗澹《あんたん》たる彼の心象風景《しんしょうふうけい》がきざまれている。

かくて彼はユニークなクリスト観を託《たく》した「西方《せいほう》の人《ひと》」続篇《ぞくへん》を絶筆《ぜっぴつ》として、昭和二年（一九二七）七月二十四日の曙《あけぼの》、静かにみずからの命を絶った。満三十五歳《さい》五か月である。遺書《いしょ》としてしたためた「或旧友《あるきゅうゆう》へ送る手記《しゅき》」に、自殺の動機を「何か僕《ぼく》の将来に対するぼんやりとした不安」であると述《の》べている。その不安の内容は、前述《ぜんじゅつ》したところでほぼ推知《すいち》し得よう。

「侏儒の言葉」原稿

彼の文学者としての生涯《しょうがい》は、わずかに十年にすぎない。それは天の一角を焦《こ》がしたかと見るまに消えて行く彗星《すいせい》にもくらべられる、めざましくもはかない生涯だった。

大正文壇《たいしょうぶんだん》の代表　いずれにしても芥川龍之介は、大正文壇の代表的存在である。大正期市民的知識層《そう》の良心、感覚、趣味《しゅみ》などは、彼の文学に結晶《けっしょう》したと見られる。そしてその死は、彼《かれ》の芸術の最後の仕上げをなしとげた観があり、その背後《はいご》に負う芸術的栄光《えいこう》をいっそうあざやかにしたのである。

作品解説

三《み》好《よし》行《ゆき》雄《お》

本書は一高在学中に書かれた小品二篇《へん》を含《ふく》む、芥川龍之介《あくたがわりゅうのすけ》の最初期の作品を収めている。執筆《しっぴつ》時期の最も早いのは明治四十四年、作者の十九歳にまでさかのぼるが、主としては大正三年から五年にかけて、第三次および第四次の『新思潮《しんしちょう》』同人として文名をしだいに確立していった時期に書かれた。書くという行為《こうい》を手に入れた青年が、青春のるつぼから逃《のが》れて自己の世界を奪還《だっかん》してゆく過程にあたるわけだが、にもかかわらず、自己形成のドラマと呼ぶにふさわしい試行錯誤《しこうさくご》の痕跡《こんせき》を、作品の内部にほとんど発見することができない。これは芥川龍之介という作家のきわだった特質のひとつである。

たとえば「老年」。文字どおりの処女小説だが、題材にしてもモチーフにしても、二十三歳の青年の書いた小説とはとても思えぬほどおとなびた風情《ふぜい》である。もちろん、老成の裏には稚《おさな》い素顔《すがお》も透《す》けて見えるし、そこに一種の衒《てら》いや気取りを指摘《してき》することもできる。一生を放蕩《ほうとう》と遊芸に使い果たした敗残の老人が、若者の実感であったはずがない。しかし、そこには人生のたそがれにあえて身をおいて、いわば終末を予感しながら人生を見果てぬ夢として振《ふ》り返る、やや背伸《せの》びした青年の早すぎる決断がある。この小説はしばしば太宰治《だざいおさむ》の「晩年《ばんねん》」と比較《ひかく》されるが、太宰の処女作が自殺を思うこともある青年の一種の〈遺書〉として書かれたのに対して、「老年」はあくまでも、ここから人生に旅立とうとする青年の選びとった自覚なのである。房《ふさ》さんの茫々《ぼうぼう》として消えた人生のわびしさは、「ひょっとこ」の平吉が仮面をかぶり、嘘《うそ》をかさねて韜《とう》晦《かい》しつづけた人生、所詮《しょせん》は影《かげ》でしかなかった生のむなしさにも通じる。また、「仙人《せんにん》」の李小二《りしょうじ》は、人間は鼠《ねずみ》よりもっとみじめだと信じながら〈なぜ、苦しくとも、生きて行かなければならないか〉という問いに答えることができない。

　芥川龍之介が最初に書いた傑作は「羅生門《らしょうもん》」である。少なくとも、龍之介の資質と可能性は、この短篇《たんぺん》小説によってはじめて過不足ない表現を手にいれた。「老年」や「ひょっとこ」はまだ習作にすぎないと見做《みな》すこともできるのだが、それにしても、これらの作品は生きることの苦悩《くのう》を見つめる作者の暗いまなざしと、のちに〈娑婆《しゃば》苦《く》〉ということばで呼ばれるはずのペシミズムを潜在《せんざい》させることで、芥川の文学がどういう地点から出発したかを明示していた。

　しかし、そうした暗鬱《あんうつ》な主題をはらむ作品の世界は意外に玲瓏《れいろう》として、スタティックである。巧緻《こうち》にしくまれ、均整のとれた構成や彫琢《ちょうたく》のかぎりを尽《つ》くした文体もみごとである。小説のどういう細部にも作者の計算が行き届き、稚書《わかが》きとは思えぬほどに完成度がたかい。「老年」をはじめとする習作は、習作本来の混沌《こんとん》——さまざまな可能性のひしめく多様な束《たば》としてのカオス——からはるかに遠い。「老年」や「ひょっとこ」の作家にとって、そのゆえに多くの青春が動揺《どうよう》と彷徨《ほうこう》を強《し》いられる、人間や人生や世界に対する態度はすでに決定済みであった。習作は選ばれた唯一《ゆいいつ》の可能性を試《ため》すためのエチュードでしかなかったのである。

明晰《めいせき》な選択《せんたく》をともなう習作群とほぼ表裏《ひょうり》一体をなすものとして、一高時代に書かれた「大川《おおかわ》の水《みず》」の感傷と認識《にんしき》がある。この小品は龍之介の青春がみずから選択した心情の姿勢を彷彿《ほうふつ》する文章として、もっと注意されてよい。書斎《しょさい》での平静な読書の時間にさえ、あわただしく動く心を自覚する青年は、沈静《ちんせい》を求めて隅田川《すみだがわ》の水に見入るのである。そのとき、大川は眼前の風景の背後に、所詮はかれの心情のなかにしか存在しない別な世界を秘《ひ》めた仮構と化し、青年の感受性は不在の風景にむかってあてどなく放射される。無と死の寂寥《せきりょう》にむかって、といいかえてもよい。「大川の水」の〈自分〉にとって、現実と呼ぶにふさわしい生活の実態、生活感情のなまな息吹《いぶき》はついに無縁《むえん》である。たとえば吾妻橋《あづまばし》から両国橋《りょうごくばし》の間、水は香油《こうゆ》のように輝《かがや》く。しかし、ときに三味線《しゃみせん》の音は洩《も》れても、大川は〈人気《ひとけ》のない廚《くりや》の下を静かに光りながら流れる〉。切ないまでの不在感がただようのである。むろん、これが芥川龍之介の青春の実態であったはずはない。前年に書かれた「日光小品《にっこうしょうひん》」を読みあわせれば明らかなように、大川の水を見つめる青年は、龍之介が自己の感受性を賭《か》けて構築した仮構の生にすぎぬのである。「大川の水」に描《えが》かれたネガティブな生の原型は「日光小品」の〈温かき心〉――それゆえに現実への眼《め》を閉じることができず、不合理で空虚《くうきょ》な生活への苦い反省に誘《さそ》われざるをえない心――を捨象《しゃしょう》することなしに不可能だったのである。一種の見切りと断念が「大川の水」を書く作家の心情の基底に沈《しず》んでいる。

芥川龍之介は二十歳《はたち》の日に自己の青春を見切る一瞬《いっしゅん》があった。この早すぎた自己決定は心象《しんしょう》にひそむ虚無《きょむ》の深淵《しんえん》が彷彿《ほうふつ》させるが、同時に、そこが芥川文学のはじまる発端《ほったん》であった。

《人生は一行のボオドレエルにも若《し》かない》――自殺によって終結する未完の自伝『或阿呆《あるあほう》の一生』（遺稿《いこう》）は、みずからの知性を恃《たの》む二十歳の〈僕〉の、この傲慢《ごうまん》なつぶやきからはじまる。ペシミズムになずみがちな聡明《そうめい》な青年にとって、人生は難解《なんかい》な部分がなにひとつないような形で先取りされる。退屈《たいくつ》な人生のあらゆる細部が、のこるくまなく見えている。そう思う倨傲《きょごう》をボードレールの一行への感動が許すのだが、龍之介はあるいは、見えすぎる眼の傲慢を選んだのかもしれない。

龍之介の暗いまなざしは「羅生門《らしょうもん》」にもまた明らかである。たとえば――仕方《しかた》がないからこうするのだ、という老婆《ろうば》の論理だけが下人《げにん》に行為《こうい》を促《うなが》したのではない。もっと重要なのは、彼女が〈わしのしていたことも悪いこととは思わぬ〉と言い切ることのできる人間だったことである。老婆の形をしたメフィストフェレスは、わたしは許されていると主張する。蛇《へび》を切り売りした女、女の死体から髪《かみ》の毛を抜《ぬ》く老婆、老婆の着衣を剝《は》いで遁走《とんそう》する下人、かれらは生き延びるためにはしかたのない悪を許容することで、お互いの悪を許しあった。下人が身を投じた暗黒のかなたには、人間の名において人間であることを否定する無倫理《むりんり》の世界がひろがる。そして、エゴイズムをこのようなものとして措定《そてい》するかぎり、それはいかなる救済をも拒《こば》む。精神の裸形《らけい》とでも呼ばねばならぬ、つきつめた我執《がしゅう》はすでに罪ではなく、人間存在のまぬがれがたい事実にほかならぬからである。老婆のさかさまの白髪《しらが》と、黒洞々《こくとうとう》たる夜と、ゆくえも知らず駆《か》け去った下人と、この一幅《いっぷく》の構図のなかであばかれるのは限界状況《げんかいじょうきょう》に露呈《ろてい》する人間悪であり、いわば存在そのものの負わねばならぬ痛苦であった。

「羅生門」には「今昔《こんじゃく》物語集」という典拠《てんきょ》がある。巻二十九所収の「羅城門《らじょうもん》の上層《うわこし》に登りて死人を見し盗人《ぬすびと》の語《ものがたり》」に材料を得ていることは有名だが、龍之介の見据《みす》える人間の我執の相は現代の主題としてではなく、伝説の霧《きり》をまとった架空《かくう》の物語として語られる。下人と老婆の演じる凄絶《せいぜつ》なドラマは王朝末期の荒廃《こうはい》した都を舞台《ぶたい》とすることで、同時代のなまなましい体臭《たいしゅう》をうしない、作者の肉声は歴史の仮装にくらまされている。卓越《たくえつ》した技巧《ぎこう》によって首尾《しゅび》をみごとに整えた小説の世界は、芥川龍之介の生きる同時代の現実――かれがそこからモチーフを発見した現実――とは次元を異《こと》にする時空に完結し、こぢんまりと自己を閉《と》ざしている。あたかも手の込《こ》んだ細工《さいく》を施《ほどこ》した螺鈿《らでん》の小箱のように……。自己告白を嫌悪《けんお》した作家らしい方法でもあるわけだが、歴史の衣裳《いしょう》をまとった現代小説という、芥川龍之介《あくたがわりゅうのすけ》の歴史小説の基本のパターンは「羅生門《らしょうもん》」で決定された。

「羅生門」とともに、龍之介のひそかな肉声が痛切なのは「芋粥《いもがゆ》」である。おなじく「今昔《こんじゃく》物語集」に取材したこの短篇《たんぺん》は、多くの批評家のいうような理想の幻滅《げんめつ》を描《えが》いただけの小説では決してない。小説の主題は、人生における理想や欲望は達成されないからこそ価値がある、などという一般論とはほど遠いところに成立するのである。飽《あ》きるほど芋粥を、という願望は五位《ごい》にとって〈彼がそのために、生きていると言っても、差支《さしつか》えないほど〉の、いわば最後の生きがいであり、生きてあることの代償《だいしょう》にひとしい。だとしても、かれの生のみじめさを笑う権利は誰《だれ》にもないはずである。五位は確かに欲望のまさに充足《じゅうそく》されようとするその瞬間《しゅんかん》に、幻滅の悲哀《ひあい》と絶望を身にしみて味わう。しかし、かれが真に絶望したのは、自分の生きがいが巨大《きょだい》な五斛納釜《ごこくのうがま》で煮《に》られ、狐《きつね》にさえ馳走《ちそう》される現実に対してである。勝ち犬の倨傲《きょごう》によって、負け犬の生が踏《ふ》みにじられる。そうした不条理な人間関係のなかに、芥川龍之介は青侍《あおざむらい》とともに〈世の中の……本来の下等さ〉を見たのである（もちろん、「猿」の〈私〉が奈良島の〈悪魔《あくま》でも、一目見たら、泣くかと思うような顔〉のなかに見たのも、おなじものである〉。

「羅生門」と「芋粥」はこうして、存在悪（人間の本質としての悪）と状況悪《じょうきょうあく》（人間関係の織りなす社会の悪）の認識《にんしき》という、芥川文学のもっとも本質的な主題の所在を告げる作品となった。この二作に比して、「鼻」は漱石に激賞《げきしょう》されて文壇《ぶんだん》登場の機縁《きえん》となった記念碑《きねんひ》だが、モチーフの一貫性にやや欠けるところがある。内供《ないぐ》の自尊心や虚栄《きょえい》を冷笑《れいしょう》する偶像《ぐうぞう》破壊《はかい》のモチーフと、その内供をあえて被害者《ひがいしゃ》として描《えが》く後半の意図とが亀裂《きれつ》するのである。〈こうなれば、もう誰《だれ》も哂《わら》うものはないにちがいない〉という、秋風に鼻をなぶられての内供の独白は明らかに錯覚《さっかく》である。なぜなら、無責任な傍観者《ぼうかんしゃ》はこんどは長くなった鼻を嗤《わら》うはずだからである。

いうまでもないが、龍之介の暗いまなざしはあまりにもいたみやすい柔かな心、〈懐《なつか》しいばかりな人間的な優《やさ》しさ〉（中村真一郎《なかむらしんいちろう》）の明証である。内供の愚《おろ》かしさを冷笑しながら、被害者としてのあわれを無視できなかったところに、芥川龍之介の優《やさ》しさがある。〈いけぬのう、お身たちは〉という、あの赤鼻の五位の嘆《なげ》きを確かに聞き取る優しさである。日常の世界を拒否《きょひ》しながら、時として、日常の恩愛に足をすくわれる悲劇の遠因であり、そのモチーフがしばしば告発よりも詠嘆《えいたん》や抒情《じょじょう》に傾《かたむ》いたゆえんである。

最後に「手巾《はんけち》」について。「中央公論《ちゆうおうこうろん》」に掲載《けいさい》され、一流作家としての地位を固めた小説である。西山夫人の膝《ひざ》の上のハンケチと、ハイベルク夫人の舞台《ぶたい》のハンケチとの類推によって、近代の覚めた眼《め》による武士道の批判というテーマを読みとるのはたやすい（もちろん、龍之介《りゆうのすけ》が実人生と演技を混同しているという批判も有効である）。批判されているのはたとえば〈礼の教訓はわが悲哀苦痛をあらはして他人の快楽安静をそこなふことなからしむるにあり〉といったふうな武士道の要諦《ようてい》である。

しかし、そうした批判を超《こ》えて、西山夫人は美しい。ふかい悲しみを一枚の手巾で耐《た》えている微笑《びしよう》は近代の合理主義から型《マニール》として否定されるにしても、彼女はなお美そのものである。

「手巾」の作者は〈無意識のうちに、西山夫人のステレオタイプな人生的演技を、一つの静止した形で、「型」の美と認めていた〉という三島由紀夫《みしまゆきお》の指摘《してき》もある。アメリカ人の奥さんと、西山夫人と、巧緻《こうち》な岐阜提灯《ぎふちようちん》と。——長谷川先生の意識の内部で、〈ある倫理《りんり》的な背景〉のもとに成りたっていた調和は、演技の臭味《メッツヘン》を説くストリンドベルグの発見によって破れた。しかし、秋草を描《えが》いた優雅《ゆうが》な提灯のあかりは小説の首尾《しゆび》を貫《つらぬ》いて消えないのである。

「手巾」は認識《にんしき》から美意識にまで回帰したとき、この作家がしばしば見せる日本への傾斜《けいしや》を暗示する。それは「煙草《たばこ》と悪魔《あくま》」で、悪魔を無為《むい》の倦怠《けんたい》に誘う梵鐘《ぼんしよう》の音にも形を変えてあらわれる。「羅生門」と「芋粥」が芥川文学の表層のモチーフを告げる作品だとしたら、「手巾」や「煙草と悪魔」はその地底でほとんど顕在化《けんざいか》することなく、しかも、見え隠《かく》れする細い糸を織り続けたモチーフの潜在《せんざい》を語っている。読者はやがて「神々の微笑」で、それが地上に現れるのを見るはずである。

年譜

明治二五年（一八九二）

三月一日、東京市京橋区《きょうばしく》（現中央区《ちゅうおうく》）入船《いりふね》町八丁目一番地で新原敏三《にいはらとしぞう》（山口県人、牛乳業）の長男として生まれた。辰《たつ》年辰月辰日辰刻の生まれだったので龍之介《りゅうのすけ》と命名された。龍之介の上に二姉があって、長姉《ちょうし》ハツは夭折《ようせつ》、次姉ヒサははじめ葛巻《くずまき》義定と結《けっ》婚《こん》し、一男一女をあげたが、夫の死後西川《にしかわ》豊《ゆたか》と再婚し、豊の死後葛巻家に復縁した。生後七か月ごろ実母フクが発狂《はっきょう》したため、龍之介は母の実家、本所《ほんじょ》区（現墨田《すみだ》区）小《こい》泉《ずみ》町一五番地の芥川《あくたがわ》家に引き取られた。養父芥川道章《どうしょう》は母の実兄《じっけい》で、東京府の土木課長を勤めていた。芥川家は下町にかなり広い土地を持つ旧家で、代々徳川《とくがわ》家のお数寄《すき》屋《や》坊主《ぼうず》を勤め、行儀《ぎょうぎ》作法のやかましい反面には、通人的・文人的趣味《しゅみ》も濃《こ》く、一家そろって遊芸に親しむ気風もあった。道章は南画・俳句をよくし、盆栽《ぼんさい》を愛玩《あいがん》するような人だった。

明治二六年（一八九三）　一歳

実父新原敏三は入船町を引き払《はら》い芝《しば》区（現港区《みなとく》）新銭座《しんぜんざ》町一六番地に移転した。

明治三〇年（一八九七）　五歳
回向院《えこういん》の隣《となり》にあった江東《こうとう》小学校付属幼稚園に通った。

明治三一年（一八九八）　六歳
四月、本所元町《ほんじよもとまち》の江東小学校に入学。神経質でおびえやすく、ひよわな体質の子供だったが、学業成績は優秀で、「落葉焚《た》いて野守の神を見し夜かな」という俳句が小学生時代の作として伝わるなど、つとに早熟の文才も示している。

明治三五年（一九〇二）　一〇歳
一一月二八日実母フクが死んだ。四月ごろ野口真造《のぐちしんぞう》ら同級生たちと回覧雑誌『日の世界』を発刊、みずから編集し、表紙やカットまでも自分で書いた。早くから読書を好み、徳冨蘆花《とくとみろか》の「自然《しぜん》と人生《じんせい》」、泉鏡花《いずみきようか》の「化銀杏《ばけいちよう》」などを読み、馬琴《ばきん》の「八犬伝《はつけんでん》」をはじめ三馬《さんば》・一九《いつく》・近松《ちかまつ》などの江戸文学にも親しみ、「西遊記《さいゆうき》」「水滸伝《すいこでん》」も愛読した。

明治三七年（一九〇四）　一二歳
実母の妹フユが実父敏三との間に異母弟得二《とくじ》を明治三二年に生んでいたので、この年七月の裁判判決によりフユの新原家入籍を条件に龍之介は八月芥川家と正式に養子縁組を結んだ。

明治三八年（一九〇五）　一三歳
江東小学校を卒業し、本所柳原《ほんじよやなぎわら》の東京府立

第三中学校に入学した。中学時代も学業成績は優秀で、特に漢文の力は抜群《ばつぐん》だった。読書欲もますます旺盛《おうせい》で、紅葉《こうよう》・露伴《ろはん》・一《いち》葉《よう》・樗牛《ちょぎゅう》・蘆花・漱石《そうせき》・鷗外《おうがい》などの小説を濫読した。外国作家ではイプセン、アナトール・フランスに関心を持っている。愛好した学科は歴史で、将来は歴史家になろうと思ったこともある。中学校時代の作品に「義仲論《よしなかろん》」があり、校友会雑誌第一五号（明治四三年二月）に掲載された。

明治四三年（一九一〇）　一八歳

三月、府立第三中学校を卒業。九月、第一高等学校一部乙（文科）に成績優秀のため無試験で入学した。同級生に久米正雄《くめまさお》・菊《きく》池寛《ちかん》・松岡譲《まつおかゆずる》・山本有三《やまもとゆうぞう》・土屋文明《つちやぶんめい》・成瀬《なるせ》正一《しょういち》・恒藤恭《つねとうきょう》・石田幹之助《いしだみきのすけ》、独法科に秦豊《はたとよ》吉《きち》・藤森成吉《ふじもりせいきち》、一級上の文科に豊島与志《とよしまよし》雄《お》・山宮允《さんぐうまこと》・近衛文麿《このえふみまろ》らがいた。この秋一家は府下内藤新宿町《ないとうしんじゅくちょう》二丁目七一番地にあった実父敏三の持ち家を借りて移転した。

明治四四年（一九一一）　一九歳

本郷《ほんごう》の一高寮《りょう》に入り、一年間の寮生活をした。潔癖《けっぺき》な龍之介とは肌《はだ》の合わぬ生活だった。当時の龍之介は秀才肌のまじめな学生で、読書欲も依然《いぜん》として旺盛だった。ボードレール、ストリンドベリイ、アナトール・フランス、ベルグソン、オイケンなどを愛読した。クラスでも超然《ちょうぜん》とした存在だった。

大正二年（一九一三）　二一歳

七月、第一高等学校卒業。卒業成績は文科二七名中二番（一番は恒藤）だった。九月、東京帝国大学英文科入学。高校在学中最も親しかった恒藤恭は京大法科に去り、以後久米正雄、やや遅れてから菊池寛らと親交が始まる。

大正三年（一九一四）　二二歳

二月、豊島与志雄・山宮允・久米正雄・菊池寛・松岡譲・成瀬正一・山本有三・土屋文明らとともに第三次『新思潮《しんしちょう》』を発刊、柳川隆之助のペンネームで、まずアナトール・フランス、およびイエーツの翻訳《ほんやく》を発表した。五月、処女作「老年《ろうねん》」を、九月、戯曲「青年と死」を『新思潮』に発表した。一〇月、第三次『新思潮』廃刊。この月末、一家は府下豊島《としま》郡滝野川《たきのがわ》町字田端《あざたばた》四三五番地に転居した。

大正四年（一九一五）　二三歳

五月「ひょっとこ」を、一一月「羅生門《らしょうもん》」を『帝国文学《ていこくぶんがく》』に発表したが、まだ無名の青年だった。一二月、漱石門下生であった級友林原耕三《はやしばらこうぞう》の紹介で、早稲田《わせだ》南町にあった漱石山房の木曜会に出席し、以後その門に入った。

大正五年（一九一六）　二四歳

一月、「松浦氏の『文学の本質』に就《つ》いて」を『読売《よみうり》新聞』に発表。二月、久米・松岡・成瀬・菊池らとともに第四次『新思潮』を発刊、創刊号に「鼻《はな》」を発表、漱石の賞賛を受けた。さらに漱石門下の鈴木三重吉《すずきみえきち》の推薦《すいせん》によって『新小説《しんしょうせつ》』に執筆の機会が与えられ、文壇《ぶんだん》的出発の第一歩となった。七月、東京帝大英文科を卒業。卒論は「ウイリアム・モリス研究」、卒業成績は二〇名中二番であった。九月、「芋粥《いもがゆ》」を『新小説』に発表、この小説の好評と、一〇月、『中央公論《ちゅうおうこうろん》』に発表した「手巾《はんけち》」の成功とによって、新進作家の地位を確立した。一一月、南蛮切支丹物《なんばんきりしたんもの》の第一作「煙草《たばこ》」(のち「煙草《たばこ》と悪魔《あくま》」と改題)を『新思潮』に発表、一二月、一高教授畔柳《くろやなぎ》都太郎《くにたろう》の紹介で海軍機関学校の嘱託《しょくたく》教官となり、鎌倉《かまくら》に下宿した。月俸六〇円、同月九日、師夏目《なつめ》漱石が死去した。この年には、他に「孤独地獄《こどくじごく》」(新思潮　四月)、「父《ちち》」(同五月)、「虱《しらみ》」(希望)、「酒虫《しゅちゅう》」(新思潮　六月)、「野呂松人形《のろまにんぎょう》」(人文《じんぶん》　八月)、「猿《さる》」(新思潮　九月)、「出帆《しゅっぱん》」(同一〇月)、「煙草と悪魔」(同一一月)、「煙管《きせる》」(新小説　同)などの作品がある。

大正六年(一九一七)　二五歳

一月、「運《うん》」を『文章世界《ぶんしょうせかい》』に、「尾形了斎《おがたりょうさい》覚《おぼ》え書《がき》」を『新潮《しんちょう》』に発表。三月、第四次『新思潮』廃刊。五月、第一短篇集『羅生門』を阿蘭陀書房《おらんだしょぼう》から刊行。九月、鎌倉から横須賀《よこすか》市汐入《しおいり》尾鷲梅吉方に下宿先を移す。一一月第二短篇集『煙草と悪魔』(新潮社)を刊行。この年、「忠義《ちゅうぎ》」(黒潮《くろしお》　三月)、「葬儀記《そうぎき》」(新思潮　同)、「偸盗《ちゅうとう》」(中央公論　四・七月)、「さまよえる猶太人《ユダヤじん》」(新潮　六月)、「或日《あるひ》の大石内蔵之助《おおいしくらのすけ》」(中央公論　九月)、「戯作三昧《げさくざんまい》」(大阪毎日新聞　一一月)などを発表した。

大正七年(一九一八)　二六歳

一月、「首《くび》が落《お》ちた話《はなし》」を『新潮』に、「西《さい》郷隆盛《ごうたかもり》」を『新小説』に発表。二月二日、塚本文子《つかもとふみこ》と結婚した。文子は一九歳で跡見《あとみ》女学校に在学中であった。三月、鎌倉大町辻に居を定め、大阪毎日新聞社社友となる。五月ごろより高浜虚子《たかはまきよし》に師事し、俳句に関心を寄せるようになった。四月、「世之助《よのすけ》の話《はなし》」を『新小説』に、「袈裟《けさ》と盛遠《もりとお》」を『中央公論』に発表。五月、「蜘蛛《くも》の糸《いと》」を『赤い鳥《あかいとり》』に、「地獄変《じごくへん》」を『大阪毎日新聞』に。六月、『ホトトギス』に俳句が載《の》った。七月に、「開化《かいか》の殺人《さつじん》」を『中央公論』に。九月、「奉教人《ほうきょうにん》の死《し》」を『三田文学《みたぶんがく》』に発表。一〇月、「枯野抄《かれのしょう》」を『新小説』に、「邪宗門《じゃしゅうもん》」を『大阪毎日新聞』に(一二月まで)。一一月、「るしへる」を『雄弁《ゆうべん》』などに発表した。

大正八年(一九一九)　二七歳

一月、第三短篇集『傀儡師《かいらいし》』(新潮社)を刊行した。三月一五日、実父新原敏三流行性感冒で死去。同月海軍機関学校嘱託を辞職し、大阪毎日新聞社社員となる。出勤の義務はなく、年何回かの小説を書くこと、他の新聞に執筆しないこと、原稿料はなしで月俸《げっぽう》一三〇円などの条件であった。四月二八日、鎌倉から再び田端の自宅に引き揚《あ》げ、養父母と生活を共にした。その書斎《しょさい》を「我鬼窟《がきくつ》」と号した。五月、このころより室生犀星《むろうさいせい》・小島政二郎《こじままさじろう》・南部修太郎《なんぶしゅうたろう》・滝井孝作《たきいこうさく》など新進作家の出入りがめだってきた。この年の創作には「毛利先生《もうりせんせい》」(新潮一月)、「あの頃《ころ》の自分《じぶん》の事《こと》」(中央公論一月)、「きりしとほろ上人伝《しょうにんでん》」(新小説三・五月)、「私の出遇《であ》った事《こと》——蜜柑《みかん》・沼《ぬま》地《ち》」（新潮　五月）、「路上《ろじょう》」（大阪毎日　六―八月）、「妖婆《ようば》」（中央公論　九―一〇月）、評論に「芸術《げいじゅつ》その他《た》」（新潮　一一月）などがある。

大正九年（一九二〇）　　二八歳

一月、第四短篇集「影燈籠《かげどうろう》」（春陽堂《しゅんようどう》）を刊行。三月、長男比呂志《ひろし》誕生。菊池寛の「寛」をとって、万葉仮名で命名した。一一月、久米正雄・菊池寛・宇野浩二《うのこうじ》らとともに京阪を講演旅行した。この年には、「鼠小僧次郎吉《ねずみこぞうじろきち》」（中央公論　一月）、「舞踏《ぶとう》会《かい》」（新潮　同）、「尾生《びせい》の信《しん》」（中央文学《ちゅうおうぶんがく》　同）、「秋《あき》」（中央公論　四月）、「黒衣聖母《こくいせいぼ》」（文章倶楽部《ぶんしょうくらぶ》　五月）、「南京《ナンキン》の基督《キリスト》」（中央公論　七月）、「杜子春《とししゅん》」（赤い鳥　同）、「影《かげ》」（改造《かいぞう》　九月）、「お律《りつ》と子等《こら》と」（中央公論　一〇―一一月）等がある。

大正一〇年（一九二一）　　二九歳

三月、第五短篇集『夜《や》来《らい》の花《はな》』（新潮社）を刊行。この月、大阪毎日海外視察員として中国に特派された。上海《シャンハイ》から杭州《こうしゅう》・西《せい》湖《こ》・蘇州《そしゅう》・揚州《ようしゅう》・南京《ナンキン》・蕪湖《ぶこ》に遊び、長江《ちょうこう》を溯《さかのぼ》り廬山《ろざん》・漢口《かんこう》を訪《おとな》い、洞庭湖《どうていこ》を渡《わた》って、長沙《ちょうさ》に至り、鄭州《ていしゅう》・洛陽《らくよう》・竜門《りゅうもん》を経て北京《ペキン》に入った。七月末、朝鮮《ちょうせん》を経て帰国した。この年、「秋山図《しゅうざんず》」（改造　一月）、「往生絵巻《おうじょうえまき》」（国粋《こくすい》　四月）、「上海游記《シャンハイゆうき》」（大阪毎日　八―九月）、「好色《こうしょく》」（改造　一〇月）などを発表した。

大正一一年（一九二二）　　三〇歳

四月、このころ書斎の額を下島勲《しもじまいさお》の書いた「澄江堂《ちょうこうどう》」に改めた。この号はこの年一月二日小穴《おあな》あて書簡にはじめて用いた。同月二五日から五月三〇日まで、長崎に再遊、途次《とじ》一〇日間余り京都に寄った。七月九日、森《もり》鷗外死去。一一月、多加志《たかし》誕生。健康衰《おとろ》え、「神経衰弱《すいじゃく》、ピリン疹《しん》、胃痙攣《いけいれん》、腸カタル、心悸昂進《しんきこうしん》」などを病《や》んだ。この年の創作には「俊寛《しゅんかん》」(中央公論 一月)、「藪《やぶ》の中《なか》」(新潮 同)、「将軍《しょうぐん》」(改造 同)、「トロッコ」(大観 三月)、「報恩記《ほうおんき》」(中央公論 四月)、「六《ろく》の宮《みや》の姫君《ひめぎみ》」(表現 八月)、「魚河岸《うおがし》」(婦人公論 同)、「お富《とみ》の貞操《ていそう》」(改造 五・九月)、「百合《ゆり》」(新潮 一〇月)などがある。

大正一二年(一九二三) 三一歳

一月、『文藝春秋《ぶんげいしゅんじゅう》』巻頭に「侏儒《しゅじゅ》の言葉《ことば》」を連載《れんさい》した。三月から四月にかけて、湯河《ゆが》原《わら》に湯治した。五月、第六短篇集『春服《しゅんぷく》』(春陽堂)を刊行。八月、山梨県法光寺の夏期大学で、「文芸について」などと題して講演した。同月避暑のため鎌倉に転地、岡本一平《おかもといっぺい》・かの子《こ》夫妻と知り合った。一〇月、一高在学中の堀辰雄《ほりたつお》を知った。一二月、京都に旅行、「あばばばば」を『中央公論』に発表、作風に一転機を示した。この年の創作には、ほかに「三つの宝」(良婦之《りょうふの》友《とも》 一月)、「保吉《やすきち》の手帳から」(改造 五月)、「子供《こども》の病気《びょうき》」(局外 八月)、「お時儀《じぎ》」(女性 一〇月)などがある。

大正一三年(一九二四) 三二歳

一月、「糸女《いとじょ》覚え書」を『中央公論』に、「一塊《いっかい》の土《つち》」を『新潮』に発表、四月、「少年」を『中央公論』(四―五月)に、「寒さ」を『改造』に発表。七月、第七短篇集『黄雀風《こうじゃくふう》』(新潮社)を刊行。また七月から翌一四年三月まで"The Modern Series of English Literature"（全七巻）を編集し、興文社より刊行。九月、第二随筆集『百《ひゃく》艸《そう》』（新潮社）を刊行。一〇月、叔父《おじ》を失い、さらに義弟《ぎてい》塚本八洲《やしま》の喀血《かっけつ》にあい、自身も感冒・神経性胃アトニー・痔疾《じしつ》・神経衰弱などを病み、健康も次第《しだい》に衰えた。斎《さい》藤茂吉《とうもきち》と知ったのも同じころである。

大正一四年（一九二五）　三三歳

三月、「泉鏡花全集」の編集に参加。四月、「現代小説全集」第一巻として『芥川龍之介』（新潮社）が刊行された。四月一〇日から五月六日まで湯治のため修善寺《しゅぜんじ》新井旅館に滞在。八月下旬より九月中旬まで軽井《かるい》沢《ざわ》に滞在した。七月、三男也寸志《やすし》が生まれた。一〇月、興文社の依頼《いらい》による「近代日本文芸読本」全五巻の編集終わる。一一月、「支那游記《しなゆうき》」（改造社）を刊行。この年の創作には「大導寺《だいどうじ》信輔《しんすけ》の半生《はんせい》」（中央公論　一月）、「馬《うま》の脚《あし》」（新潮　一―二月）、「温《おん》泉《せん》だより」（女性　六月）、「海のほとり」（同　九月）などのほか、多少の詩作もあったが、健康の衰え激しく、創作活動は低調となった。

大正一五年・昭和元年（一九二六）　三四歳

一月、胃腸病・神経衰弱・痔疾等の療養《りょうよう》のため湯河原中西屋に二月中旬まで滞在する。四月以降、妻の実家のある鵠沼《くげぬま》に行き、妻子とともに滞在。不眠症《ふみんしょう》がいよいよ高じる。七月上旬また鵠沼に行く。一〇月、随筆集『梅《うめ》・馬《うま》・鶯《うぐいす》』（新潮社）を刊行した。この年《ねん》は、「湖南《こなん》の扇《おおぎ》」（中央公論　一月）、「年《ねん》末《まつ》の一日《いちにち》」（新潮　同）、「越びと」（旋頭歌《せどうか》二五首　明星《みょうじょう》　三月）、「追憶《ついおく》」（文藝春秋四月—昭和二年二月)、「春《はる》の夜《よる》」(文藝春秋　九月)、「点鬼簿《てんきぼ》」(改造　一〇月)などがある。

昭和二年(一九二七)　三五歳

一月、田端に帰宅。年始早々に義兄《ぎけい》西川豊宅が全焼《ぜんしょう》し、莫大《ばくだい》な保険金が掛《か》けてあったため、不在中の豊に放火の嫌疑《けんぎ》が掛けられ、豊は鉄道自殺をとげた。高利の借金を残して自殺したため、龍之介はその後始末と整理に奔走《ほんそう》した。神経衰弱がいよいよ悪化する。四月以降「文芸的《ぶんげいてき》な、余《あま》りに文芸的《ぶんげいてき》な」を『改造』に連載し(七月まで)、谷《たに》崎潤一郎《ざきじゅんいちろう》と小説の筋をめぐって論争を展開した。六月、第八短篇集「湖南の扇」(文藝春秋社)を刊行した。七月二四日未明、田端の自宅でヴェロナールおよび、ジャールの致死量《ちしりょう》をあおいで自殺した。枕《まくら》もとには聖書があった。遺書は、夫人・小穴隆《おあなりゅう》一《いち》・菊池寛・葛巻義敏・伯母《おば》・親戚《しんせき》の竹内氏あてなどで、そのほかに「或旧友《あるきゅうゆう》へ送《おく》る手記《しゅき》」があった。この年、生前に発表された創作には「玄鶴山房《げんかくさんぼう》」(中央公論　一—二月)、「蜃気楼《しんきろう》」(婦人公論　一月)、「彼《かれ》」(女性　同)、「彼第二」(新潮　同)、「悠々《ゆうゆう》荘《そう》」(サンデー毎日)、「河童《かっぱ》」(改造　三月)、「誘惑《ゆうわく》」(改造　四月)、「歯車第一章《はぐるま》」(大調和《だいちょうわ》　六月)、「三つの窓」(改造　七月)などがあり、また、遺稿《いこう》として、「闇《あん》中問答《ちゅうもんどう》」「侏儒の言葉」(文藝春秋　九月)、「歯車」(文藝春秋　一〇月)、「或阿呆《あるあほう》の一《いっ》生《しょう》」(改造　同)、「西方《せいほう》の人《ひと》」(同　八月)、「続西方の人」(同　九月)などが残されている。

(三好行雄編)

芥川龍之介／角川文庫収録作品一覧

舞踏会・蜜柑

きりしとほろ上人伝　蜜柑　沼地　竜　疑惑　路上　じゅりあの・吉助　魔術　葱　鼠小僧次郎吉　舞踏会　尾生の信　入社の辞　東京小品　芸術その他　我鬼窟日録／注釈　作品解説(三好行雄)　同時代人の批評

杜子春・南京の基督

秋　黒衣聖母　或敵打の話　女　素戔嗚尊　老いたる素戔嗚尊　南京の基督　杜子春　捨児　影　お律と子等と　沼　寒山拾得　東洋の秋　一つの作が出来上るまで　文章と言葉と　漢文漢詩の面白味／注釈　作品解説(三好行雄)　同時代人の批評

藪の中・将軍

秋山図　山鴫　奇怪な再会　アグニの神　妙な話　奇遇　往生絵巻　母　好色　藪の中　俊寛　将軍　神々の微笑　雑筆　世の中と女　売文問答　仏蘭西文学と僕／注釈　作品解説(三好行雄)　同時代人の批評　年譜

トロッコ・一塊の土

トロッコ　報恩記　仙人　庭　一夕話　六の宮の姫君　魚河岸　お富の貞操　おぎん　百合　三つの宝　雛　猿蟹合戦　二人小町　おしの　保吉の手帳から　白　子供の病気　お時儀　あばばばば　一塊の土／注釈　作品解説(三好行雄)　同時代人の批評

或阿呆の一生・侏儒の言葉
たね子の憂鬱　古千屋　冬　手紙　三つの窓　歯車　闇中問答　夢　或阿呆の一生　本所両国　機関車を見ながら　凶　鵠沼雑記　或旧友へ送る手記　侏儒の言葉　十本の針　西方の人　続西方の人／注釈　作品解説(三好行雄)　同時代人の批評　年譜

羅生門・鼻・芋粥
老年　ひょっとこ　仙人　羅生門　鼻　孤独地獄　父　野呂松人形　芋粥　手巾　煙草と悪魔　煙管　MENSURA ZOILI　運　尾形了斎覚え書　日光小品　大川の水　葬儀記／注釈　解説・芥川龍之介――人と作品(吉田精一)、作品解説(三好行雄)　年譜

蜘蛛の糸・地獄変
袈裟と盛遠　蜘蛛の糸　地獄変　奉教人の死　枯野抄　邪宗門　毛利先生　犬と笛／注釈　作品解説(三好行雄)　年譜

河童・戯作三昧
或日の大石内蔵之助　戯作三昧　開化の殺人　開化の良人　糸女覚え書　大導寺信輔の半生　点鬼簿　玄鶴山房　蜃気楼　河童／注釈　作品解説(五味渕典嗣)　年譜

ビギナーズ・クラシックス　近代文学編(角川ソフィア文庫)
芥川龍之介の「羅生門」「河童」ほか6編／角川書店編
羅生門　鼻　地獄変　舞踏会　藪の中　将軍(抄)　トロッコ　河童(抄)／略年譜　それぞれの作品の時代背景、作品を読むヒント付

本書は、現代表記（新字・新かなづかい）を採用した角川書店版『芥川龍之介全集』（伊藤整・吉田精一＝編、一九六七—六九年）を底本としました。

なお本書中には、今日の人権擁護の見地に照らして、不適切と思われる語句や表現がありますが、著者自身に差別的意図はなく、また著者が故人であること、作品自体の文学性・芸術性を考え合わせ、原文のままとしました。（編集部）

羅生門《らしようもん》・鼻《はな》・芋粥《いもがゆ》

芥川《あくたがわ》龍《りゆう》之《の》介《すけ》

平成元年 4月10日　初版発行
平成19年 6月25日　改版初版発行
令和5年 5月15日　改版49版発行

発行者●山下直久

発行●株式会社KADOKAWA
〒102-8177　東京都千代田区富士見2-13-3
電話　0570-002-301（ナビダイヤル）

角川文庫 14718

印刷所●株式会社KADOKAWA
製本所●株式会社KADOKAWA

表紙画●和田三造

●お問い合わせ
https://www.kadokawa.co.jp/（「お問い合わせ」へお進みください）
※内容によっては、お答えできない場合があります。
※サポートは日本国内のみとさせていただきます。
※Japanese text only

Printed in Japan
ISBN978-4-04-103315-9　C0193

◆◇◇

角川文庫発刊に際して

角川源義

第二次世界大戦の敗北は、軍事力の敗北であった以上に、私たちの若い文化力の敗退であった。私たちの文化が戦争に対して如何に無力であり、単なるあだ花に過ぎなかったかを、私たちは身を以て体験し痛感した。西洋近代文化の摂取にとって、明治以後八十年の歳月は決して短かすぎたとは言えない。にもかかわらず、近代文化の伝統を確立し、自由な批判と柔軟な良識に富む文化層として自らを形成することに私たちは失敗して来た。そしてこれは、各層への文化の普及滲透を任務とする出版人の責任でもあった。

一九四五年以来、私たちは再び振出しに戻り、第一歩から踏み出すことを余儀なくされた。これは大きな不幸ではあるが、反面、これまでの混沌・未熟・歪曲の中にあった我が国の文化に秩序と確たる基礎を齎らすためには絶好の機会でもある。角川書店は、このような祖国の文化的危機にあたり、微力をも顧みず再建の礎石たるべき抱負と決意とをもって出発したが、ここに創立以来の念願を果すべく角川文庫を発刊する。これまで刊行されたあらゆる全集叢書文庫類の長所と短所とを検討し、古今東西の不朽の典籍を、良心的編集のもとに、廉価に、そして書架にふさわしい美本として、多くのひとびとに提供しようとする。しかし私たちは徒らに百科全書的な知識のジレッタントを作ることを目的とせず、あくまで祖国の文化に秩序と再建への道を示し、この文庫を角川書店の栄ある事業として、今後永久に継続発展せしめ、学芸と教養との殿堂として大成せんことを期したい。多くの読書子の愛情ある忠言と支持とによって、この希望と抱負とを完遂せしめられんことを願う。

一九四九年五月三日